정원용 관련 저술 해제집

| 허경진 저 |

보고사

정원용이 회령부사 시절에 지은 시문집 『경산북정록』 10권 10책.
사진으로 소개되는 자료들은 모두 연세대학교 중앙도서관 국학자료실에 소장되었다.

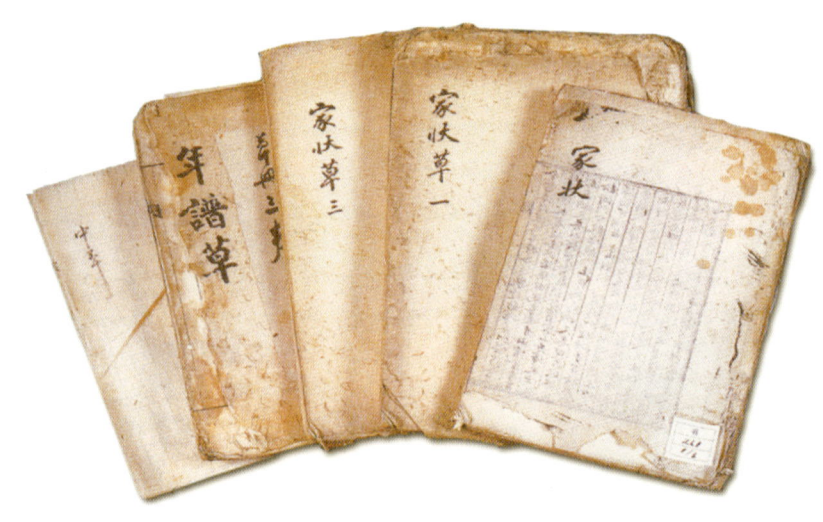

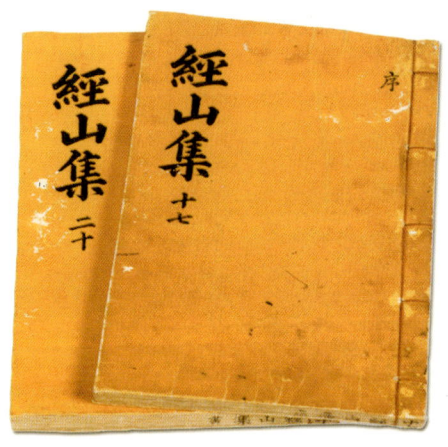

『경산집 부록』(위)
『경산집』 초고본(아래) ‒ 광명시청 향토사료관 소장.

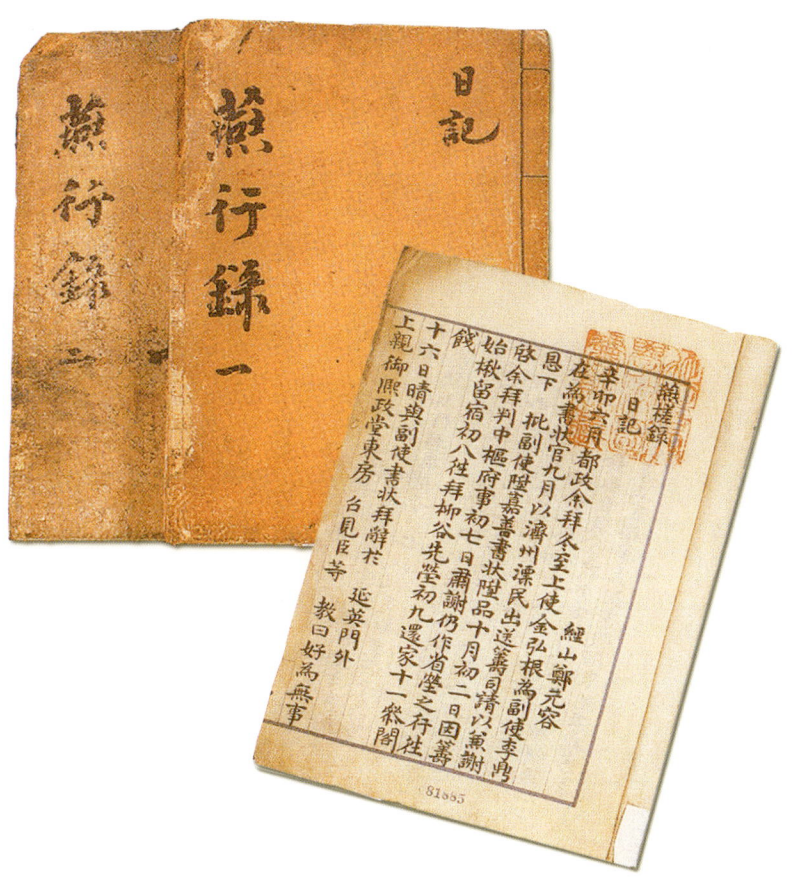

정원용이 1831년부터 이듬해까지 동지사로 청나라에 다녀오며 기록한 연행록 2책.
권수제는 『연사록(燕槎錄)』이다.

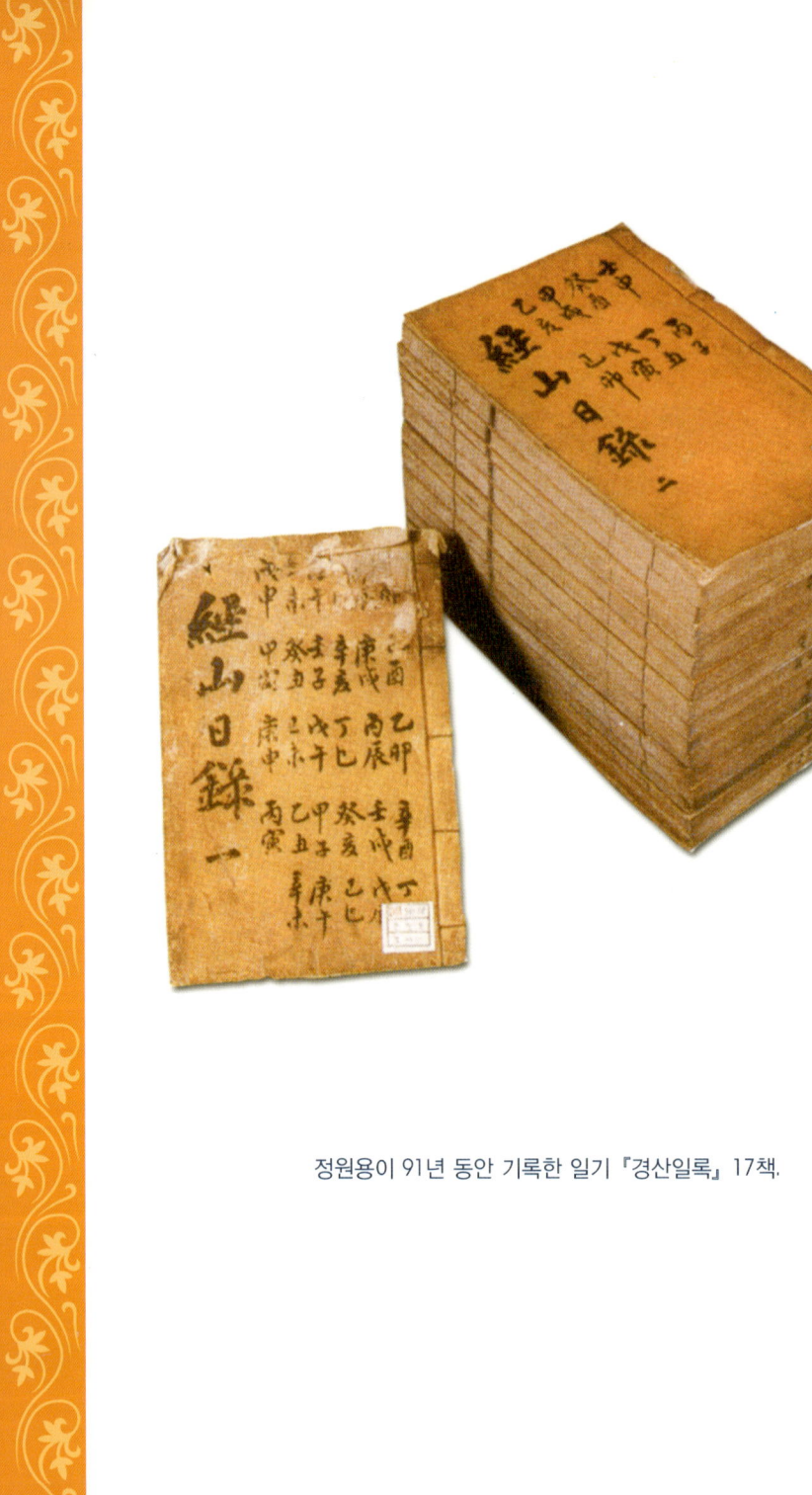

정원용이 91년 동안 기록한 일기 『경산일록』 17책.

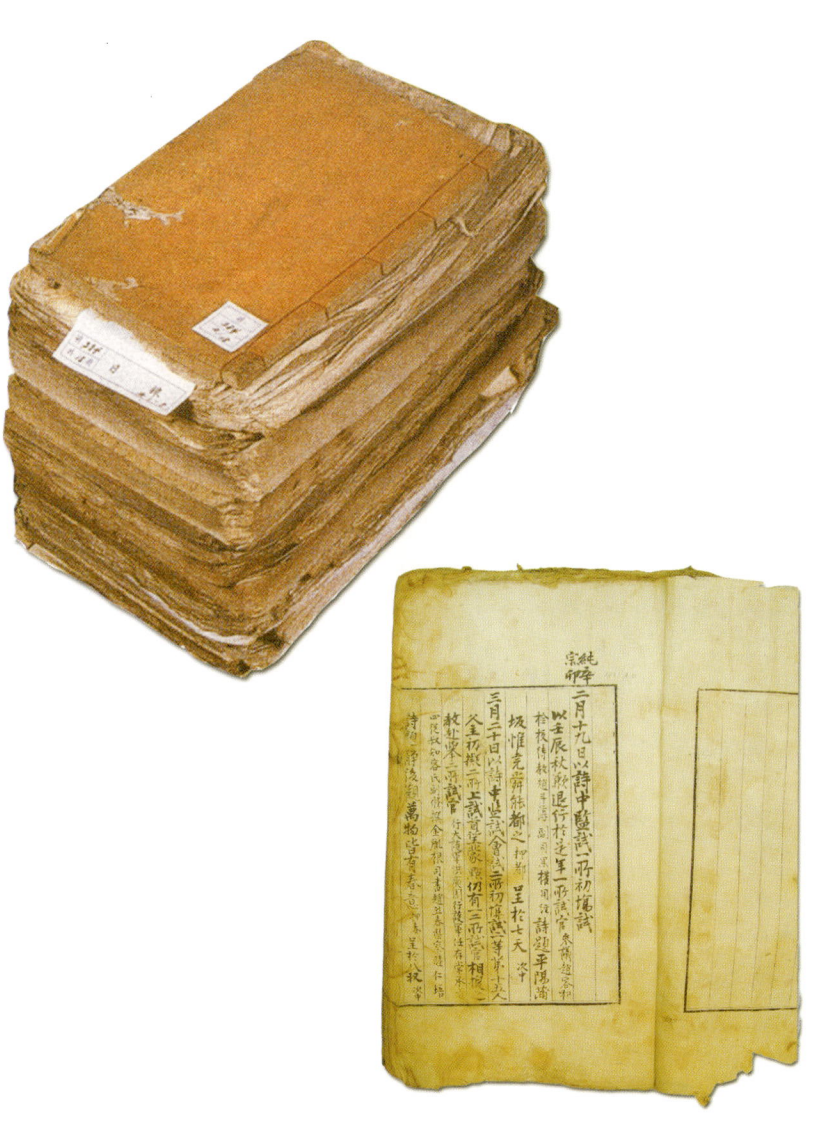

정원용의 아들 정기세가 기록한 일기 『일록』 15책.

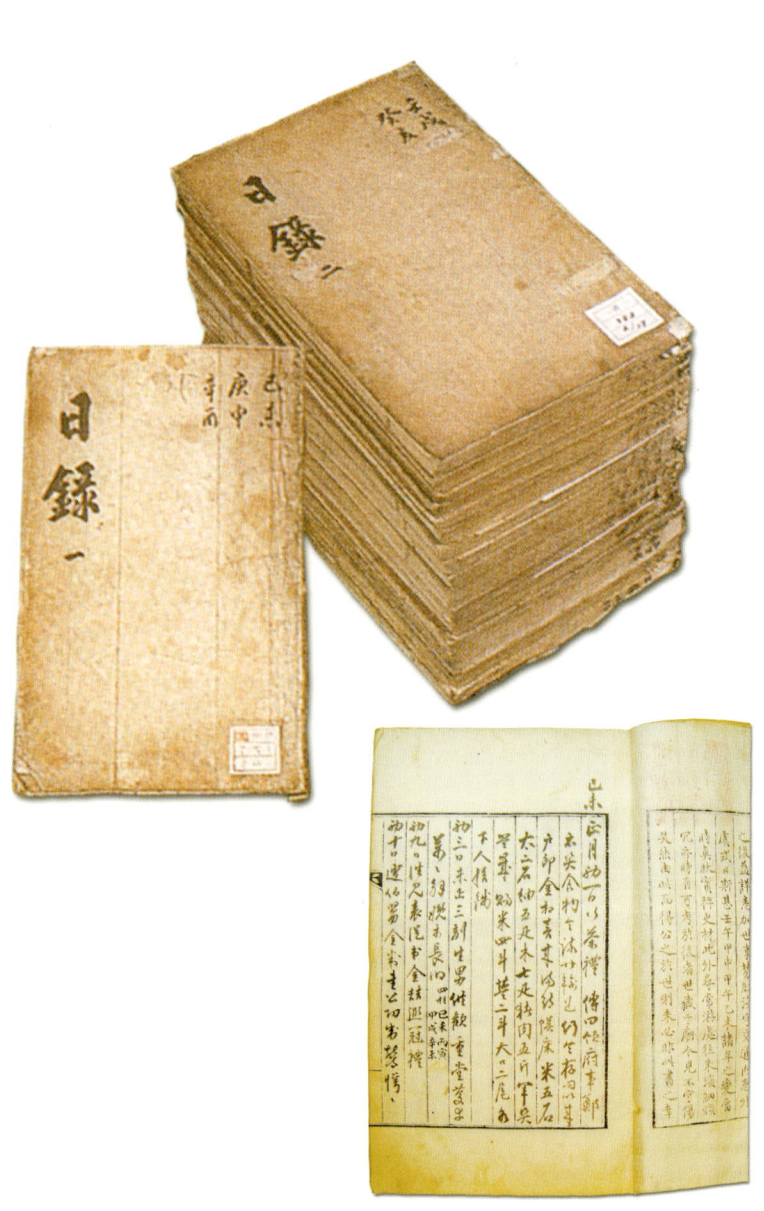

정원용의 손자 정범조가 기록한 일기 『일록』 19책.

머리말

　정원용은 평생 수많은 저술을 하였다. 조선시대에 수많은 저술을 남긴 문인이 한두 명이 아니지만, 정원용은 특별한 문인이다. 이 해제집에 실린 정원용의 저술 13종은 모두 필사본이며, 대부분 연세대학교 중앙도서관 국학자료실에 소장된 유일본이다. 이 저술 가운데 일부가 그의 활자본 문집 『경산집』에 실렸다. 그는 생전에 자신의 저술을 정리해서 정서해 놓았는데, 그의 손자 범조가 활자본으로 간행한 문집 『경산집』은 20권 분량이나 된다. 그러나 20권 분량으로도 그의 저술 가운데 극히 일부분만 실을 수 밖에 없었으며, 그가 90년 평생 기록한 일기 『경산일록』은 문집에 전혀 실리지 않았다. 그는 방대한 저술 분량 하나만으로도 우리 문학사에서 기억할 만한 문인이라 할 수 있다.

　정원용·정기세·정범조의 생애 소개는 각자의 문집 해제에서 했는데, 세 사람 모두 평생 일기를 기록해 행적이 자세한데다 가장(家狀)이나 시장(諡狀)이 잘 갖춰져 있어 소개하기가 편했다.

　정원용은 외직으로 나갈 때마다 문집 초고를 정리한 듯한데, 현재 영변부사 시절의 『약산록』, 회령부사 시절의 『경산북정록』, 평안도관찰사 시절의 『기성록』이 별책으로 남아 있다. 이 문집 초고들에는 한시 외에도 다양한 공문들이 실려 있는데, 손자가 활자본으로 『경산집』을 간행할 때에는 대부분의 공문을 삭제하였다. 조부와 손자 사이에 문장에 관한 견해가 다를 수도 있겠지만, 『약산록』을 예로 든다면 한시도 10분의 1만 실었으니 저술이 워낙 방대했기에 선별했음을 알 수 있다.

그렇다면 정원용의 문학은 물론, 그의 정치나 생애, 그와 관련된 시대사를 연구하려면 결국 시기별로 편집해 두었던 초고본들을 살펴보아야만 한다. 앞으로 정원용에 관해 연구하려면, 활자본『경산집』보다 시기별로 편집해 두었던 문집 초고본이나 공문서, 총서, 일기 등을 연구해야만 한다. 그가 몇십년 동안 재상을 지낼 수 있었던 까닭은 탁월한 행정력과 친화력에도 있지만, 공문서를 꼼꼼하게 정리해두는 습관에도 있었다. 필자는 거의 유일본으로 소장된 책들을 학계에 우선 소개할 필요성을 느껴 해제를 집필하기 시작하였다.

　　마침 연세대학교 국학연구원에서 2003년부터 교육인적자원부의 학술연구조성비를 지원받아『연세대학교 중앙도서관 소장 고서해제』를 편찬하게 되었으므로, 실무책임을 맡은 필자가 정원용의 전체 저술을 연차별로 집필하기로 하였다. 작업량이 많은 해에는 일부 해제를 다른 분께 위촉했지만, 그러한 책도 교열하는 과정에서 원본을 읽어보며 간단히 해제를 작성하였다. 책 제목 그대로 정원용에 관련된 저술들을 모두 소개하고 싶어서 간단히 썼을 뿐이니 공문류와 총서류, 정기세와 정범조의『일록』에 관한 해제는『연세대학교 중앙도서관 소장 고서해제』에 상세하게 실렸으므로, 그 책을 참조하면 좋을 것이다. 마침『경산일록』까지 번역을 마치게 되어, 5년만에 정원용 연구의 1차결과를 보고하게 되었다. 정원용・정기세・정범조 3대 일기의 번역작업을 함께 준비하며 연구계획서를 썼던 이대형 선생과 어려운 시기에 책을 내주신 보고사 김흥국 사장님께 감사드린다. 모든 책들의 서지사항을 정확하게 정리해준 금지아 선생께 깊이 감사드린다.

2008년 12월 24일
허경진

목차

약산록

藥山錄

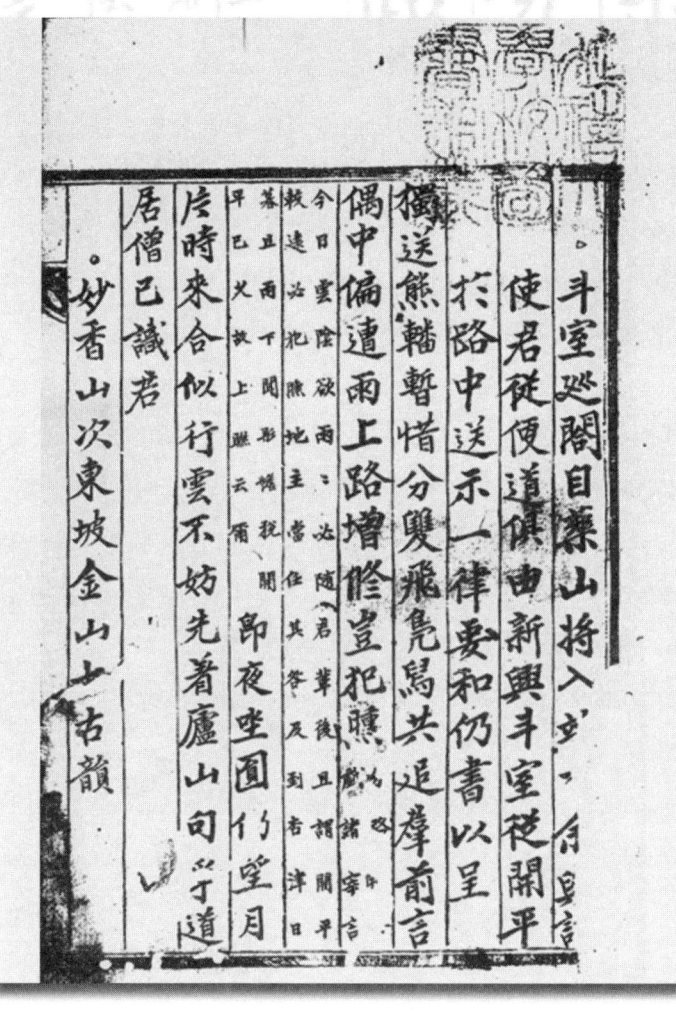

1. 서지

미정초고본(未定草稿本). 불분권(不分卷) 4책, 31×19.5cm.

2. 저술한 시기

정원용은 1819년(순조 19) 12월 6일에 영변부사에 임명되어, 아버지와 함께 부임하였다. 그 해 3월 28일부터 이미 평안도관찰사로 부임해 있었던 두실(斗室) 심상규(沈象奎 1766~1838)가 1820년에 도내(道內)를 순시하며 수령들의 공적을 살피다가, 3월 12일 오후에 영변 망미헌(望美軒)에 도착하였다. 인근 수령들이 한데 모여 인사를 나누고, 이튿날(13일)에 약산(藥山) 동대(東臺)에 올랐다. 이때부터 지은 글을 중심으로 시와 문장을 모은 책이 바로 『약산록(藥山錄)』 4책이다.

영변에 있는 동안 정원용이 두 번째로 글을 많이 지은 기간은 괴질(怪疾) 때문에 관서위유사(關西慰諭使)로 임명되어 활동하던 시기이다. "금년 수재(水災)는 관서가 가장 혹심하다.(줄임) 헌관(獻官)은 영변부사 정원용 및 도백(道伯)과 도내에서 품계가 높은 수령 1인으로 하고, 향축(香祝)은 영변부사 정원용에게 전하고 이어 위유사(慰諭使)를 겸하여 제사를 지낸 후에 다시 백성들을 위로한 후 장계로 아뢰도록 분부하라'고 하교(下敎)하였다."는 기록이 『순조실록』 21년 8월 15일조 기사에 실렸는데, 이때를 전후하여 공문서를 많이 지었다.

3. 구성

『약산록』은 4책 분량의 문집 초고본인데, 문체별로 정리되지 않은 불분권(不分卷) 상태이다. 시기를 본다면 정원용의 91년 생애 가운데 극히 일부인 1819년 12월 6일에 영변부사에 임명되어 1822년 6월 2일 좌승지에 임명되었다는 유지를 받을 때까지, 2년 6개월 동안 지은 시와 산문을 모은 책이다. 제목의 '약산(藥山)'은 영변의 명승지 이름이니, 제목부터가 영변 시절에 지은 글들을 모은 책임을 짐작케 한다.

그가 영변부사로 있는 동안 많은 글을 지었던 시기는 평안도관찰사 심상규가 수령들을 평가하려고 영변에 들려 여러 수령들과 시를 주고받던 1820년 3월, 그리고 평안도에 괴질이 돌아 관서위유사에 임명되어 여러 고을을 돌아다니며 민심을 안정시키고 왕과 여러 고을에 공문을 보내던 1821년 8월, 두 차례이다. 『약산록』에는 이 시기가 따로 구별되지는 않았지만, 거의 시대순으로 편집되었으므로 구분하기는 쉽다. 4책의 표지에 씌어진 분류와 작품 숫자는 아래와 같다.

> **제1책** : 시(詩)
> 시 170수 (오언절구 8수, 칠언절구 66수, 오언율시 13수, 칠언율시 41수, 오언고시 35수, 칠언고시 6수, 기타 歌行體 1수)
> 10행 16자 48장.
>
> **제2책** : (표지 일부분이 떨어져 나가 글씨가 보이지 않음)
> 시화(詩話) 및 잡록(雜錄) 157조목. 81장. 초서(草書)를 섞어 썼으므로, 문장 분량이 일정치 않다.
>
> **제3책** : 주묵록(朱墨錄)
> 공문 30편 (報牒 15편, 傳令 8편, 節目 2편, 關 2편, 帖 2편, 기타

처방 1편)

8행 17자 54장.

제4책 : 잡저(雜著)

산문 18편 (狀啓 1편, 疏 1편, 序 2편, 記 1편, 傳 1편, 書 6편, 銘 6편)

8행 16자 45장.

4. 내용

1) 제1책

영변부사 시절에 지은 시 170수가 실려 있다. 이 가운데 16수는 나중에 간행된 『경산집』 권1에, 2수는 권2에 실렸다. 간행본에 실린 시는 제목 뒤에 *표를 표시해 구별하기로 한다. 간행본에서 제목이 몇 글자 달라진 경우도 있다. 대부분 간행본에는 실리지 않은 작품들이라, 제목만 소개하는 것으로도 가치가 있다고 생각된다. 이 가운데 앞부분은 순찰사 심상규와 함께 다니며 지은 시들이라서 기록이 남아 있다. 정원용의 일기 『경산일록』에 기록된 여정(旅程)을 참조하여, 이 시를 지은 시기도 밝힌다. 대부분 시기 순으로 편집되었지만, 정확하지는 않다.

「두실순합자약산장입묘향산여여□사군종편도구유신흥두실종개평어로중송시일률요화잉서이정(斗室巡閣自藥山將入妙香山余與□使君從便道俱由新興斗室從開平於路中送示一律要和仍書以呈)」칠언율시 1수.(1820년 3월 14일)

「묘향산차동파금산칠고운(妙香山次東坡金山七古韻)」칠언고시 1수.

(16일)

「자묘향동구범살수하표북원주중이도화원리인가분운(自妙香洞口泛薩水下標北院舟中以桃花源裏人家分韻)」 오언고시 1수.(17일)

「무진대차동파능허대오고운(無盡臺次東坡凌虛臺五古韻)」 오언고시 1수.(18일)

「숙류선관미우범주비류차동파유경산오고운(宿留仙觀微雨泛舟沸流次東坡遊京山五古韻)」 *오언고시 1수.(20일)

「여두실순합주하비류(與斗室巡閤舟下沸流)」 오언고시 1수, (21일)

「견양안민인취관여두실공부(見兩岸民人聚觀與斗室共賦)」 칠언절구 1수.(22일)

「육육동념동파집칠절운십수공부(六六洞拈東坡集七絶韻十首共賦)」 *칠언절구 10수.(24일)

「금탄주중념동파승강소시팔수운공부(金灘舟中拈東坡乘舡小詩八首韻共賦)」 오언절구 8수.(25일)

「야월범주항미정하호운(夜月泛舟抗眉亭下呼韻)」 칠언율시 1수.

「여황산김태유근비류주중념왕우승근체운공부(與黃山金台迪根沸流舟中拈王右丞近體韻共賦)」 칠언율시 1수.(4월 15일)

「우(又)」 칠언율시 1수.(15일)

「차김조오율운(次金照五律韻)」 오언율시 1수.(15일)

「황산전춘유조조시일구운…각유당인풍□□상송지금어선루지회귀유여회수용차구분운작오고칠절치우청근(黃山前春有早朝詩一句云…却有唐人風□□常誦之今於仙樓之會歸有餘懷遂用此句分韻作五古七絶馳郵請斤)」 오언고시 5수. 칠언절구 5수.(15일, 또는 16일)

「여어신미춘과성도유의방행촌이미수언금적우래해부백간옹승주내방억여전작중유기여화도간지구고운이(余於辛未春過成都有意訪杏村而未遂焉今適又來偕府伯艮翁乘舟來訪憶余前作中有寄與畵圖看之句故云爾)」 칠언절구 1수.(16일)

「행화촌시오씨일성복축지소계산림원영발가애령인유주진풍미하일적래유솔음(杏花村是吳氏一姓卜築之所溪山林園映發可愛令人有朱陳風味夏日適來遊率吟)」 오씨 집성촌인 행화촌에 들려 지은 오언율시 1수.(16일)

「이종정중열내우성도생관향입성도상견금우래과어기행서증편면(姨從鄭仲悅來寓成都埒館向入成都相見今又來過於其行書贈便面)」 칠언율시 1수.

「경진단오첩(庚辰端午帖)」 오언율시 1수. 칠언율시 1수.(4월 21일)

「간은산사군박영원(簡殷山使君朴永元)」 *칠언율시 1수.

「간성도백윤상규(簡成都伯尹尙圭)」 칠언절구 3수.

「군아음증류척숙경첨(君我吟贈柳戚叔景瞻)」 칠언고시 1수. 함께 공부한 유경첨과 자신의 우의를 노래한 장편시.(4월 2일)

「약산응향각송사계환가작장편서회(藥山凝香閣送舍季還家作長篇敍懷)」 칠언고시 1수. 영변의 역사와 약산의 경치를 노래한 장편시이다.

「차위소주군재여문사연집운증제사(次韋蘇州郡齋與文士燕集韻贈諸士)」 오언고시 1수.

「경차가대인증교궁제생운(敬次家大人贈校宮諸生韻)」 칠언율시 1수. 칠언절구 1수.(7월 22일)

「우경차응향육승운(又敬次凝香六勝韻)」 칠언절구 2수.(4월 24일)

「경진중경일시제교편사선다주특여내사단오선일매위타은광이장교예야영우분육근잉서이시(庚辰中庚日試諸校偏射選多籌特與內賜端午扇一枚爲詫恩光而獎校藝也贏耦分肉斤仍書二詩)」 칠언절구 2수.(25일)

「추일상목단봉사군제음성오고(秋日上牧丹峯思群弟吟成五古)」 오언고시 1수.

「계추위지래왕선천의검정월야봉두실순상념사현휘선성오고운공부(季秋爲支勑往宣川倚劒亭月夜逢斗室巡相拈謝玄暉宣城五古韻共賦)」 *오언고시 2수.

「우차판상운공부(又次板上韻共賦)」칠언율시 1수. 심상규와 1812년에 선천 철옹관에서 만났던 기억을 하며 함께 지음.

「우차판상홍태사운(又次板上洪太史韻)」 칠언율시 1수.

「차금춘입묘향운역기만상(次今春入妙香韻驛寄灣上)」 칠언율시 1수.

「우차전운(又次前韻)」 칠언율시 1수.

「우차전운(又次前韻)」 칠언율시 1수.

「임신동여관문례위영칙부만두실심태사봉절사명선도류만봉영환심금이영변수우인지래출주선천공이안사입만력로회의검정추용오고사의정만상(壬申冬余官問禮爲迎勅赴灣斗室沈太史奉節使命先到留灣逢迎歡甚今以寧邊守又因支勅出住宣川公以按使入灣歷路會倚劍亭追用五古寫意呈灣上)」 오언고시 1수.(8월 17일)

「차은산사군자가릉기시오고십수운(次殷山使君自嘉陵寄示五古十首韻)」 오언고시 10수.(10월 18일)

「십월십구일자정원향선천모설작행억묘군생일함창구점(十月十九日自定原向宣川冒雪作行憶卯君生日含悵口占)」 칠언율시 1수.(19일)

「숙의검재첩전운(宿倚劍再疊前韻)」 칠언율시.(19일)

「자영(自詠)」 칠언율시 1수.

「선천참상회내형상산백음기동양객관(宣川站上懷內兄象山伯吟寄東陽客館)」 칠언율시 1수.(28일)

「봉문례관김교희구점시지(逢問禮官金敎喜口占示之)」 칠언율시 1수.(9월 2일)

「인빈사행중유소사구음(因儐使行中有少事口吟)」 칠언율시 1수.

「인사대역왕안주신동지삼행인이항(因査對役往安州贐冬至三行人李沆)」 칠언율시 1수.(11월 9일)

「가평관증은산수박영원(嘉平館贈殷山守朴永元)」 칠언율시 1수.(21일)

「차영청수이정신운(次永淸守李鼎臣韻)」 오언율시 1수.(21일)

「두실안사탄초반송사이태노익입만야요여동유도량책인사경환로

중차양장기시운(斗室按使灘樵伴送使李台魯益入灣也要與同遊到良策因私徑還路中次兩丈寄示韻)」 칠언율시 3수.(25일)

「우차오율운(又次五律韻)」 오언율시 1수.(25일)

「우차계추오고운(又次季秋五古韻)」 오언고시 1수.(25일)

「신사연상첩(辛巳延祥帖)」 칠언절구 1수. 오언율시 1수.(12월 19일)

「입춘첩(立春帖)」 칠언절구 2수.

「이산소목장헌남상사영생조효육일집가행체병정(以山蔬木杖獻南相思潁生朝效六一集歌行體幷呈)」 *가행체(歌行體) 1수.

「타향헌발유회상산백표형서정(他鄉獻發有懷象山伯表兄書呈)」 칠언율시 1수.

「이반송필통화문백로지신료산소정두실순합잉제사절(以蟠松筆筒花紋白露紙新醪山蔬呈斗室巡閣仍題四絶)」 칠언절구 4수.

「교궁거접제생회주지여차작하소증위소주집운우차부시(校宮居接諸生會做之餘次昨夏所贈韋蘇州集韻又此賦示)」 오언고시 1수.

「향산도송풍합(香山圖送楓閤)」 *칠언고시 1수

「차풍합병침시(次楓閤病枕詩)」 *칠언율시 1수 幷序

「용작추증별운봉신파가송참판면재부개지행(用昨秋贈別韻奉贐坡柯宋參判冕載副价之行)」 칠언고시 1수.

「기증동지서장이학사항회환중로(寄贈冬至書狀李學士沆回還中路)」 오언고시 1수.(1821년 3월 10일)

「기조참판의경(寄曺參判儀卿)」 칠언절구 1수.

「아사심정언계석시성감취로운중입향산여이지주미극종유점일시정상(亞使沈正言啓錫試省監取路雲中入香山余以地主未克從遊占一詩呈上)」 칠언율시 1수.(1822년 3월 5일)

「우정일시아사북원숙소(又呈一詩亞使北院宿所)」 칠언율시 1수.

「첩전운정아사동대유헌최환(疊前韻呈亞使東臺遊憾催還)」 칠언율시 2수.

「차…안사운석별아사(次…按使韻惜別亞使)」 칠언율시 1수.

「우호운작오고(又呼韻作五古)」 오언고시 1수.

「우첩전운(又疊前韻)」 오언고시 1수.

「우첩(又疊)」 오언고시 1수.

「우차칠고운(又次七古韻)」 칠언고시 1수. 약산 동대(東臺)의 경치를 노래한 장편시이다.

「우차전칠률운기안주(又次前七律韻寄安州)」 칠언율시 1수.

「기안동백족질직각원백(寄安東伯族姪直閣元伯)」 오언고시 1수.

「황교이시랑룡수안찰황해도황색지정야어오행속토후재지상야어오덕속신붕우지의야시고인재약산황당증육종황물이우기축진덕수업지의연성오고이정시운선위학혜이공천리일소(黃橋李侍郞龍秀按察黃海道黃色之正也於五行屬土厚載之象也於五德屬信朋友之義也時故人在藥山黃堂贈六種黃物以寓蘄祝進德修業之意演成五古以呈詩云善爲譃兮以供千里一笑)」 *오언고시 1수. 이용수가 황해도관찰사로 부임하자 축하하며 지어준 장편시이다.

「정주노찰방휘여지재한원시유구내견청시서차증지(定州盧察訪鑣余之在翰苑時有舊來見請詩書此贈之)」 오언고시 1수.(1820년 11월 29일)

「삼월십오일한식기상산백내형(三月十五日寒食寄象山伯內兄)」 칠언율시 1수.(1822년 3월 15일)

「양심재지알윤송파거형유상여제사행향음주례부오고(養心齋祇謁尹松坡居衡遺像與諸士行鄕飮酒禮賦五古)」 오언고시 1수.(25일)

「남좌상련소사상직기시치하(南左相連疏辭相職寄詩致賀)」 칠언율시 1수.

「윤삼월십사일죽리김순상리교행부숙무창명장저부작삼절구증방기사정(閏三月十四日竹里金巡相履喬行部宿撫倉明將抵府作三絶句贈房妓使呈)」 칠언절구 3수.(윤3월 14일)

「여순상유향산(與巡相遊香山)」 제목만 실려 있고, 시는 없음.

「순상자성도선발여성천수이경국은산수박성기영유수이성린범주
비류념운동부기정순상(巡相自成都先發與成川守李景國殷山守朴聖氣
永柔守李聖隣泛舟沸流拈韻同賦寄呈巡相)」 칠언율시 1수. 칠언절구 1
수.(21일)

「삼십육동주중념칠절운(三十六洞舟中拈七絶韻)」 칠언절구 10수.
(26일, 또는 28일)

「증성도시기부용(贈成都詩妓芙蓉)」 칠언절구 1수.(28일)

신미년 윤3월에 성도에서 만났던 기생 부용이 춤과 노래를 잘했는
데, 올해 윤3월에 와보니 시도 잘 지어 이 시를 지어 주었다.

「순상화증운공파무신작규인당년운우창무인중봉미시망정자기취
유여부진춘인청해조고갱첩이시 일해부진춘조일해미망정조(巡相和贈
云空把巫神作閨人當年雲雨悵無因重逢未是忘情者記取猶餘不盡春因
請解嘲故更疊二詩 一解不盡春嘲一解未忘情嘲)」 칠언절구 2수.(28일)

「만류제화은산졸운별성도백(萬柳堤和殷山倅韻別成都伯)」 칠언절
구 1수.(29일)

「은산현림발화성기운(殷山縣臨發和聖氣韻)」 칠언절구 2수.(4월 2일)

「향산승책홍적래걸시고증이오고(香山僧策鴻適來乞詩故贈以五古)」
오언고시 1수.

「성도백이경국이기윤영도견요장부기회야숙무진대마병불능전효
기수우경환음기성도백(成都伯李景國以其胤榮到見要將赴其會夜宿無
盡臺馬病不能前曉起愁雨經還吟寄成都伯)」 칠언율시 1수.(16일)

「문이시랑경진내도성도이시상요(聞李侍郎景進來到成都貽詩相要)」
칠언절구 3수.

「기성도백이경국(寄成都伯李景國)」 칠언절구 3수. 오언율시 1수.

「각리뢰유지반사신인경서정문영감지여배증련궐지사념운식회(閣
吏賚有旨頒賜新印經書正文榮感之餘倍增戀闕之思拈韻識懷)」 칠언절구
3수. 칠언율시 1수.(5일)

「등석등남성문루념운(燈夕登南城門樓拈韻)」오언율시 1수. 칠언절구 2수.(8일)

「가대인생조부득배과작시기사제(家大人生朝不得陪過作詩寄舍弟)」칠언율시 1수. 오언율시 1수.(12일)

「각리증오고첩차화증(閣吏贈五古輒此和贈)」오언고시 1수.(13일)

「이시랑경진여기제성도백래회념운공부(李侍郎景眞與其弟成都伯來會拈韻共賦)」칠언절구 1수.(21일)

「상동대(上東臺)」오언율시 1수.(22일)

「향산도중(香山途中)」오언율시 1수.(23일)

「향산(香山)」칠언율시 1수.(23일)

「무릉폭(武陵瀑)」칠언절구 1수.(24일)

「살강주중(薩江舟中)」칠언율시 1수.(25일)

「백상루(百祥樓)」칠언고시 1수.(26일)

「성도백이령이원함승소자무강승주입패기시고별(成都伯李令移院衙承召自巫江乘舟入浿寄詩告別)」오언율시 1수. 칠언절구 1수.(29일)

「향산(香山)」칠언절구 1수.

「읍삼사(邑三寺)」칠언절구 1수.

「관덕시사(觀德試射)」칠언절구 1수.

「연지범주(蓮池泛舟)」칠언절구 1수.

「조해정(照海亭)」칠언절구 1수.

「철옹성(鐵瓮城)」칠언절구 1수.

「약산동대(藥山東臺)」칠언절구 1수.

「백령(百嶺)」칠언절구 1수.

「증내(贈內)」칠언율시 1수. 오언율시 1수.

2) 제2책

표지에 제목이 보이지 않는 이 책은 초서(草書)로 기록되었는데,

157조의 시화(詩話) 잡록(雜錄)이 체제를 갖추지 않고 실려 있다. 영변부사 시절과 관계없이, 역대 왕들의 이야기로부터 자신이 재상이 된 뒤의 이야기와 대원군 시절의 이야기까지도 섞여 있다. 평소에 보고 듣고 생각나는 대로 기록한 글들이 『약산록』을 편집할 때에 잘못 끼어든 듯하다. 출전을 밝힌 글들도 있다. 『경산집』에는 실리지 않았다.

앞부분에는 시화가 많고, 20조에선 기성(箕城)에 관해 고증하였다. 21조부터 69조까지는 제도·군정(軍政)·서법(書法)·석각(石刻)·정사(政事) 등에 관해 기록하였다. 70조 임술(1862년)부터 157조 병인(1866년)까지는 정사(政事), 특히 외교와 관련된 기사가 많아 중요한 자료이다. 분량이 워낙 많은데다 『약산록』과 직접 관계도 없는 글이라서, 내용을 하나하나 소개하지 않는다.

3) 제3책

표지에 '주묵록(朱墨錄)'이라 씌어진 이 책에는 영변부사로 재임하는 동안 순영(巡營)과 병영(兵營), 그 밖의 여러 고을에 보낸 공문 30편이 실려 있다. 『경산집』에는 한 편도 실리지 않았다. 제목은 다음과 같다.

1. 순영(巡營)과 병영(兵營)에 아울러 올린 보(報).(제목이 없음).
2. 「보본영(報本營)」
   무인년에 탕감된 비용이 아직도 장부에 있어 수정을 의뢰하였다.
3. 「보순영(報巡營)」
4. 「보순영(報巡營)」
5. 「보순영(報巡營)」
6. 「제소보심호의소보시행향사(題所報甚好依所報施行向事)」

7. 「보순영(報巡營)」

8. 「보순영(報巡營)」

9. 「보병영(報兵營)」

10. 「보순영(報巡營)」

11. 「보순영(報巡營)」

12. 「보순영(報巡營)」

13. 「경진농형판보(庚辰農形判報)」

14. 「신사농형판보(辛巳農形判報)」

15. 「안주민박치정유천당부사보장(安州民朴致正儒薦當否查報狀)」

16. 「전령각면(傳令各面)」

17. 「전령신현면행정존위급향산두승(傳令薪峴面杏亭尊位及香山頭僧)」

18. 「전령각면(傳令各面)」

19. 「전령훈련반수영부중군(傳令訓鍊班首營府中軍)」

20. 「전령장청(傳令將廳)」

21. 「전령각창감(傳令各倉監)」

22. 「전령각면(傳令各面)」

23. 「송금절목(松禁節目)」

24. 「류방포수삭료마련절목서(留防砲手朔料磨鍊節目序)」

25. 「발관강변제읍(發關江邊諸邑)」

    당시 평안도 지방에 유행하던 돌림병에 관한 공문이다. 여러 가지 약재와 침(針)으로 효험을 보지만, 새로 북경에서 들어온 처방을 써보라고 권하는 내용이다.

26. 「사기영단(痧氣靈丹)」

    새로운 처방의 약재(藥材)와 효능을 자세하게 설명한 글이다.

27. 「발관각읍(發關各邑)」

28. 「하체교궁(下帖校宮)」

29. 「하체훈련원(下帖訓鍊院)」

30. 「전령형리등(傳令刑吏等)」

4) 제4책

표지에 '잡저(雜著)'라고 씌어져 있다. 영변부사 시절에 지은 산문 18편이 실려 있다. 『경산집』에는 2편만 실렸는데, *표로 표시한다.

1. 「관서위유사장계초(關西慰諭使狀啓草)」*

(1821년) 8월 28일 평양에서 기양제(祈禳祭)를 지낸 뒤에 돌림병이 소강상태를 보였다는 내용, 왕의 교서(敎書)를 여러 고을에 상세하게 알려 백성들이 모두 왕의 뜻을 알게 되었다는 내용, 36고을의 사망자 수가 30,007명이라는 내용, 국경 부근의 여섯 고을에는 사망자가 없다는 내용 등을 아뢴 뒤에, 사신 일행을 접대하는 비용 문제, 평양의 부채 탕감 등을 건의하였다. 『경산집』 권10에 「위유관서청재호견휼장(慰諭關西請災戶蠲恤狀)」이라는 제목으로 실려 있다.

2. 「진서로사의소(陳西路事宜疏)」*

삼정(三政)의 문란, 결렴(結斂), 대동고(大同庫), 민고(民庫)·마고(馬庫)와 아울러 삼고(三庫)라고 불리우는 지칙고(支勅庫)의 폐단 등을 건의하였다. 같은 내용이 『순조실록』 21년 11월 17일 기사에 실려 있다.

뒤에는 1822년 5월 25일 약방(藥房) 입진(入診) 때에 왕이 그 내용에 대해서 대신들과 주고받은 이야기가 실려 있는데, 이 내용도 『순조실록』에 실려 있다. 이 글은 『경산집』 권5에 「관서위유사진서로사의소(關西慰諭使陳西路事宜疏)」라는 제목으로 실려 있다.

3. 「양심재향음주시첩서(養心齋鄕飮酒詩帖序)」

영변에 있는 양심재는 송파(松坡) 윤거형(尹居衡)과 그의 아들 윤제세(尹濟世)가 강학(講學)을 하던 곳인데, 부자가 경술(經術)에 밝고 수

행이 높아 평안도 사람들이 선생(先生)이라고 불렀다. 1822년 3월 25
일에 수백 명 선비가 양심재에 모여 향음주례(鄕飮酒禮)와 향약례(鄕
約禮)를 시행하고, 정원용이 그 자리에서 출제하여 인재를 가렸다.
정원용이『시경』가운데 특히 소아(小雅)에 사군지의(事君之義)가 있
음을 설명하고, 선비들에게 부디 힘쓰기를 당부하였다. 오언고시 한
편을 짓자 선비들이 화답하여 시첩을 이루고, 그 사연을 서(序)로 기록
하였다.

4.「모암정사온전(慕菴鄭思溫傳)」

정원용이 관서지방에 벼슬하며 영변에서 취암(就巖) 윤제세(尹濟
世)의 전(傳), 덕암(德巖) 이응거(李膺擧)의 명(銘)을 짓고, 용천에서
의사(義士) 안극성(安克誠)의 명(銘)을 지었는데, 철산에서 모암 정사
온을 알게 되어 또 전을 지었다. 정사온의 7세조는 한림(翰林) 정림(鄭
霖)이었는데, 왕에게 충간하다가 철산으로 유배되어 대대로 살았다.
사온은『소학』과『효경』을 열심히 읽으면서 자식 된 도리를 깨우치고,
부모의 무덤 곁에 영모암(永慕庵)을 지어 여묘(廬墓)살이를 했다. 서울
에 있을 때에도 정화수를 떠 놓고 부모가 계신 서쪽을 향해 절해, 이웃
사람들이 영모정(永慕井)이라고 했다. 관찰사가 그 효행을 아뢰어, 참
봉에 제수되었다. 그는 임진왜란에 왕을 모시고 군량미를 바쳐 호성공
신에 올랐으며, 인목대비 폐모론에도 반대하였다. 인조반정 뒤에 세
차례 수령을 거쳐 세상을 떠났는데, 이름난 선비들이 만장을 지어 보
냈다. 평안도 선비들이 그를 '관서이학지종(關西理學之宗)'으로 높이
고, 모암선생(慕庵先生)이라 불렀다. 김응하(金應河) 장군을 따라 심
하(深河) 전투에서 싸우다 죽은 아우 사검(思儉)과 학행(學行)으로 이
름난 아들 수기(修己)까지 소개하며, 남들에게 널리 알리기 위해 이
전을 지었다.

5. 「상순찰김공서(上巡察金公書)」

정사온의 전(傳)을 지은 뒤에 순찰사 김이교에게 이 글을 보내, 고려 충신 이원정(李元楨)과 이희적(李希勣)을 모신 철산 쌍충사(雙忠祠)에 그를 배향(配享)하게 해달라고 청하였다. 아울러 경전에 통달하고 행실에 힘쓰는 철산 선비 정취관(鄭聚觀, 정사온의 6세손), 행실이 독실하고 특이한 김봉조(金鳳祚, 판서 김홍운의 현손), 효행으로 칭송받는 영변 선비 이심양(李心讓, 덕암 이응거의 손자), 늙도록 경전을 궁구하며 수백명을 가르친 선천 진사 박문제(朴文梯), 문 닫고 들어앉아 글만 읽으며 성리(性理)를 연구하는 귀성 선비 원대철(元大哲), 예학에 몹시 밝은 박천 선비 서중서(徐重瑞) 등을 추천하였다.

6. 「답김사문영순서(答金斯文英淳書)」

평안도관찰사 김이교의 맏아들 김영순(1798~?)에게 부친의 문장을 칭찬하는 글이다. 관찰사 김이교와 관서위유사 정원용은 돌림병을 수습하느라고 평안도 일대를 함께 돌아다녔는데, 김이교가 그 동안 지은 문장들을 정원용이 읽고 구체적으로 비평하였다.

7. 「답성도시기추수(答成都詩妓秋水)」

성천 기생 추수(秋水)의 아름다움과 글재주를 찬양한 뒤에, 그가 순찰사의 시에 차운하여 지은 시를 다시 차운하여 함께 보낸 편지이다. 1822년 윤3월 그믐에 청앵정(聽鶯亭)에서 써 보냈다.

8. 「기명허대사(寄溟虛大師)」

묘향산의 이름난 스님 명허대사를 뒤늦게 알자, 12세에 출가하여 60년 동안 한결같이 참선한 사실을 칭찬하며 자신에게 설법을 부탁하는 편지이다.

9. 「기동명대사(寄東溟大師)」

명허대사에게 설법을 부탁했으니, 동명대사도 함께 관아로 와달라고 부탁하는 편지이다.

10. 「송명허대사환향산서(送溟虛大師還香山序)」

영변 관아에 와서 설법을 마치고 묘향산으로 돌아가는 명허대사가 글을 구하자, 불가에도 충효(忠孝)가 있으니 주공(周公) 공자(孔子)의 도를 배우지 않고도 실제로는 행한 것이라 설명하고, 그 도를 떠나지 않으면 주공(周公) 공자(孔子)의 도를 배운 자들이 함께 어울릴 수 있다고 설명하였다.

11. 「능파정중건기(凌波亭重建記)」

성천 비류강 가에 있는 능파정이 홍수에 피해를 입자 부사 이기연이 중건하였다. 정원용이 '능파(凌波)'라는 이름을 보고 부사의 행정이 맑고도 높을 것을 짐작해 이 기(記)를 지었다. 글은 1822년 청화절에 짓고, 현판 글씨는 학원(鶴園) 박영원(朴永元)이 썼다.

12. 「연명(硯銘)」 6편

이 가운데 2편은 종제(從弟) 희경(羲卿)과 경집(景執)에게 지어준 명(銘)이다.

13. 「상두실서(上斗室書)」

평안도관찰사로 있는 동안 청나라에 보내는 외교문서를 잘못 썼다가 1821년에 파직된 심상규에게 '홍원 유배생활과 지금의 처소가 얼마나 달라졌는지' 안부를 묻는 편지이다.

5. 가치

이 책들은 정원용이 영변부사로 재직하던 2년 6개월 동안에 지은 시와 문장만 실려 있어서, 정원용 문집 전체를 보여 주지는 못한다. 그러나 현재 간행되어 있는 정원용의 문집 『경산집』에 실리지 않은 글들이 대부분이어서, 오히려 그 시대의 자료는 더 많이 보여 준다.

제3책『주묵록(朱墨錄)』에 실린 공문들을 통해 목민관으로서의 행적을 엿볼 수 있으며, 공문 하나까지도 문집 초고본에 정리해 놓은 자세에서 조선시대 관각문학의 범주를 확인할 수 있다. 뿐만 아니라, 현재 간행되어 전하는『경산집』에 실린 글 말고도, 그가 평생 얼마나 많은 글을 지었는지 짐작할 수 있게 해주는 자료이기도 하다.

　그는 평소에 시를 많이 짓고, 빨리 지었다. 그가 강원도관찰사 시절에 기록한 1827년 윤5월 29일 일기를 보면

　"(아우) 윤용과 각 체의 시를 짓기로 약속했다. 나는 관풍각에 앉고 경집은 채약오(采藥塢)에 앉아 옆 사람을 시켜 종이조각에 운자를 써서 서로 창수하고, 젊은 기생에게 통(筒)을 전하라고 명하였다. 해가 뜰 때 시작해서 촛불을 켤 때 끝났다. 나는 칠언고시 10수, 오언고시 16수, 칠언율시 15수, 오언율시 10수, 칠언절구 24수, 오언절구 29수를 지어 합이 99수, 구(句)로는 830구가 되었다. 경집은 나보다 3수 적었다. 나보다 많이 앞서려고 하지 않아서인 것 같았다. 두 축의 시가 수준이 비록 같지 않지만 취중에 어지럽게 쓴 글자와 호방하고 제멋대로 읊은 구들이 왕왕 천기를 드러내, 그 즉석의 풍경을 생각할 수 있는 점이 있었다. 마친 뒤에는 그 시를 버리는 것이 아까워 각기 장정하여 간직하였다."

라고 하였는데, 하루에 99수를 짓기까지 하였음을 알 수 있다. 평소에 지은 시들을 버리지 않고 장정하여 간직하는 버릇도 있었는데, 원주에서 지은 시고(詩稿)는 없어졌지만, 그렇게 하여 남은 것이 바로 이『약산록』이다. 시의 경우만 놓고 본다면 2년 6개월 동안 170수의 시를 지어 18수만 간행본『경산집』에 실렸으니, 10분의 1만 실렸다고 볼 수 있다. 산수적으로 계산할 수는 없지만, 그렇게 따진다면 현재

간행된 『경산집』 20권과 부록 3권이 본문만 해도 200권이나 되었을 것이다.

공문의 경우를 보면, 왕에게 올리는 장계(狀啓)나 상소(上疏)는 실었지만, 이웃 고을에 보내는 보(報)·전령(傳令)·관(關)·체(帖) 등은 하나도 싣지 않았다. 이 책은 현재 간행되어 전하는 『경산집』이 그 많은 작품 가운데 골라 뽑았음을 보여주는 좋은 자료인데다, 38세부터 40세까지 장년 시절의 작품을 숨김없이 보여주는 자료로 가치가 높다. 1866년의 일까지 기록한 제2책은 별도로 분류하여야 한다. 연세대학교 중앙도서관 고서실에 소장된 미정초고본 『경산집 부록』 6책과 정원용이 91년 동안 기록한 일기 『경산일록』 17책을 함께 참고하면 상승효과가 더욱 높아질 것이다.

경산북정록

經山北征錄

經山北征錄卷之一

詩

東門道中　　　　　　　東萊鄭元容善之著

朝雨初晴大路平高秋驅馬出東城眼前直北山河
闔肯作閣門戀戀情

其二

書生不草草北鎮展邊籌出處皆前定平生始遠遊
豪歌橫槊塞勁氣入高秋鼓憚驅馳役　重宸北顧
憂

夜雨宿花江(一名化)和洪弔景執次杜詩出塞韻

1. 서지

수고본(手稿本), 10권 10책, 사주쌍변(四周雙邊), 반곽(半郭), 23.6 ×16.4cm, 유계(有界), 10행 20자, 32.0×20.5cm.

2. 저술한 시기

정원용은 47세 되던 1829년에 규장각 직제학과 대사간에 제수되었는데, 8월에 북관(北關)에 홍수가 나자 4차례 망단자(望單子)를 고친 끝에 회령부사에 낙점을 받았다. 정원용은 북관(北關)이 관방(關防)에 중요한 땅인데도 준비가 소홀하다고 여겨 「북략의의(北略擬議)」와 「철북습록(鐵北拾錄)」을 저술하였다. 이 지역에 처음 부임해보니 백성이 완악하여 형벌을 두려워하지 않았다. 정원용은 '가르치지 않고 벌을 주는 것도 학대하는 것'이라 하며, 형구를 모두 치우고 정성을 다해 타이르고 가르쳤다.

48세 되던 1830년 12월 28일에 자헌대부에 올랐고, 사헌부 대사헌에 제수되어 회령을 떠났다. 정원용이 회령부사로 재임하던 1년 4개월 동안의 시문 등을 집대성한 책이 바로 『경산북정록(經山北征錄)』이다. 제10책은 일기인데, 1829년과 1830년의 행장(行狀) 가운데 일부만 담고 있는 것으로 보아, 『경산북정록(經山北征錄)』은 이 시기에 완성되었음을 알 수 있다.

3. 구성

10책의 표지마다 우측 상단에 시(詩), 잡저(雜著) 등 해당 책에 실린 문장의 갈래를 간략하게 표기하였다. 본문은 해서(楷書)로 비교적 깨끗하게 정서하였고, 수정한 흔적이나 덧댄 종이가 비교적 드물다. 각 면은 10행 20자가 필사되었는데, 각 책의 구성 및 분량은 다음과 같다.

1) 제1책 시(詩)

정원용이 지은 「북정시서(北征詩序)」와 권1 목록, 102제 167수가 54장에 실렸다.

2) 제2책 시

권2 목록과 73제 165수가 47장에 실렸다.

3) 제3책 잡저(雜著)

권3 목록과 서(書) 14편, 서(序) 7편, 전문(箋文) 9편, 설(說) 4편, 묘지명(墓誌銘) 1편, 문(文) 1편, 전체 30제 36편이 55장에 실렸다.

4) 제4책 침담록(枕談錄)

「침담록서(枕談錄序)」와 잡저에 해당되는 「침담록(枕談錄)」이 45장에 실렸다.

5) 제5책 철북습록(鐵北拾錄)

「철북습록서(鐵北拾錄序)」와 지리서 「철북습록(鐵北拾錄)」이 58장에 실렸다.

6) 제6책 북략의의(北略擬議) 상

권6 목록과 「북략의의서(北略擬議序)」와 「북관총록(北關總錄) 읍관방부(邑官方附)」, 「관방(關防) 진보성첩영애부(鎭堡城堞嶺隘附)」, 「산천(山川) 해로부(海路附)」, 「성적(聖蹟)」이 53장에 실렸다.

7) 제7책 북략의의(北略擬議) 하

권7 목록과 「인물(人物) 사원부(祠院附)」, 「교사(教士) 과환부(科宦附)」, 「전정(田政) 강세부(舡稅附)」, 「군제(軍制) 군기부(軍器附)」, 「적정(糴政) 이사호구부(里社戶口附)」, 「개시(開市)」가 53장에 실렸다.

8) 제8책 독역일록(讀易日錄)

「독역일록서(讀易日錄序)」와 「독역일록(讀易日錄)」이 67장에 실렸다.

9) 제9책 선직고강(選職攷綱)

권9 목록과 26개 관직을 55장에 소개했다.

10) 제10책 일기

권수제는 「북정일록(北征日錄)」인데, 1행에 19자씩 37장에 필사했다.

4. 내용

1) 제1책 : 『경산북정록(經山北征錄)』1 시

제1책에 실린 시 102제 167수 대부분은 1829년 8월 부임 초에 지은

시이다. 관리나 문인들과 주고받은 작품이거나, 「등철령(登鐵嶺)」·「영
흥(永興)」 등 부임지 주변의 지리에 대한 감상을 술회한 작품들이다.

2) 제2책 : 『경산북정록(經山北征錄)』 2 시

역시 차운시(次韻詩)와 본인의 감정을 술회한 시들이다. 「앵도(櫻
桃)」·「보리타작[觀打麥]」·「고사리[薇蕨]」·「질경이[吉更]」·「파
[葱]」·「겨자[芥]」·「상추[萵苣]」·「남과(南瓜)」·「오이[瓜]」·아욱
[「葵]」·「가지[茄]」·「마늘[蒜]」·「배추[菘]」·「무[蘿蔔]」·「구기자
[枸杞茱]」 같이 채소와 나물을 소재로 지은 시들이 많이 실려, 백성들
의 식생활에 관심을 가졌음을 알 수 있다.

3) 제3책 : 『경산북정록(經山北征錄)』 3 잡저(雜著)

서(書) 14편의 제목은 「상묘당서(上廟堂書)」·「우상묘당
서(又上廟堂書)」·「여주당서(與籌堂書)」·「우여주당서(又與籌堂書)」·「상이
참판규현서(上李參判奎鉉書)」·「상영돈녕김조순서(上領敦寧金祖淳
書)」·「상좌의정이척숙서(上左議政李戚叔書)」·「여김상서로서(與金
尙書鏴書)」·「상좌의정이척숙서(上左議政李戚叔書)」·「답홍시랑경
모서(荅洪侍郎敬謨書)」·「상순사김기은서(上巡使金箕殷書)」·「상박
상서종훈서(上朴尙書宗薰書)」·「상순사김기은서(上巡使金箕殷書)」·
「상영돈녕김조순서(上領敦寧金祖淳書)」이다. 이 가운데 「상묘당서
(上廟堂書)」·「우상묘당서(又上廟堂書)」·「여주당서(與籌堂書)」·「우
여주당서(又與籌堂書)」 등은 폐국(弊局), 또는 패국(敗局)이라고 불리
는 관서(關西)의 실태를 파악하고, 각 창고의 장부를 살펴본 뒤에 구
체적으로 삼정(三政)에 관해 건의한 글들이다.

서(序) 7편의 제목은 「위기연구서(圍棋聯句序)」·「우사연구서(耦射聯句序)」·「북정시서(北征詩序)」·「침담록서(枕談錄序)」·「철북습록서(鐵北拾錄序)」·「북략의의서(北略擬議序)」·「독역일록서(讀易日錄序)」이다. 이들은 대부분 『경산북정록(經山北征錄)』 각 책에 실린 개별 저술의 서문을 모은 것이다.

전문(箋文) 9수의 제목은 「동지전문(冬至箋文)」(2수)·「정조전문(正朝箋文)」(2수)·「탄신전문(誕辰箋文)」(2수)·「진위전문(陳慰箋文)」(3수)이다. 이 가운데 「동지전문(冬至箋文)」은 1835년에 동지를 하례하며 올렸던 전문인데, 곧이어 국상(國喪)을 당하자 다시 내려왔다. 「정조전문(正朝箋文)」은 1834년 설날 중화부에서 보낸 하례(賀禮) 전문(箋文)이다. 「탄신전문(誕辰箋文)」(2수) 가운데 1수는 원임(原任) 각신(閣臣)의 신분으로 임금의 탄신을 축하하는 전문이고, 다른 1수는 같은 내용을 관찰사의 신분으로 축하하는 전문이다. 「진위전문(陳慰箋文)」(3수) 가운데 1수는 순조(純祖)가 붕어하자 원임 각신의 신분으로 위로의 뜻을 아뢰는 전문이고, 다른 1수는 같은 내용을 평안도관찰사의 신분으로 아뢰는 전문이며, 마지막 1수는 대비에게 위로의 뜻을 아뢰는 전문이다. 대부분 정원용의 평안도관찰사 시기의 문집인 『기성록(箕城錄)』에도 실려 있다.

설(說) 4수의 제목은 「기설(棊說)」(2수)·「기설증이군옥(棊說贈李君玉)」·「오류설(烏騮說)」이다. 이 가운데 「기설(棊說)」(2수)과 「기설증이군옥(棊說贈李君玉)」은 바둑에 관련된 자신의 견해를 정리한 글이고, 「오류설(烏騮說)」은 중국 시장에서 판매되는 명마(名馬)에 대한 견해를 설명한 글이다.

묘지명(墓誌銘) 1편의 제목은 「목사윤공치혁묘지명(牧使尹公致赫

墓誌銘)」이다.

문(文) 1편의 제목은 「진향문(進香文)」인데, 순조(純祖)의 영전에 향을 올리며 지은 글이다. 『기성록(箕城錄)』에도 실려 있다.

1833년 11월 9일 평안도관찰사에 임명되어 2년 9개월 동안 지은 시문을 모은 책이 『기성록(箕城錄)』인데, 『경산북정록(經山北征錄)』과 저술시기가 비슷해서 그 책에 실린 글 몇 편이 이 책에도 잘못 실렸다.

4) 제4책 : 『경산북정록(經山北征錄)』 4 침담록(枕談錄)

1829년 10월 초에 조카 정윤용(鄭允容 1792~1865)과 나눈 이야기를 기록한 글이다. '침담(枕談)'은 한나라 환관(桓寬)이 편찬한 『염철론(鹽鐵論)』의 '고침담와(高枕談臥)'에서 따온 말이다. 바둑과 시문 및 세태에 대한 내용인데, 고금 성현의 고담준론을 끌어다 자신의 견해를 피력했다.

5) 제5책 : 『경산북정록(經山北征錄)』 5 철북습록(鐵北拾錄)

1829년에 지은 백과사전적(百科辭典的) 지리서(地理書)로, 19세기 전반의 회령 및 관북(關北) 지역의 사정에 대해 상세히 서술하였다. 단순한 나열에 그친 것이 아니라, 자신의 견문을 중심으로 자세히 설명하였다. 125항목은 크게 세 부분으로 나누어진다.

1. '철령(鐵嶺)'부터 '두만강(豆滿江)'까지는 관북지방의 지형 및 건축물 등에 대한 설명이다.
2. '간동팔지(幹東八池)'부터 '청인시기(淸人始起)'까지는 '두외보문(豆外補聞)'이라는 소제목 하에 국경과 인접한 간동팔지의 지형과 부족에 대하여 설명하였다.

3. '북속기략(北俗紀略)'에서는 관북지역의 풍속과 의식주, 특산물에 대한 설명을 하였다.

125 항목의 제목은 다음과 같다.

철령(鐵嶺)·학포(鶴浦)·국도(國島)·석왕사(釋王寺)·표표연정(飄飄然亭)·풍류산(風流山)·황룡산(黃龍山)·오갑산(烏鴨山)·용주리(湧珠里)·명석원(銘石院)·도창수(道昌樹)·철관(鐵關)·문평(門坪)·원산(元山)·아미산(蛾眉山)·선원전(璿源殿)·흑석리(黑石里)·용흥강(龍興江)·옥락치(玉樂峙)·도안사(道安寺)·본궁(本宮)·괘궁송(掛弓松)·독서당(讀書堂)·토우기(土宇基)·경흥택(慶興宅)·정릉(之陵)·치마대(馳馬臺)·격구정(擊毬亭)·제성단(祭星壇)·만세교(萬歲橋)·낙민루(樂民樓)·지락정(知樂亭)·옥편정(玉篇亭)·구경대(龜景臺)·광포(廣浦)·금수굴(金水窟)·백악폭포(白岳瀑布)·일우암(一遇巖)·함관령(咸關嶺)·금삼백(金三百)·조포목(照浦木)·천도(穿島)·해월정(海月亭)·학계(鶴溪)·동정수(東井水)·서도(西島)·숙신씨고도(肅愼氏故都)·시중대(侍中臺)·관음굴(觀音窟)·남북송정(南北松亭)·마운령(摩雲嶺)·현덕산(懸德山)·이동(梨洞)·유선대(遊仙臺)·마천령(摩天嶺)·성진(城津)·온천(溫泉)·임명역(臨溟驛)·장백산(長白山)·칠보산(七寶山)·병항판(甁項坂)·어랑포(漁郎浦)·원수대(元帥臺)·천곶(穿串)·형제암(兄弟巖)·오국성(五國城)·한생대(汗生臺)·고령(高嶺)·황제총(皇帝塚)·백두산(白頭山)·동건산성(童巾山城)·오억동(吳憶洞)·증산(甑山)·입암(入巖)·초도(草島)·나단산(羅端山)·용당(龍堂)·서아산(西阿山)·고이도(古珥島)·훈융비(訓戎碑)·야랑성(也郎城)·사동석비(寺洞石碑)·음덕봉(汪德峰)·적도(赤島)·적지(赤池)·능평(陵坪)·백악산(白岳山)·승전대(勝戰臺)·서수라(西水羅)·입정기

(立旌基)·장성기(長城基)·두만강(豆滿江)

두외보문(豆外補聞) : 간동팔지(幹東八池)·황산(黃山)·아양곶산(我
羊串山)·녹둔도(鹿屯島)·삼봉도(三峰島)·외공험진(外公嶮鎭)·현
성(縣城)·려탑(麗塔)·거양성(巨陽城)·선춘령(先春嶺)·훈춘(訓
春)·동가강(佟家江)·분계강내(分界江內)·허전인(許全人)·노거국
(虜車國)·번호부락(蕃胡部落)·홀랄온(忽刺溫)·청인시기(淸人始起)

북속기략(北俗紀略) : 고속(古俗)·경종음식(耕種飮食)·의복(衣服)
·옥제(屋制)·전거(田車)·금전(禁錢)·문사(文士)·관기(官妓)·향
음(鄕音)·등지(燈紙)·유염(油鹽)·주탕(酒餳)·승속(僧俗)·화목
(花木)·강어(江魚)

6) 제6책 : 『경산북정록(經山北征錄)』6 북략의의(北略擬議) 상

1829년에 지은 지리서인데, 제6책에는 「북략의의서(北略擬議序)」
와 「북략의의(北略擬議)」 상편이 실려 있다.

「북관총록(北關總錄)」은 관북지방에 대한 총론이다. 관북지방과 고
을 및 관원에 대한 설명인데, 역사적 득실을 고증하여 시기별로 자세
하게 설명하였다.

「관방(關防)」은 군사적 요충지로서 관북지방의 방어 태세를 점검할
수 있도록 정리한 글이다. 적을 막을 수 있는 성곽과 수용인원 등에
대하여 설명하였다.

「산천(山川)」은 유사시에 활용할 수 있는 지리적 조건에 대하여 서
술한 글이다. 육지뿐만 아니라, 수로(水路)까지 정리하였다.

「성적(聖蹟)」에서는 관북지방이 조선을 창업한 태조(太祖)의 조상
인 목조(穆祖)의 기원임을 강조하면서, 이곳이 우리의 고토(古土)로서
중요한 지역임을 설명하였다.

7) 제7책 : 『경산북정록(經山北征錄)』 7 북략의의(北略擬議) 하

「인물(人物)」에서는 역사적으로 관북지방의 중요한 인물과 사당에 모시고 추앙하는 인물 등을 소개하였다.

「교사(敎士)」에서는 관북지방 출신으로서 과거를 통해 관계에 진출한 선비들을 소개하였다.

「전정(田政)」에서는 관북지역의 조세제도를 소개하였는데, 선박에 부과되는 세금까지 자세하게 소개하였다.

「군제(軍制)」에서는 군사제도는 물론이고, 당시 군대에서 사용되는 각종 기물까지 자세하게 소개하였다.

「적정(糴政)」은 관북지역 백성들의 식생활과 관련된 제반 사항 및 호구(戶口)의 수효와 관련된 설명인데, 척박한 지역이기 때문에 민생의 안정이라는 측면에서 중점을 두고 기록했다.

「개시(開市)」는 관북지역의 시장 현황에 대한 기록이다. 회령개시(會寧開市)는 조선 중기 이후 청나라와 통상하던 무역시장인데, 함경도 지방 상인을 중심으로 서울 등에서 몰려든 상인까지 가세하여 사무역(私貿易)이 성행하는 상황과 우마(牛馬) 거래 등 당시 관북지역 상업과 국제무역의 흐름을 확인할 수 있다.

「북략의의(北略擬議)」 상·하 역시 「철북습록(鐵北拾錄)」과 마찬가지로 『북행수록(北行隨錄)』에 수록되어 있는 귀중한 자료이다.

8) 제8책 : 『경산북정록(經山北征錄)』 8 독역일록(讀易日錄)

「독역일록서(讀易日錄序)」에서 『주역』 공부가 역사 공부와 마찬가지로 매우 중요하다고 설명하였다. 「독역일록(讀易日錄)」은 정원용이 어려서부터 『주역』을 공부하려는 아동들에게 도움을 주기 위하여 일록(日錄)식으로 '건(乾)'과 '곤(坤)'을 비롯한『주역』의 주요 원리들을 자세하게 설명한 글이다.

9) 제9책 :『경산북정록(經山北征錄)』9 선직고강(選職攷綱)

관직 가운데 중요한 26개 직을 선별하여 역사적으로 고증하고, 자세하게 설명한 관제설(官制說)이다. 항목은 다음과 같다.

> 사부삼공(師傅三公)·좌우승상(左右丞相)·상서령(尙書令)·중서령(中書令)·평장사(平章事)·좌우승(左右丞)·참지정사(參知政事)·개부특진(開府特進)·이부상서(吏部尙書)·이부시랑(吏部侍郞)·호부상서(戶部尙書)·예부상서(禮部尙書)·병부상서(兵部尙書)·형부상서(刑部尙書)·공부상서(工部尙書)·어사대부(御史大夫)·간의대부(諫議大夫)·집현학사(集賢學士)·한림학사(翰林學士)·국사원(國史院)·비서감(秘書監)·국자좨주(國子祭酒)·용도각학사(龍圖閣學士)·대리시경(大理寺卿)·경윤(京尹)·동궁관(東宮官)

10) 제10책 :『경산북정록(經山北征錄)』10 일기

그가 회령부사(會寧府使)로 재임하던 1829년 8월 13일부터 1830년 11월 23일까지 1년 남짓한 기록이다.

5. 가치

당시 변방으로 여겨지던 관북지방의 수령으로서 그 지역에 대한 상세한 정보를 시와 일기와 학술적 고증을 통해 기록함으로써, 문집으로서뿐만 아니라 지리서로서의 역할도 수행하고 있다.『경산북정록

(經山北征錄)』에 수록된 작품은 시 175제 332수, 개별 저술 7편을 제외한 잡저 30제 36편 등인데, 이들은 1829년 8월부터 1830년 11월 사이에 지어진 작품들로서 활자본『경산집(經山集)』에 비해 그 분량이 방대하다.『경산북정록(經山北征錄)』을 살펴봐야만 이 시기 정원용의 문학과 생애 및 정치 경제 등 다방면에 걸친 관심을 정확히 살펴볼 수 있다. 일반 문인들의 문집 구성과 달라, 목민관 정원용의 문학관을 확인할 수 있다.

기성록

箕城錄

1. 서지

미정초고본(未定草稿本), 불분권(不分卷) 1책(78장), 사주쌍변(四周雙邊), 반곽(半郭), 23.5×15.5cm, 유계(有界), 10행 19자 내외, 상하향2엽 화문어미(花紋魚尾), 33.0×21.0cm.

2. 저술한 시기

이 책 어디에도 저자가 정원용이라고 밝혀져 있지 않지만, 본문에 실린 「송아자기세환가(送兒子基世還家)」라는 시 제목을 보아 (정)기세의 아버지인 정원용의 저작임을 알 수 있다.

49세 되던 1831년 4월 28일 형조판서에 임명된 정원용은 7월 13일 홍문관 제학에 임명되었으며, 10월 16일 동지정사(冬至正使)로 임명되었다. 중국에 다녀온 뒤 51세 되던 1833년 4월 20일 수원유수로 임명되었다가 11월 9일 평안도관찰사로 임명되었다. 이때부터 지은 글을 모은 책이 바로『기성록(箕城錄)』이다. 정원용이 언제까지 평안도관찰사로 재임했는지 확실치 않다. 52세 되던 1834년 2월 9일 조정에 올린 장계(狀啓)가『헌종실록』에 실려 있어 이때까지는 재임중인 것이 확인되고, 53세 되던 을미년(1835) 7월에 지은 「제정속계첩(題正俗契帖)」이『기성록』마지막 장에 실려 있다. 1835년 8월 3일 실록에는 "전 평안감사 정원용을 희정당에서 소견(召見)하였다"고 했으니, 7월말에 물러난 듯하다. 1년 9개월 동안 평안도관찰사로 머물렀던 셈이다.

『기성록』마지막 장의 「동지전문(冬至箋文)」에 "을미년(1835) 동지에 지어 바친 뒤에 국상(國喪)을 만나 다시 내려왔다[乙未封進後, 以國恤還下來]"라는 소주(小註)가 덧붙었는데, 이에 따르면 평안도관찰사 재직기간이 3년을 넘는 셈이다. 그러나 정원용은 을미년(1835) 10월 17일에 이미 사헌부 대사헌에 임명되었다. 위에서 말한 국상(國喪)은 순조(純祖)가 갑오년(1834) 11월 13일에 승하한 사실을 가리키는데, 정원용이 그 사실을 모르고 지어올린 전문(箋文)에다 을미년이라는 소주(小註)를 잘못 붙인 것이다.

3. 구성

『기성록(箕城錄)』은 문체별로 정리되지 않은 불분권(不分卷) 상태이다. 시기를 본다면 정원용의 91년 생애 가운데 극히 일부인 평안도관찰사 1년 9개월 동안 지은 시와 산문을 모은 책이다. 평양은 기자(箕子)가 머문 곳이라 하여 기자능(箕子陵)을 만들었으므로, 기성(箕城)이라고도 불렀다. 『기성록(箕城錄)』이라는 이 책의 표제만 보아도 평양 시절에 지은 글들을 모은 책임을 짐작케 한다.

이 책은 권수제(卷首題) 없이 본문이 시작되며, 체제별로 분류하지 않았다. 평안도관찰사 사직을 청하는 상소문의 번호 순서가 바뀐데다, 「사소(辭疏)2」 경우에 "마땅히 위에 있어야 한다[當在上]"라는 소주(小註)가 덧붙은 것만 보아도 알 수 있듯이, 시기순으로 편집된 것도 아니다. 문집을 만들기 위한 초고본(草稿本) 형태인데, 몇 사람의 글씨가 뒤섞여 있다. 여기저기서 새로운 초고(草稿)가 발견될 때마다 일단 필사해 둔 듯하다. 작품 제목 위에 '등(謄)'이라는 글자가 써 있는 작품들이 많은데, 문집에 실을 작품들을 골라 정본(定本)을 만들려고 필사한 듯하다. 그러나 현존하는 활자본『경산집(經山集)』에 실린 작품과 대조해보면, '등(騰)'자가 표시된 작품 가운데 실리지 않은 작품들도 많다. 이 책을 대본으로 하여 일단 정사본(淨寫本)을 만들어 놓았지만, 실제 활자본을 만들 때에는 또다시 작품을 선별(選別)해서 실은 듯하다. 이 책에 실린 작품 분량은 문체별로 다음과 같다. 문체(文體)는 활자본에 실린 순서이다. 활자본에서 연구(聯句)는 시(詩)에 포함하지 않고, 권4에 따로 실었다.

> 한시 40제(題) 56수 (오언율시 3제, 칠언절구 6제 7수, 칠언율시 25제 40수, 오언고시 5제, 칠언고시 1제)
> 연구(聯句) 5제. 소차(疏箚) 4편. 전문(箋文) 16편. 서(書) 11편. 서(序) 2편. 기(記) 1편. 발(跋) 2편. 제문(祭文) 5편. 잡저(雜著) 8제 16편. 묘갈(墓碣) 2편.

『약산록』과 달리 공문서가 편집되지 않은 이유는『관첩록』이나『서첩록』등으로 따로 편집했기 때문이다.

정원용의 작품을 손자 범조가 체제별, 시대순으로 편집해 1895년에 간행한 것이 바로 활자본『경산집(經山集)』이다. 정원용은 생전에 자신의 작품을 시기별로 묶고 그 지역이나 벼슬의 이름을 붙여 몇 권의 초고를 편집했는데, 『기성록』은 그 가운데 하나이다.

4. 내용

이 초고본『기성록(箕城錄)』에 실린 작품 가운데 시는 활자본『경산집(經山集)』 권3에 11제가 실렸다. 연구(聯句)는 권4에 2수가 실렸다. 진하(陳賀)할 일이 있을 때마다 원임(原任) 각신(閣臣)의 신분으로 의례적으로 지어 올린 전문(箋文)은 문집에 하나도 실리지 않았다. 활자본에 실린 작품도 제목이 몇 글자 달라진 경우가 있다. 『기성록(箕城錄)』에 실린 작품들은 대부분 활자본에는 실리지 않은 작품들이라, 제목만 소개하는 것으로도 가치가 있다고 생각된다. 활자본에 실린 작품은 *표로 표시하여 구분한다.

「금천도중화안악조졸견기운(金川途中和安岳趙倅見寄韻)」(7절) : 금천 가는 도중에 안악군수 조두순에게 시를 받고 화운(和韻)하여 지었다.
「평산도중봉기경종해서관찰사(平山途中奉寄庚從海西觀察使)」(7율) : 평산 가는 도중에 황해도관찰사에게 지어 보내며 우의를 다짐한 시이다.
「서흥노중석풍취지상적설개작파도운무지장진시기경야솔점오고봉주인김사군영석(瑞興路中夕風吹地上積雪皆作波濤雲霧之狀儘是奇景也率占五古奉主人金使君永錫)」*(5고) : 평양 부임길에 황해도 서흥을 지나다가 저녁 바람이 불어 쌓인 눈을 흩날리게 하자 파도 같기도 하고 안개 같기도 한 기이한 경치를 보고 갑자기 오언고시를 지어 서흥부사 김영석에게 준 시이다.
「설월심명등루독작창회주인김부사봉일시(雪月甚明登樓獨酌悵懷主人金府使奉一詩)」(7절) : 눈 내린 달밤 다락에 올라 혼자 술 마시며 지어 김영석 부사에게 준 시이다.
「납망야숙영파루묵사기사이관서장시초과유광이이기의구점사회(臘望夜宿映波樓默思己巳以關西掌試初過流光己二紀矣口占寫懷)」(7절) : 선달 보름날 밤 영파루에서 자며 24년 전에 향시(鄕試)를 주관하러 관서에 처음 왔던 일을 생각하고는 세월이 빠름을 탄식하여 지은 시이다.
「입해양이래문당사치성자심괴여불능급야등하사회사아자서지대편봉기

(入海壞以來聞棠舍治聲藉甚愧余不能及也燈下寫懷使兒子書之待便奉寄)」(7율) : 평양에 부임한 이래 잘 다스린다는 평판을 들으며, 실제로 그에 미치지 못하는 자신을 부끄러워한 시이다.

「숙황강회사연래도로지역영인최로잉사관암홍상서이사은별사이월장하래…(宿黃岡回思年來道路之役令人催老仍思冠巖洪尙書以謝恩別使二月將下來…)」(7율) : 황강에서 잠을 자다가 사은사와 동지사가 되어 평양을 지나갈 친구들을 생각하며 지은 시이다.

「갑오정조전문 내각중화부봉진(甲午正朝箋文 內閣中和府封辰)」(箋文) : 갑오년(1834) 설날 중화부에서 보낸 하례(賀禮) 전문(箋文)이다.

「순영(巡營)」(箋文) : 관찰사의 신분으로 함께 보낸 전문이다.

「봉화북백이재권태돈인기시운(奉和北伯彛齋權台敦仁寄示韻)」(7율 2수) : 함경도관찰사 권돈인이 보내준 시에 화운하여, 북변을 다스리는 공통 관심사를 나타낸 시이다.

「복어기축신묘급금년과세어서북변새지간이래광음다속객중수분율시운작이절봉기요화(僕於己丑新墓及今年過歲於西北邊塞之間邇來光陰多屬客中遂分律詩韻作二絶奉寄要和)」(7절 2수) : 서북 변방에서 세 차례나 설날을 맞으면서 세월이 빠름을 느껴 (권돈인에게) 지어 보내며 화운을 요구한 시이다.

「상묘당서(上廟堂書)」(書) : 폐국(弊局), 또는 패국(敗局)이라고 불리는 관서(關西)의 실태를 파악하고, 곡부(穀簿)와 각 창고의 문부(文簿)를 살펴본 뒤에 구체적으로 세 가지를 건의한 글이다.

「성도백이령가우안릉목홍령언모구여동경서요원소유약(成都伯李令嘉愚安陵牧洪令彦謨俱余同庚書要元宵遊約)」(7율) : 동갑내기인 성천부사 이가우와 안주목사 홍언모에게 정월 보름날 밤에 함께 놀자고 약속하는 시이다.

「기성세석음시아배(箕城歲夕吟示兒輩)」(7율) : 평양에서 설날 민속을 즐기며 아이들에게 읊어준 시이다.

「사가제금성수음기(思家弟金城守吟寄)」(7율) : 금화군수로 있는 아우를
그리워하며 읊은 시이다.

「세석기성여아세아년구운연구(歲夕箕城與阿世阿年鬮韻聯句)」*(聯句) :
1834년 설날 저녁에 아들 기세·기년과 함께 운(韻)을 제비뽑아 지은
연구(聯句)이다.

「정조구점(正朝口占)」*(5율) : 1834년 설날 아침에 부임 10일 동안의 감
회를 읊은 시이다.

「송아자기세환가(送兒子基世還家)」(5율) : 아들 기세를 집으로 돌려보내
면서 지은 시이다.

「정순온화여아자보상지희정념운(正旬溫和與兒子步上至喜亭拈韻)」(5
율) : 정월에 날씨가 따뜻하자 아들과 함께 지희정에 걸어 올라가 운을
골라서 지은 시이다.

「영변수서령기순상원일연명야회연광정부증(寧邊守徐令箕淳上元日延
命夜會練光亭賦贈)」(7율) : 영변부사 서기순과 정월 보름날 밤에 연광정
에서 만나 지어준 시이다.

「미우중여서윤김응근급막빈상다경루(微雨中與庶尹金應根及幕賓上多
景樓)」*(7율) : 가랑비 속에 평양서윤 김응근 및 막료들과 함께 다경루에
올라가 지은 시이다.

「중군김진연체환시이송지(中軍金晉淵遞還詩以送之)」(7율) : 중군 김진
연이 교체되어 돌아가게 되자 송별하며 지어준 시이다.

「정생신년전연행시수부사김시랑동행노중여여혹창수금래기성견재본부
책실증여근체시료차주화(鄭生漸年前燕行時隨副使金侍郞同行路中與余
或唱酬今來箕城見在本府冊室贈余近體詩聊此走和)」(7율) : 정생은 지
난해 연행 때에 부사 김홍근의 수행원으로 함께 가며 수창했던 사람인
데, 평양 책실에 와 있으며 근체시를 지어 주었기에 화운하여 지어 준
시이다.

「차시소운(次元宵韻)」(7율) : 설날 밤에 차운하여 지은 시이다.

「이월초팔일위영사우출왕재송원사회증정부인(二月初八日爲迎祠宇出
往裁松院寫懷贈貞夫人)」*(7고) : 1834년 2월 8일에 재송원에 나와 사우
(祠宇)를 맞으면서, 부인과 몇십년 살아온 생활을 돌이켜보며 지어준
시이다.

「견동지상사신암조상서자옥하관기서어선래편서중유감구지어우구주송
기혜작근체삼수전치만상(見冬至上使愼庵曹尙書自玉河舘寄書於先來便
書中有感舊之語又求酒送寄兮作近體三首專致灣上)」(7율 3수) : 동지사 조
의경이 옥하관에서 편지를 먼저 보냈는데 예전에 만났던 이야기와 술을
보내달라는 사연이 들어있기에, 의주로 지어보낸 근체시 3수이다.

「순성일서시동행(巡城日書示同行)」(7율) : 평양성을 순시하는 날 동행에
게 지어보인 시이다.

「홍진사정빈리빈이기대인회근연수래견서증일률(洪進士鼎彬履彬以其
大人回卺宴需來見書贈一律)」(7율) : 홍정빈·이빈 진사 형제 부모의 회
근연(回卺宴)을 위해 지어준 시이다.

「여년공상사신암조상서탑서박시랑동회부벽루기세석여수좌념취판상서
죽석오고운절작팔구동부(與年貢上使愼菴曹尙書塔西朴侍郎同會浮碧樓
基世錫興隨坐拈取板上徐竹石五古韻節作八句同賦)」*(5고) : 연공사(年
貢使) 일행과 함께 부벽루에 올라 서영보의 시에 차운한 오언고시이다.

「대전탄신전문(大殿誕辰箋文) 내각(內閣)」(箋文) : 원임(原任) 각신(閣
臣)의 신분으로 임금의 탄신을 축하하는 전문이다.

「대전탄신전문(大殿誕辰箋文) 감영(監營)」(箋文) : 같은 내용을 관찰사의
신분으로 축하하는 전문이다.

「회령오생원래유삼순과주임귀아배부연구급근체첩솔화서증개사회요귀
시구시상식운이(會寧吳生遠來留三旬課做臨歸兒輩賦聯句及近體輒率和
書贈盖寫懷要歸示舊時相識云爾)」(5고) : 회령에서 오생이 찾아와 한 달
을 머물다가 돌아간다기에, 회령부사로 재임하던 시절의 관계를 생각하
며 지어준 시이다.

「우보칠율운(又步七律韻)」(7율) : 역시 오생과 회령에서 함께 지내던 일
을 생각하며 지어준 시이다.

「상좌상홍석주서(上左相洪奭周書)」*(書) : 좌의정으로 승진한 홍석주에
게 조야(朝野)의 기대를 저버리지 말고 어진 정치를 하기 바라면서, 소식
(蘇軾)·사마광(司馬光) 등의 고사를 들어 권면한 편지이다.

「상우상박종훈서(上右相朴宗薰書)」(書) : 우의정 박종훈에게 청명하고
상화(相和)한 자질과 충신(忠藎)하고 정고(貞固)한 절조로 재상 직임을
잘 감당하여 후진들에게 모범이 되어 주십사고 당부하는 편지이다.

「상영상심상규서(上領相沈象奎書)」(書) : 영의정 심상규에게 "관서(關
西)는 폐할 수 없다"고 한 그의 말을 상기시키면서, 현재 곡식을 충당할
방법이 없는 게 급선무임을 호소한 편지이다.

「여관암홍상사경모방야이부사광정석세김서장정집승주유강주중령홍기
념운공부료식평연(與冠巖洪上使敬謨方野李副使光正石世金書狀鼎集乘
舟遊江舟中令紅妓拈韻共賦聊識萍緣)」(聯句) : 동지사 홍경모 일행과 함
께 대동강에서 배를 타고 놀다가, 기생으로 하여금 운을 부르게 하여
함께 지은 연구이다.

「우호운각부근체(又呼韻各賦近體)」(7율) : 같은 자리에서 운을 불러 풍
류를 즐긴 시이다.

「용전운송관야양행인(用前韻送冠╴兩行人)」(7율) : 같은 운으로 관암(홍
경모)·방야(이광정) 두 사람을 송별한 시이다.

「여회환조상사봉진박부사래겸회벽루부시소기진주봉연묵화우점군희부
증지(與回還曹上使鳳振朴副使來謙會碧樓賦詩少妓眞珠捧硯墨華偶點裙
戲賦贈之)」(7절) : 회환사 조봉진 일행과 부벽루에 올라 시를 짓다가
벼루를 들고 있던 기생 진주의 치마에 먹물이 떨어지자 장난삼아 지어준
시이다.

「좌모정음봉현윤연광유석(坐茅亭吟奉賢尹練光遊席)」(7절) : 모정(茅亭)
에 앉아 평양부윤과 연광정에서 놀던 잔치에 대해 읊은 시이다.

「공정원수윤령병열안릉수홍령언모회원정솔서(共定遠守尹令秉烈安陵守洪令彦謨會園亭率書)」(7율 2수) : 정주군수 윤병렬, 안주목사 홍언모와 함께 원정(園亭)에서 만나 지은 시이다.

「우령기념운연구(又令妓拈韻聯句)」(聯句) : 기생으로 운을 뽑게 하여 위의 두 사람과 함께 지은 聯句이다.

「기을오칠첩(箕乙五七帖)」(聯句) : 5월 7일에 아우, 두 사촌아우, 세 아들과 함께 을밀대에 올라 함께 지은 연구이다.

「월야여군제상다경루호운(月夜與群弟上多景樓呼韻)」(7율) : 달밤에 여러 아우들과 함께 다경루에 올라 지은 시이다.

「안릉목홍성원이시청유가화지(安陵牧洪聖源以詩請由暇和之)」(7율) : 안주목사 홍성원이 시를 지어 휴가를 청하기에 화답한 시이다.

「갑오초하시남북유생취우등거접매이십오초위일계화범삼순과주각만오십지초추장고환회제유설주과진생우구운연구이식문회운이(甲午初夏試南北儒生取優等居接每以十五抄爲一計畫凡三巡課做各滿五十至初秋將告還會諸儒設酒果陳笙竽鬮韻聯句以識文會云爾)」(聯句) : 1834년 초여름에 남북 유생들을 시험하여 50명씩을 뽑고 잔치를 베푼 다음, 시관(試官)과 접생(接生)들이 함께 지은 연구이다. 접생들의 이름이 구절마다 밝혀져 있다.

「중양전일해서백치세현종순도황강기서서사잉이일율대서답지(重陽前日海西伯稚世賢從巡到黃崗寄書敍思仍以一律代書答之)」*(7율) : 중양일 전날 황해도관찰사가 황강을 순시하다가 편지를 보냈기에 편지 대신 화답한 율시이다.

「제이매유인이실문(祭李妹孺人李室文)」(祭文) : 현감 이구원(李龜遠)에게 시집간 누이가 1833년 7월 16일에 세상을 떠나자 아들 기세를 대신 보내어 조문하며 지은 제문이다.

「호암박진사문제묘갈명(好菴朴進士文梯墓碣銘)」(墓碣) : 영변부사로 제임 중에 학행(學行)으로 이름난 진사 박문제(1758~1833)를 조정에 천거

한 적이 있었는데, 10여년 뒤에 평안도관찰사로 부임하자 그의 셋째아들이 부친의 家狀을 가지고 와서 부탁하기에 지어준 묘갈명이다.

「제안주목사홍공언모문(祭安州牧使洪公彦謨文)」(祭文) : 안주목사 홍언모가 1834년 6월 13일에 세상을 떠나자 지어준 제문이다.

「답묘당서(答廟堂書)」(書) : 전곡(錢穀) 문서를 사열한 뒤에, 병자년에 군제(軍制)의 감수(減數)를 청했던 것이 임시로 감한 것인지, 아니면 영원히 감한 것인지 질의하고, 본도 경식전(輕殖錢) 12만냥 가운데 각 고을에 있는 절반에 한해 작곡(作穀)했음을 묘당에 답한 편지이다.

「답생해장입용(答笙陔蔣立鏞)」(書) : 장입용(蔣立鏞)이 보낸 편지를 받고, 그의 두 아들을 칭찬하는 편지이다.

「봉별동지상사이상서(奉別冬至上使李尚書)」(7율) : 동지사 이익회(李翊會)와 헤어지면서 지어준 시이다.

「순종대왕진위전문(純宗大王陳慰箋文) 내각(內閣)」(箋文) : 순조가 붕어하자 원임 각신의 신분으로 위로의 뜻을 아뢰는 전문이다.

「우(又) 감영(監營)」(箋文) : 같은 내용을 평안도관찰사의 신분으로 아뢰는 전문이다.

「대왕대비전진위전문(大王大妃殿陳慰箋文)」(箋文) : 순조가 붕어하자 대왕대비에게 위로의 뜻을 아뢰는 전문이다.

「왕대비전진위전문(王大妃殿陳慰箋文)」(箋文) : 같은 내용을 왕대비에게 아뢰는 전문이다.

「사위진하전문(嗣位陳賀箋文) 내각(內閣)」(箋文) : 헌종이 순조의 대를 이어서 즉위했음을 하례하는 전문이다.

「우(又) 감영(監營)」(箋文) : 같은 내용을 평안도관찰사사의 신분으로 아뢰는 전문이다.

「사소(辭疏)3」*(疏箚) : 평안도관찰사 사직을 청하는 세 번째 소(疏)이다.

「사소(辭疏)2」疏箚) : 평안도관찰사 사직을 청하는 두 번째 소(疏)이다.

「여이직각경재서(與李直閣景在書)」(書) : 직제학 이경재에게 『목민심서

(牧民心書)』가 목민(牧民)에 크게 유익함을 말하며 16책 1부를 필사하여
보낸다는 편지이다.

「답자산부사정홍경서(答慈山府使鄭鴻慶書)」(書) : 자산부사 정홍경 덕
분에 산성을 둘러보고 돌아와 사례하는 편지이다.

「사평안감사소(辭平安監司疏)1」(疏箚) : 평안도관찰사 사직을 청하는 첫
번째 소(疏)이다.

「증녀(贈女)」*(5고) : 평양까지 귀녕(歸寧)온 딸이 시댁으로 돌아갈 무렵
에 지어준 시이다. 아들딸 구별없이 사랑하며 키운 딸을 벼슬살이하는
동안 여러 지방에 데리고 다녔던 기억을 회상했으며, 시댁의 법도를
지켜 집안살림과 자녀교육에 힘쓰라고 당부하였다.

「화병발(畵屛跋)」(跋) : 1831년 동지사(冬至使)로 연경(燕京)에 갔을 때에
옥하관(玉河館)에서 중국의 여러 문사(文士)들과 만났는데, 그때 소거
(少渠) 풍진동(馮震東)이 묵화(墨花) 4폭을 그려 주었다. 1833년에 평안
도관찰사로 부임할 때에 가져왔다가 1834년 가을에 표구했는데, 1834년
늦봄에 지희정(至喜亭)에 앉았다가 그 생각이 나서 이 발문을 지어 묵연
(墨緣)을 기록하였다.

「의제(疑題)」(雜著) : '극기복례(克己復禮) 천하귀인(天下歸仁)'의 방법과
효능을 물어본 의제(疑題)이다.

「책제(策題)」(雜著) : 전(田)・군(軍)・적(糴) 삼정(三政)과 인정(仁政)의
관계를 물어본 책제(策題)이다.

「제족인의문(祭族人誼文)」(祭文) : 능력이 있으면서도 출세하지 못하고
세상을 떠난 친척을 위해 지어준 제문이다. 전형적인 제문의 형식을
지키지 않고, 서글픈 마음을 표현하는 것으로 그쳤다.

「윤질사망인위안제문(輪疾死亡人慰安祭文)」(祭文) : 돌림병으로 죽은
백성들을 위해 제사지내며 읽었던 제문이다.

「제고영변부사이긍우문(祭故寧邊府使李肯愚文)」(祭文) : 영변부사 이긍
우를 위해 지은 제문인데, 문장이 뒤섞여 있다.

「세실진하전문(世室陳賀箋文)」(箋文) : 헌종이 순조의 대를 잇게 되자
축하하는 전문이다.

「우(又) 감영(監營)」(箋文) : 같은 내용을 평안도관찰사 신분으로 올린
글이다.

「대왕대비전(大王大妃殿)」(箋文) : 같은 내용으로 대왕대비전에 올린 전
문이다.

「왕대비전(王大妃殿)」(箋文) : 같은 내용으로 왕대비전에 올린 전문이다.

「순종대왕만사(純宗大王挽詞)」*(7율) : 순조가 붕어하자 지어올린 만사
인데, 칠언율시 12수 가운데 목판본에는 11수가 실렸다.

「진향문(進香文)」(雜著) : 1790년에 태어나 1834년에 세상을 떠난 순조의
영전에 향을 올리며 지은 글이다.

「책제(策題)」(雜著) : 농업 진흥에 관해 질문한 책제(策題)이다.

「우(又)」(雜著) : 사단(四端) 가운데 하나인 예양(禮讓)에 관해 질문한 책
제(策題)이다.

「우(又)」(雜著) : 경전(經傳)을 읽으면서 장구(章句) 훈석(訓釋)에 치우치
고 지의(旨義)를 궁구(窮究)하지 않으며, 소가(小技)에 지나지 않는 공령
(功令)에 공력을 쏟는 선비들의 폐단에 관해 질문한 책제(策題)이다.

「여황산김유근서(與黃山金逌根書)」(書) : 김유근이 「하향산시축(荷香山
詩軸)」을 보내오자 고마워하며, 글씨를 칭찬하는 편지이다.

「사소(辭疏)4」(疏箚) : 평안도관찰사 사직을 청하는 네 번째 소(疏)이다.

「기성사마재제명록기(箕城司馬齋題名錄記)」(記) : 평양 사마재(司馬齋)
제명록(題銘錄)에 그 유래를 설명한 글이다.

「기성노양사유계첩서(箕城魯陽祠儒契帖序)」(序) : 평양 노양재(魯陽祠)
유계(儒契)의 유래를 설명한 글이다.

「의열사계월향비문(義烈祠桂月香碑文)」(墓碣) : 임진란에 순절한 계월
향(桂月香)의 사당 의열사를 다시 세우면서 비석에 새긴 글인데, 「영신
곡(迎神曲)」과 「송신곡(送神曲)」도 함께 실었다.

「위영북사유선성유회구유차두실상공판상오고운(爲迎北使有宣城有懷
舊遊次斗室相公板上五古韻)」(五古)

「위강연석명(渭江硯石銘)」*(雜著) : 위강석(渭江石)으로 벼루를 만들어
아들과 딸 등 주위 사람들에게 나눠주며 지은 명(銘) 9수이다.

「제홍생경연회산위기연구서첩후(題洪生敬淵會山圍棊聯句序帖後)」(跋)
: 홍생이 회령위기연구서첩(會寧圍棊聯句序帖)을 가져와 발문을 부탁
하자, "마음을 오로지하지 않으면 쏘아도 맞지 않는다"는 말을 들어 모든
일에 전념하라고 당부한 글이다.

「서증이군제혁(書贈李君悌赫)」(書) : 감영의 막료 이제혁이 활을 잘 쏘아
상을 받자, 한문에도 힘쓰기를 권면한 편지이다.

「위영북사유만봉증빈사평천이상서희갑(爲迎北使留灣奉贈儐使平泉李
尙書義甲)」(7율) : 접반사가 의주에 머물자 판서 이희갑의 시에 차운하
여 지은 시이다.

「선군자경오리자현세황주진가산토적지난이숙천겸관령군부안영읍인지
금사지이십오년지후소자안절순과동향진적풍수증감근작일율지회(先
君子庚午茬玆縣歲荒賙振嘉山土賊之亂以肅川兼官領軍赴安營邑人至今
思之二十五年之後小子按節巡過桐鄉陳跡風樹增感謹作一律志懷)」*(7
율) : 아버지가 25년 전에 다스리던 영유현을 지나다가 고을 사람들의
회고담을 듣고, 아버지를 그리워하면서 지은 시이다.

「동지전문(冬至箋文) 내각(內閣)」(箋文) : 을미년(1835) 동지를 하례하며
올렸던 전문인데, 곧이어 국상(國喪)을 당하자 다시 내려왔다.

「우(又) 감영(監營)」(箋文) : 같은 내용이다.

「희제사획지(戲題射劃紙)」(雜著)

「서증성약숙(書贈聖若叔)」(書)

「제정속계첩(題正俗契帖)」(序) : 박천 서참봉이 보여준 「정속계첩(正俗
契帖)」에 "이우보인(以友輔仁)하라"는 뜻으로 권면의 뜻을 써준 글이다.

5. 가치

이 책들은 정원용이 평안도관찰사로 재직하던 1년 9개월 동안에 지은 시와 문장만 실려 있어서, 정원용 문집 전체를 보여 주지는 못한다. 그러나 현재 간행되어 있는 정원용의 문집『경산집(經山集)』에 실리지 않은 글들이 대부분이어서, 오히려 그 시대의 자료는 더 많이 보여 준다. 현재 간행되어 전하는『경산집』에 실린 글 말고도, 그가 평생 얼마나 많은 글을 지었는지 짐작할 수 있게 해주는 자료이기도 하다.

시는 활자본에 일부만 실었으며, 16편이나 되는 전문(箋文)은 한 편도 싣지 않았다. 이 책은 현재 간행되어 전하는『경산집』이 그 많은 작품 가운데 골라 뽑았음을 보여주는 좋은 자료인데다, 51세부터 53세까지 장년 시절의 작품을 숨김없이 보여주는 자료로 가치가 높다. 미정초고본『경산집 부록』6책과 정원용이 90년 동안 기록한 일기『경산일록』17책을 함께 참고하면 상승효과가 더욱 높아질 것이다.

경산집 부록

經山集 附錄

1. 서지

미정초고본(未定草稿本). 6책(부록), 10행 20자. 책 크기 일정치 않음.

2. 저자

정원용(鄭元容 1783~1873)의 본관은 동래(東萊), 자는 선지(善之), 호는 경산(經山)인데, 돈녕부 도정 정동만(鄭東晩 1753~1822)의 아들이며, 5조 판서와 우찬성을 지낸 정기세(鄭基世 1814~1884)의 아버지이다. 이 책을 연희대학교에 기증한 위당 정인보 선생의 증조부이기도 하다. 그가 90년 동안 기록한 일기 『경산일록(經山日錄)』과 실록에 실린 행적, 문집 뒤에 실린 행장 등을 참조하여 저자의 생애를 정리하면 아래와 같다. 70년 동안 수많은 벼슬을 거쳤으므로, 여러 번 임명된 경우에는 첫 번만 기록한다.

> 1783년(정조 7, 1세)
> 2월 18일 한양 남부 회현방에서 태어났다.
> 1797년(정조 21, 15세)
> 7월 18일 참판 김계락(金啓洛 1753~1815)의 딸과 혼인하였다.
> 1802년(순조 2, 20세)
> 10월 29일 을과 제2인으로 문과에 급제하였다.
> 11월 9일 가주서(假注書)로 임명되었다.
> (전후 20차에 걸쳐서 주서에 임명되었다.)
> 1804년(순조 4, 22세)
> 7월 27일 승문원에 분관되어, 8월 24일 처음으로 녹봉을 받았다.

1807년(순조 7, 25세)

　8월 23일 춘당대 한림소시(翰林召試)에서 2등으로 **뽑혀**, 예문관 검열로 임명되었다.

1808년(순조 8, 26세)

　6월 15일 봉교(奉教)로 승진하였다.

　12월 22일 문신겸선전관(文臣兼宣傳官)에 임명되었다.

1809년(순조 9, 27세)

　5월 12일 부수찬에 임명되었다.

1810년(순조 10, 28세)

　2월 17일 홍문관 부교리로 임명되었다.

　4월 8일 사간원 헌납에 임명되었다.

　7월 12일 홍문관 수찬에 임명되었다.

　9월 23일 훈련도감 종사관에 임명되었다.

　10월 5일부터 이듬해 4월 25일까지 휴가를 얻어, 영유현령으로 부임한 아버지를 찾아가 함께 지냈다.

1811년(순조 11, 29세)

　6월 22일 사헌부 장령에 임명되었다.

　8월 20일부터 12월 12일까지 영유에 가서 아버지와 함께 지냈다. 서울에 올라왔다가 홍경래의 난이 일어났다는 소식을 듣고, 12월 26일에 다시 영유로 내려갔다.

1812년(순조 12, 30세)

　8월 4일 홍문관 부응교에 임명되었다. 청나라 사신이 오자, 10월에 문례관(問禮官)으로 차출되었다.

1813년(순조 13, 31세)

　1월 22일 사간에 임명되었지만, 아버지의 병환을 이유로 사직하고 영유로 내려갔다.

　5월 7일 병조정랑에 임명되었다.

　6월 4일 홍문관 교리에 임명되었다.

　7월 4일 규장각 직각으로 임명되었다.

7월 28일 겸필선(兼弼善)에 임명되었다.

1814년(순조 14, 32세)

4월 1일부터 5월 5일까지, 재령군수로 부임한 아버지의 생신을 축하하기 위해 휴가를 받았다.

7월 8일 우부승지에 임명되었다.

9월에 어머니 생신을 모시기 위해 한 달 남짓 휴가를 얻어 재령에서 지냈다.

1816년(순조 16, 34세)

4월 6일부터 6월 10일까지 휴가를 얻어, 순흥부사로 부임한 아버지의 생신을 축하하고 경상도 일대에 노닐었다.

1818년(순조 18, 36세)

1월 2일 예조참의에 임명되었다. 2월 25일부터 4월 18일까지 휴가를 얻어, 진주목사로 부임한 아버지와 함께 지냈다.

1819년(순조 19, 37세)

1월 15일 이조참의에 임명되었다.

3월 21일 성균관 대사성에 임명되었다.

윤4월 3일 사간원 대사간에 임명되었다.

7월 24일 좌부승지로 호서위유사(湖西慰諭使)에 차출되었다.

10월 17일 예방 승지로 왕세자 가례 때에 공을 세워 가선대부로 가자되었다.

12월 6일 영변부사로 임명되었다.

1821년(순조 21, 39세)

8월 15일 영변부사로 관서위유사(關西慰諭使)를 겸임하였다.

1822년(순조 22, 40세)

6월 3일에 좌승지로 임명되었다는 소식을 듣고, 25일에 서울로 떠났다. 8월 11일에 부친상을 당하고, 삼년상을 지내는 동안 벼슬하지 않았다.

1824년(순조 24, 42세)

10월 28일에 모친상까지 당해, 삼년상이 거듭되었다.

1827년(순조 27, 45세)

    1월 17일 전라도관찰사로 임명되었다.

    3월 10일 강원도관찰사로 임명되었다.

1828년(순조 28, 46세)

    7월 20일 이조참판으로 임명되었다.

    7월 21일 예문관 제학으로 임명되었다.

    11월 21일 좌부빈객으로 임명되었다.

1829년(순조 29, 47세)

    1월 2일 규장각 직제학으로 임명되었다.

    8월 10일 수재를 수습하기 위해 회령부사로 임명되었다.

1831년(순조 31, 49세)

    3월 27일 규장각 제학으로 임명되었다.

    4월 28일 형조판서로 임명되었다.

    7월 13일 홍문관 제학으로 임명되었다.

1832년(순조 32, 50세)

    10월 16일 동지정사(冬至正使)로 임명되었다.

1833년(순조 33, 51세)

    4월 20일 수원유수로 임명되었다.

    11월 9일 평안도관찰사로 임명되었다.

1836년(헌종 2, 54세)

    1월 12일 병조판서로 임명되었다.

1838년(헌종 4, 56세)

    11월 19일 이조판서로 임명되었다.

1839년(헌종 5, 57세)

    5월 1일 예조판서로 임명되었다.

1840년(헌종 6, 58세)

    3월 4일 함경도관찰사로 임명되었다.

1841년(헌종 7, 59세)

4월 22일 우의정으로 임명되었다.

1842년(헌종 8, 60세)

12월 3일 좌의정으로 임금을 만나 아뢰었다.

1848년(헌종 14, 66세)

7월 4일 판부사로 영의정에 임명되었다.

10월 25일 영의정에서 파직되었다.

1849년(헌종 15, 67세)

6월 6일 헌종이 승하하자 대왕대비의 교서를 받들고 철종을 맞으러 갔다.(영의정으로 헌종대왕의 비문을 지었다.)

8월 5일 판부사로 다시 영의정에 임명되었다. 10일과 15일에 사직소를 올렸지만 허락하지 않았다.

1850년(철종 1, 68세)

2월 21일 영의정으로 호위대장에 임명되었다.

11월 11일 좌의정 사직소를 올리자, 비답을 내려 윤허하였다.

1851년(철종 2, 69세)

4월 2일 실록청 총재관으로 임명되었다.

1852년(철종 3, 70세)

3월 1일 영부사로 상소하여 물러나고자 했지만 윤허하지 않았다.

1857년(철종 8, 75세)

1월 4일 혼인 60주년을 맞아 왕이 잔치 비용과 이등악(二等樂)을 보냈다.

1859년(철종 10, 77세)

1월 12일 영부사로 영의정에 임명되었다. 16일에 사직소를 올렸지만 윤허하지 않았다.

1860년(철종 11, 78세)

1월 24일 사직소를 올리자 비답을 내려 윤허하였다.

1861년(철종 12, 79세)

　　5월 30일 영부사로 다시 영의정에 임명되었다. 6월 4일에 사직소를 올렸지만 윤허하지 않았다.

1862년(철종 13, 80세)

　　3월 22일 회방(回榜)을 맞아 왕에게 사전(謝箋)을 올렸다. 10월 19일 영부사로 영의정에 임명되었다. 21일에 사직소를 올렸지만 윤허하지 않았다.

1863년(철종 14, 81세)

　　9월 8일 사직소를 올리자 윤허하였다. 12월 8일 대왕대비가 국상(國喪) 중에 정사를 대리할 정승으로 임명하였다.

1867년(고종 4, 85세)

　　9월 28일 호위대장에 임명되었다.

1868년(고종 5, 86세)

　　윤4월 11일 영부사로 영의정에 임명되었다. 21일에 사직소를 올리자, 억지로 승인한다는 비답을 내렸다.

1873년(고종 10, 91세)

　　1월 3일 병이 위중하자 내의원 의원을 보내 진찰하게 했지만, 그날 세상을 떠났다.

　　홍문관과 사간원, 승정원을 비롯한 권력의 핵심에 오랫동안 근무했으며, 왕의 신임을 받아 승지로 오랫 동안 일했다. 효성이 극진해, 몇 차례나 반년씩 휴가를 얻어 지방관으로 나가 있는 아버지를 모시기도 했다. 헌종의 비문을 지었으며, 태조와 철종, 고종, 대왕대비(신정왕후)의 옥책문 제술관으로 임명될 정도로 문장에도 뛰어났다.

3. 구성

6책 분량인데, 표지에는 통일된 제목이 없다. '경산집(經山集)'이라는 제목은 제1책 권수제(卷首題)에 보이는데, 그 다음 줄에 '부록(附錄)'이라고 씌여 있다. 6책 분량의 이 문집에는 정원용의 글이 하나도 실려 있지 않으므로, 정확하게 표현하면『경산집』이 아니라『경산집 부록』이다. 제5책『연보초(年譜草)』의 앞부분 말고는 비교적 깨끗하게 정서했지만, 중간중간에 고친 흔적이 많으며, 먹으로 지워버린 곳도 많다. 보완하는 내용을 덧붙인 종이도 많다. 6책의 순서는 고서실에서 '귀중본261'로 정리하면서 매긴 순서이다. 간행본에 실린 순서와는 전혀 다르다. 각 책의 표지에 씌어진 제목과 구성 및 분량은 아래와 같다.

> **제1책** : 가장(家狀)
> 아들 정기세가 지은 가장(家狀)이다. 10행 20자 74장. 권수(卷首)에 '經山集', 다음 줄에 '附錄'이라고 씌어 있다.
> **제2책** : 가장초(家狀草) 일(一)
> 아들 정기세가 지은 가장초(家狀草)이다. 10행 18자 79장.
> **제3책** : 가장초(家狀草) 삼(三)
> 아들 정기세가 지은 가장초(家狀草)이다. 10행 20자 42장.
> **제4책** : 중초(中草)
> 손자 정범조가 지은 묘지(墓誌)이다. 10행 20자 19장.
> **제5책** : 연보초(年譜草)
> 표지에는 '日錄十六卷' '年譜一卷' '唐音一卷' '草冊三卷'이라고 씌어 있지만, 실제로는 연보(年譜)만 실려 있다. 10행 20자 52장.
> **제6책** : (제목 없음)
> 외손자 윤자덕(尹滋悳)이 지은 행장이다. 10행 20자 41장.

4. 내용

1) 제1책

『경산집』부록으로 147면 분량의 가장(家狀)이다. 아들 정기세가 아버지 정원용의 한평생을 기록하였다. 제2책과 제3책을 자료로 하여 3분의 1 분량으로 정리한 내용이다. 중간에 보사(補寫)하여 덧붙인 곳이 많으며, 난외(欄外)에 "본부 이하는 신사년 사적으로 분류해야 할 듯하다[本府以下似係辛巳年事]"라든가 "가장으로 진술한 이하는 무자년 사적으로 분류해야 할 듯하다[狀陳以下似係戊子年事]"라는 구절들이 덧붙은 것을 보면, 아직도 완성된 가장(家狀)이 아님을 알 수 있다. "본부 이하는 신사년 사적으로 분류해야 할 듯하다[本府以下似係辛巳年事]"라는 구절을 예로 들면 바로 위에 경진년(1820) 봄에 양친을 모시고 영변부사로 부임한 기록 뒤에 '신사(辛巳)'라는 표시도 없이 신사년(1821) 행적들이 뒤섞여 있으며, 8월부터 평양에서 돌림병이 시작되었다는 이야기가 실려 있다. 그런데 제6책의 윤자덕이 지은 행장에는 신사년 행적 가운데 돌림병 이야기가 정확하게 실려 있다. 제1책 가장(家狀)에 덧붙은 기록과 난상(欄上)의 수정 의견에 따라 다시 정리한 가장(家狀)을 윤자덕에게 보내어 행장을 짓게 한 듯하다.

2) 제2책

155면 분량의 가장초(家狀草)1이다. 동래 정씨의 선조들 소개부터 정원용이 66세 되던 무신년(1848) 12월까지의 행적이 실려 있다. 제목은 「선고영의정부군가장(先考領議政府君家狀)」인데, 정원용을 비롯한 선조들의 휘(諱)가 모두 빈 칸으로 남아 있어, 정기세 자신이 직접 쓴 듯하다. 상소문이나 경연에서 아뢴 말까지 모두 인용할 정도로 방대한 자료가 실려 있는데, 많은 부분에 삭제 표시가 되어 있다. 4면을 예로 들면 8행 중간 "이때부터 드디어 행하였다[自是遂行焉]" 다음부터 3행에 걸쳐 삭제 표시가 되어 있는데, 제1책 가장(家狀)에는 삭제 표시된 부분의 문장이 모두 삭제되고 "이때부터 드디어 행하였다[自是遂行焉]" 다음에 "8-9세에 『시전』을 읽었다[八九歲讀詩傳]"부터 문장이 계속되었다.

3) 제3책

83면 분량의 가장초(家狀草)3이다. 정원용이 78세 되던 경신년(1860년)부터 91세로 세상을 떠나던 계유년(1873)까지의 행적이 실려 있다. 67세 되던 기유년(1849)부터 77세 되던 기미년(1859)까지 11년 동안의 행적은 가장초(家狀草)2에 실린 듯한데, 현재 남아 있지 않다. 내용은 역시 상소문과 경연에서 아뢴 내용을 중심으로 실록에 실린 행적과 문중에 전해지던 내용이 자세하게 기록되었다. 한 면 전체가 삭제된 곳도 많으며, 필요한 경우에는 중요한 상소문을 보사(補寫)하기도 하였다. 80면 5행과 6행 사이에 ○표시가 있고, 그 위에 "예전에 구인년이 다시 상소하였다[嘗具引年再疏] (중략) 이때부터 내 마음이 편안하였다[從此吾心安矣]"라는 6행이 다른 종이에 보사(補寫)되어 덧붙여 있는데, 이 내용이 제1책 가장(家狀)에는 142면 2행부터 7행까지 그대로 실려 있다. 제3책의 내용 가운데 덜 중요한 내용을 3분의 2 정도 삭제하면서도, 중요한 내용은 제1책에서 더 늘어났음을 알 수 있다. 자손의 벼슬은 당시를 기준으로 고쳐졌는데, 행장을 쓴 윤자덕의 경우에 제3책 84면 8행에는 "자덕은 지금 참판이다[滋悳今參判]"

으로 되어 있던 것이 제1책에도 그대로 되어 있다가, 제6책의 행장에 와서는 "판서(判書)"로 되었으며, 간행본에는 그대로 "판서(判書)"로 되었다.

4) 제4책

38면 분량의 묘지(墓誌)인데, 손자 정범조가 1884년에 지은 글이다. 제목은 「왕고영의정문충공부군묘지(王考領議政文忠公府君墓誌)」이다. 장례를 지낸 지 12년 뒤에 지었다. 간행본 부록 권3에는 아들 기세가 지은 묘표(墓表)와 손자 범조가 지은 묘지(墓誌)가 모두 실려 있는데, 이 책에는 묘지(墓誌)만 남아 있다. 몇 군데 삭제한 부분과 보사(補寫)한 부분이 있지만, 간행본에 실린 묘지(墓誌)와 대체로 비슷하다. 가장(家狀)의 내용과 대체로 같은데, 비면(碑面)의 제한 때문에 분량이 절반으로 줄어들었다. 가장을 지은 지 10여년 뒤에 지었으므로 후손들의 벼슬이 달라졌으며, 마지막 부분에는 손자 범조가 조부 정원용을 흠모하는 마음이 덧붙어 있다.

5) 제5책

100면 분량의 연보(年譜)이다. "헌종 7년 신축 공 59세(憲宗七年辛丑公五十九歲)"까지만 실려 있는데, 간행본으로 치면 35면까지의 내용이다. 간행본 부록 권1에 실린 연보가 모두 84면이므로, 절반이 채 남아 있지 않은 셈이다. 연보 초고가 2책 분량이었는데, 현재 1책만 남아 있는 듯하다. 정원용은 91년 동안 17책 분량이나 되는 일기를 썼으며, 이 연보는 그의 일기를 바탕으로 하여 정리되었다. 가장(家狀)에 실린 내용이 편년체 연보로 정리되었다고 보아도 좋다. 제1면과

제2면은 연보 첫 부분을 기록하다가 말았는데, 간지(干支)를 기록하는 방식 때문에 세 차례나 다른 방식을 시도하다가 세 번째 방식으로 결정해서 끝까지 쓴 듯하다. 세 가지 방식은 아래와 같다.

1. 正宗七年癸卯大淸乾隆五十八年二月十八日戌時公生于漢京
2. 正宗七年癸卯二月十八日戌時生于漢京
3. 正宗七年癸卯大淸乾隆四十八年
   二月十八日戌時公生于漢京
   正宗八年甲辰公二歲

이 가운데 세 번째 방식으로 끝까지 기록했는데, 간행본에서는 '정종(正宗)'을 즉위하는 해에만 썼다. 이 책의 연보는 "공의 성은 정이고, 이름은 원용이고, 자는 선지이다. 동래 사람으로, 호는 경산이다[公姓鄭名元容字善之東萊人號經山]"이라는 소개부터 시작되었는데, 간행본에서는 정원용에 대한 소개가 없이 "정종 7년 계묘(正宗七年癸卯)"부터 시작하였다. 내용은 거의 같다.

3세에 누이가 태어났다거나, 7세에 외조부와 조부, 외조모가 세상을 떠났다는 내용 등은 모두 간행본에서 삭제되었다. 정원용 자신의 행적이 아니거나 덜 중요한 내용을 모두 삭제한 것이다. 그렇지만 7세에 어른에게 꾸지람을 듣고 평생 몸가짐을 다짐했다는 내용은 이 책에 없지만 간행본에 실려 있어, 그의 사람됨을 긍정적으로 평가할 만한 표현들이 더해졌음을 알 수 있다. 정원용이 세상을 떠난 뒤에 아들 기세가 가장(家狀)을 짓고, 외손자 윤자덕이 행장을 지었으며, 손자 범조가 1884년에 묘지(墓誌)를 짓고, 1895년에 문집이 간행되었다. 연보에는 문집이 간행된 사실까지 기록되었으니, 『경산집』 가운데 가장 늦게 지어진 글이 바로 이 연보임을 알 수 있다.

6) 제6책

외손자 윤자덕(1827~1890)이 지은 행장의 제목은 「영의정경산정공행장(領議政經山鄭公行狀)」인데, 간행본 『경산집』에는 부록 권2에 「조선국대광보국숭록대부의정부영의정 겸영경연홍문관예문관춘추관관상감원임규장각제학문충정공행장(朝鮮國大匡輔國崇祿大夫議政府領議政兼領經筵弘文館藝文館春秋館觀象監原任奎章閣提學文忠鄭公行狀)」이라는 제목으로 실려 있다. 대체로 단정하게 필사한 것을 보면, 윤자덕이 일단 글을 지어서 정서해 왔음을 알 수 있다. 제5책까지 정씨 문중에서 여러 차례 고쳐 가면서 가장(家狀)이나 묘지(墓誌)의 초(草)를 잡은 경우와는 다르다. 그러나 내용은 제1책에 실린 가장(家狀)과 대체로 비슷하다. 정씨 문중에서 보내온 가장(家狀)을 기초로 하여 지었기 때문이다. 가장(家狀)이 147면인데 비해 행장은 81면이니, 윤자덕이 많은 분량을 취사선택했음을 알 수 있다.

동래 정씨의 시조부터 이름난 선조들을 소개하고, 어른들의 말을 한번 들으면 깊이 명심하고 반드시 지킨 이야기, 어린 시절에 눈으로 얼굴을 씻으며 공부한 이야기, 왕의 신임을 얻어 주서(注書)에 20여 차례나 임명된 이야기, 왕에게 직간한 이야기, 충간하다가 파직당해도 왕이 그의 충심을 받아들여 곧바로 임용되었다는 이야기, 대대로 왕실의 신임을 받았던 집안의 후손이라 왕들이 개인적으로도 관심을 가지고 있었다는 이야기, 그의 아들이 강화유수로 부임하자 아들을 만나게 하기 위해 왕이 그를 강화도 시관으로 보낼 정도로 사랑했다는 이야기, 그리고 70년 동안 벼슬하면서 조정으로부터 인정받은 이야기들을 기록하였다. 마지막에는 자손들의 이름과 벼슬을 간단히 기록하고, 윤자덕 자신이 외조부로부터 얼마나 사랑받았는지 회상하면서 정원용의 인품을 찬양하며 문장을 끝냈다.

이 글은 간행본『경산집』부록 권2에 실린 행장과 내용만이 아니라 문장도 꼭 같다. 해서체로 쓰인 것만 보아도 알 수 있듯이, 간행하기 위해 정리를 끝낸 상태이기 때문이다. 참고삼아 간행본『경산집』과 대교하여, 빠지거나 다른 글자를 표시한다. 간행본의 문장은 [ ]로 표시하여 비교한다.

> **16면 10행** 差實錄校正堂上 (東朝玉冊文製述官丁酉)祔廟尊崇禮成 : 괄호 안의 10자 빠진 것을 보사(補寫)하였다.
>
> **32면 1행** 公曰雖覿覿嘗試稱以言事則無足爲傷[公曰善則用之不善則置之亦何足爲傷]
>
> **33면 10행** 印御寶奉彩罍以進(宜矣)又令尙方(院)製進白袍白帶 : 괄호 안의 '宜矣' 2자는 빠졌고, '院' 1자는 더 들어가 있다.
>
> **36면 9행** 公(因)奏曰 : '因'자가 간행본에는 '仍'자로 되어 있다.
>
> **44면 4행** 是日(因曹西洲文集事)有吳㷦悖疏 : 괄호 안의 7자 빠진 것을 보사(補寫)하였다.
>
> **54면 9행** (且御製詩親書以下)公先陳獻年壽國之祝 : 괄호 안의 8자 빠진 것을 보사(補寫)하였다.
>
> **55면 7행** 上(朝而)問罷還歸結之便否 : 괄호 안의 '朝而' 2자가 간행본에는 '臨筵'으로 되어 있다.
>
> **55면 8행** 盖前月賓(筵) : 괄호 안의 '筵' 1자가 간행본에는 '對'자로 되어 있다.
>
> **58면 9행** (差 坤殿樂章文製述官)冊寶禮成蒙錫馬 : 괄호 안의 9자 빠진 것을 보사(補寫)하였다.

60면 3행 東朝(加)上號玉冊文 : 괄호 안의 '加' 1자가 빠져 있다.

64면 7행 (甲戌冬 上特命)(不待狀議謚太常議謚曰文忠謚法勤學好問
曰文事君盡節曰忠嗚呼)公稟眞元中正之氣 : 괄호 안의 34자 빠진
것을 보사(補寫)하였다.

80면 7행 誾朝(今應敎)庶子彬朝基命系子宅朝庶子賢朝武(科)前僉正
謹朝(今學官準朝)女適趙秉穳(金炳鎬)周鎭子滋福主簿滋悳今判書
滋祿蔭牧使範朝子寅昇(今說書)(翊宰子箕承)餘幷幼 : 괄호 안의 '今
應敎' 3자가 빠져 보사(補寫)했고, '科' 1자는 빠져 있으며, '今學官準
朝' 5자는 보사(補寫)했는데 간행본에는 빠져 있다. '金炳鎬' 3자는
빠진 것을 보사했고, '今說書' 3자도 빠진 것을 보사(補寫)했으며,
'翊宰子箕承' 5자는 간행본에도 없는데 보사(補寫)하였다.

81면 7행 (原任)提學督辦軍國事務(坡平)尹滋悳謹撰 : 괄호 안의 '原
任' 2자를 썼다가 지웠는데, 간행본에는 없다. '坡平' 2자는 빠져
있다.

5. 가치

6책 분량의 이 책들은 표지에 통일된 제목이 없는데, 『경산집』 부록
의 불분권 미정초고본이다. 6책 모두 간행본 부록에 실릴 내용인데,
제1책 가장(家狀)과 제2, 제3책 가장초(家狀草)는 문집에 직접 실리지
않고 윤자덕에게 행장(行狀) 자료로 넘겨졌다. 제4책 묘지는 간행본
부록 권3에, 제5책 연보초(年譜草)는 간행본 부록 권1에, 제6책 행장
은 간행본 부록 권2에 각각 수정되어 실렸다. 내용에 따라 분류하면
제1책 가장, 제2책 가장초1, 제3책 가장초3이 같은 성격이며, 그 밖에
행장, 묘지, 연보초로 나눠볼 수 있다.

이 책에 실린 글들은 현재 전하는 간행본『경산집』에 실린 글들과 문장이 조금씩 다르다. 제1, 제2, 제3책은 문집에 전혀 실리지 않았는데, 이 내용들이 덧붙거나 삭제되면서 가장초(家狀草)에서 가장(家狀)을 거쳐 행장(行狀)으로, 미정초고본에서 간행본으로 정리되는 과정을 살펴볼 수 있다. 윤자덕이 지은 행장에 "(공이) 지은 유고(遺稿) 40권,『황각장주(黃閣章奏)』21권,『수향편(袖香編)』3권,『문헌촬록(文獻撮錄)』5권,『북정록(北征錄)』10권이 집에 간직되어 있다"고 했는데, 현재 전하는 간행본『경산집』이 20권 분량인 것을 보면 윤자덕이 본 유고 가운데 2분의 1 정도를 골라서 간행한 듯하다. 이 책들은『경산집』의 1차자료로 가치가 있을 뿐만 아니라, 우리나라에서 문집이 어떠한 경로를 거쳐서 간행되는지 구체적으로 보여주는 자료로서도 가치가 있다.

관첩록

關牒錄

1. 서지

초서 필사본, 1책(27장), 사주쌍변(四周雙邊), 반곽(半郭), 23.6×
15.6cm, 유계(有界), 10행에 글자 수 일정치 않음. 상하향화문어미(上
下向花紋魚尾), 33.5×21.0cm.

2. 저술한 시기

정원용이 평안도관찰사에 임명되던 1833년(순조 33) 11월 9일부터
1835년 7월 말까지 1년 9개월 동안 작성한 공문서를 편집한 책이다.
정원용은 『약산록(藥山錄)』같이 자신의 관청에서 주고받은 공문들을
자신의 문집에 넣어 편집하거나, 『북첩록(北牒錄)』같이 공문만을 모
아서 편집하는 습관이 있었다. 정원용이 평안도관찰사로 재직하는 동
안 작성한 공문서는 두 가지로 편집되었는데, 『서첩록』에는 평안도
감영에서 각 고을과 상급 관청으로 보내는 공문을 시기 순으로 편집해
싣고, 『관첩록(關牒錄)』에는 평안도 감영에서 하급 관청으로 내려 보
낸 공문서를 실었다.

3. 구성

1책 27장에 30편의 문서가 불분권(不分卷)으로 편차되어 있는데,
각 문서의 제목은 다음과 같다.

> 「各邑糶政飭關」·「各邑雜技禁飭」·「各邑族徵禁飭」·「直路各邑撥飭
> 關」·「各邑撥路飭關」·「龍川民庫屯飭關」·「營府屬禱賽斂錢飭關」·

「歲時酺酒飭關」·「各邑任政飭關」·「義州北麓查問關」·「平壤面任擇差飭關」·「嘉山科場時民斂關飭」·「龜城」·「秘關本府」·「甘結本府」·「傳令各廳」·「義州」·「平壤嘉山科時市價飭關」·「列邑試才都會關」·「列邑勸播關飭」·「本府中營馬住禁飭關」·「咸從三和面任推治關」·「龍川新北新西築垌飭關」·「店舍炬軍申飭關」·「江西縣下屬飭甘」·「大同江邊鹽稅加捧禁榜」·「移文進賀使行中」·「各邑官別馬刪冗釐正關飭」·「別飭兩驛關」·「別甘淸南北方物差員」

4. 내용

'관첩(關牒)'은 상급 관서에서 하급 관서로 보내는 공문인 관문(關文)을 뜻한다. 공문서를 '관체(關帖)'라고도 하는데, 이는 관문(關文)과 체문(帖文)을 합해서 부르는 말이다. 관문(關文)은 상급 관서에서 하급 관서로, 또는 동등한 관서 상호간에 보내는 공문서를 말하며, 체문(帖文)은 상급 관서에서 7품 이하의 관원이나 관부(官府)의 장(長)이 속관(屬官)에게 내리는 것이다.

주요 내용은 다음과 같다.

「읍조정칙관(邑糶政飭關)」: 각 읍의 조적(糶糴)을 폐단 없이 시행하는 일.
「각읍잡기금칙(各邑雜技禁飭)」: 사(士)·농(農)·공(工)·상(商) 외에 잡기는 유의유식(遊衣遊食)하는 일이니 금할 것을 지시하는 일.
「각읍족징금칙(各邑族徵禁飭)」: 각 읍에서 족징(族徵)의 폐단을 금지시키는 일.
「직로각읍발칙관(直路各邑撥飭關)」: 각 읍에서 파발마(擺撥馬)의 관리를 규정에 맞게 하도록 당부하는 일.

「각읍발로칙관(各邑撥路飭關)」: 각 읍에서 파발마의 운영이 제대로 되지 않아 지체되는 경우가 있으니 엄히 단속하기를 당부하는 일.

「용천민고둔칙관(龍川民庫屯飭關)」: 용천군의 민고(民庫)를 설치하는 일.

「영부속도새렴전칙관(營府屬禱賽斂錢飭關)」: 영부(營府)에서 도새(禱賽)를 빌미로 민간에서 돈을 끌어 모으는 것을 금하는 일.

「세시후주칙관(歲時酗酒飭關)」: 세시(歲時) 절기에 술에 취해 주정하는 일을 금하는 일.

「각읍임정칙관(各邑任政飭關)」: 각 읍에서 시행해야 할 정사에 관한 일.

「의주향록사문관(義州鄕錄査問關)」: 의주의 향록(鄕錄)을 조사하는 일.

「평양면임택차칙관(平壤面任擇差飭關)」: 평양의 면임(面任)을 가려 뽑는 일.

「가산과장시민렴관칙(嘉山科場時民斂關飭)」: 가산군에서 과장(科場)을 열 때 백성들에게 비용을 거두는 민폐를 금하는 일.

「평양가산과시시가칙관(平壤嘉山科時市價飭關)」: 평양과 가산군에서 과거 때가 되면 물가가 오르는 것을 통제하는 일.

「열읍시재도회관(列邑試才都會關)」: 각 고을에 살고 있는 노사숙유(老士宿儒)들을 과거 시험에 불러서 재능있는 자를 취하는 일.

「열읍권파관칙(列邑勸播關飭)」: 1년 농사의 근본인 파종(播種)을 권장하는 일.

「본부중영마주금칙관(本府中營馬住禁飭關)」: 봄・여름 환절기에 주민들이 놀러다니느라고 비용을 허비하는데 흉년에 춘궁기이므로 이를 엄금하는 일.

「함종삼화면임추치관(咸從三和面任推治關)」: 함종과 삼화의 면임이 뇌물을 먹은 것을 치죄하는 일.

「용천신북신서축동칙관(龍川新北新西築垌飭關)」: 용천의 신북・신서에 못을 견고하게 막는 일.

「강서현하속칙감(江西縣下屬飭甘)」: 강서현의 하속(下屬)들이 각 마을에 다니면서 곡식을 빼앗고 어린 소나무를 베어가는 것 등을 단속하는 일.

「대동강변염세가봉금방(大同江邊鹽稅加捧禁榜)」: 대동강 가에서 소금 상인들에게 사사로이 세금을 더 거두는 자들을 엄금하는 일.

「이문진하사행중(移文進賀使行中)」: 진하사(進賀使)로 연행(燕行)가는 사신들의 물품을 대어 주는 일.

「각읍관별마산용리정관칙(各邑官別馬刪冗釐正關飭)」: 사신에게 제공하는 말을 바로잡아 고치는 일.

5. 가치

『관첩록(關牒錄)』은 평안도 감영에서 하급 관청으로 내려 보낸 공문서로서 조선시대 지방 행정의 일면을 보여주는 중요한 자료이다. 평안도관찰사 정원용이 하급 관청에서 백성들에게 잘못하는 것을 감독하고 관리하는 모습이 잘 나타나 있어 조선시대 정치사를 연구하는 데 필요한 문헌이다. 정원용의 초상을 모신 생사당(生祠堂)이 18군데나 되었는데, 그 가운데 다섯 고을이 평안도 지역이었던 것도 이같이 치밀한 행정의 결과라고 할 수 있다.

서첩록

西牒錄

族徵之禁屢載通編近有 朝令固當遵
解弛依舊侵徵奸鄉猾吏爛用公貨而克逋之方惟
在於族戚之遍徵蕩客浪子誘引饒民而捧責之責
則反及於父兄之橫侵甚至於假託公貨虛作債券
綢繆締結攘奪人財饒家因此而見敗平民因此而
難保此而不禁其將胥溺此後官屬若有久逋則徵
出於該廳及保主浪子若有債券則徵出於筆執及
證人凡屬族徵等事自官一勿聽理若或有入聞者

癸巳十二月二十七日

1. 서지

필사본, 3책, 사주단변(四周單邊), 반곽(半郭), 25.1×17.1cm, 유계 (有界), 10행 21자, 상하향백어미(上下向白魚尾), 35.4×22.2cm.

2. 저술한 시기

정원용은 1833년 11월부터 1835년 7월까지 1년 9개월 동안 평안도 관찰사로 재직하였는데, 이 시기 감영에서 상하급 관아로 오고간 공 문서를 모아서 『서첩록(西牒錄)』을 엮었다.

3. 구성

『서첩록(西牒錄)』은 모두 3책으로 구성되어 있는데, 실려 있는 문 서의 형태가 서로 다르다. 1책에 실린 문서는 "癸巳 十二月二十七 日…… 各邑" 식으로 날짜가 앞에 나와 있고, 공문을 수령할 대상이 끝에 표기되어 있다.

2책에는 문서 제목이 없어 구분이 어렵지만, '위첩보사(爲牒報事)', '위상고사(爲相考事)', '위회이사(爲回移事)' 등의 말로 시작하는 문서 들에는 마지막에 공문 수령 관청이 명시되어 있다. 2책 중간부터는 서체가 다른 문서가 실려 있는데, 대체로 '우완문위성급사(右完文爲 成給事)', '우절목위영구준행사(右節目爲永久遵行事)'라는 말로 시작 하며, 대상 관청이 명시되어 있지 않다.

　3책은 예하 각 지역과 병영에서 올라온 문서에 대하여 감영에서 회답한 것이다. 문서의 형식은 '운산군수정내(雲山郡守呈內)'와 같이 되어 있으며 이에 대한 감영의 회답은 맨앞에 '제(題)'라고 쓰고 내용이 시작된다.

4. 내용

　1책에는 관할 내에 있는 7도호부 3목 18군 13현과 병영(兵營) 및 역참(驛站)에 보낸 관문(關文)이 날짜별로 실려 있다. 관찰사의 중요한 업무인 조세 징수와 관련된 전정(田政)·군정(軍政)·환곡(還穀)에 대한 내용이 많다. 평안도가 중국에 사신이 왕래하는 지역이므로, 사신 접대와 관련된 제반 사항과 역참(驛站) 운영에 관련된 내용이 그 다음으로 많다. 잠상(潛商)을 규제하고 상인들로부터 세금을 징수하는 내용이 그 다음을 차지한다. 1834년 7월에 평안도 일대에 홍수가 나서, 이를 수습하는 내용도 많다.

　과거 시행과 관련된 민원을 해결한 것도 많다. 평안도에서 시행하는 과거는 청천강 이남은 평양(平壤), 청천강 이북은 정주(定州), 두 곳에서 시행되었는데, 압록강변에 사는 사람들은 정주까지 가서 시험 보기가 어려웠다. 이에 강변 6읍(江界·渭原·楚山·碧潼·昌城·朔州)에 거주하는 유생들은 초산(楚山)에서 시험 볼 수 있게 해달라고 건의하였는데, 정원용은 이를 수용하고, 같은 해 9월 비변사에 건의하여 허락을 받아냈다. 그밖에 향안(鄕案) 입록(入錄)에 관한 것과 재임(齋任)·향임(鄕任)의 추천 방식 및 임명에 관련된 것도 있다.

정원용이 평안도관찰사로 부임하자마자 각읍에 내린 관문(癸巳十二月二十七日)에서는 맨 먼저 교활한 아전의 폐단을 지적하고, 부랑배가 부가(富家)나 양가(良家)를 침탈하는 것을 금지하였다. 이어서 환곡과 관련된 창속(倉屬)의 작간(作奸)과 이임(里任)의 농간을 지적하고, 그로 인한 폐단을 제거하기 위해 11가지 조목을 나열하였다.

이듬해인 1834년 8월에 42주 전체에 대해 환곡과 전세(田稅) 관련 자료를 수집하라는 관문을 내리더니, 10월에 두곡이정절목(斗斛釐正節目)과 봉환규식(捧還規式)을 8가지로 마련하여 각읍에 보냈다. 각 지역별로 환곡과 관련된 그 지역의 폐단을 지적하고 시정을 지시하는 내용이 포함되어 있었다. 11월에는 환곡과 관련된 폐단이 조금도 사라지지 않고 오히려 심해졌다고 질책하는 관문을 병영과 여러 고을에 내려 보내고, 12월에는 "환곡과 관련된 관문을 누차 보냈는데, 잘 지키는 곳도 있지만 다른 폐단이 생긴 곳도 있다"고 지적하면서 민정(民情)을 일일이 조사 보고하라고 지시하였다. 12월 22일에는 이듬해 환곡을 분배하는 것과 관련된 절목을 다시 8가지로 정리하여 제시하고, 이 관문을 창고의 벽과 길거리에 게시하라고 명하였다.

그는 단순히 절목을 내려보내는 것에서 그치지 않고, 그 이행 상황을 점검하고 폐단을 지적하며 시정을 촉구하였다. 김용흠은 「西牒錄」 해제에서 "이것은 아마도 이 지역에서 1811년에 일어난 洪景來亂으로 평안도 일대의 지방행정이 마비된 것이 20여년이 지나도 회복되지 않았기 때문이 아닐까 생각된다."고 하였다. "불쌍한 것이 민(民)이고, 가련한 것이 민(民)이며, 죄없는 것이 민(民)이고 무고(無告)한 사람이 민(民)이다."라는 것이 그의 애민정신(愛民精神)의 기본이다.

2책에서는 평안도 민심 수습과 관련해 평안도 재정 운영의 문란상을 지적하고, 이를 시정해 달라고 조정에 요구한 공문들이 실려 있다. 특히 평안도에 비축된 군량미가 경각사(京各司)의 재정으로 전용되는 폐단을 나열하면서 구체적인 수치를 들어서 그 부당성을 지적하였다. 정원용의 집요한 요구에 의해 결국 중앙정부에서 그것을 수용하였다. 환곡이나 조세 행정 이외에도 수많은 절목이 나열되어 있는데, 혁파(革罷)나 구폐(救弊) 등의 용어만 보아도 알 수 있듯이 홍경래난의 후유증을 바로잡기 위한 것이다.

3책에는 평안감영에 소속된 42주와 각 기관에서 감영에 보낸 공문과 이에 대한 답변이 실려 있다. 전정(田政)·군정(軍政)·환곡(還穀)과 같이 조세 행정에 관련된 것이 많은데, 각 지역의 구체적인 사례들이 제시되고 있다. 빈민과 병자 및 수재민 구호자나 효자에 대한 포상과 관련된 내용도 많다. 각종 살인사건·뇌물·횡령·절도사건 등 형사 사건을 처리하는 내용도 있다. 이러한 사건은 모두 민의 정장(呈狀)을 통해서 제기되고 있다.

5. 가치

이 자료는 홍경래 난이 진압되고 약 20여 년이 경과된 시점에서 평안도의 행정과 관련된 구체적인 내용을 전하고 있다. 정원용이 이 시기에 평안도관찰사로서 추진한 각종 시책들은 민란이 들끓던 시대의 민생 안정에 일정한 효과를 발휘했다고 생각된다.

많은 사건들이 민의 정장(呈狀)을 통해서 제기되었는데, 향촌사회를 주도하는 사람들이나 세력있는 자들뿐만 아니라 일반 민들도 활발하게 참여하고 있다는 점에서, 이 시기 민(民)의 의식이 성장했다는 측면을 주목할 만하다.

 이 자료는 연세대 중앙도서관에만 소장된 유일본이어서 지금까지 어느 연구자들에 의해서도 주목된 적이 없었다. 자료의 희귀성이라는 측면에서도 가치가 높다.

유경록

惟輕錄

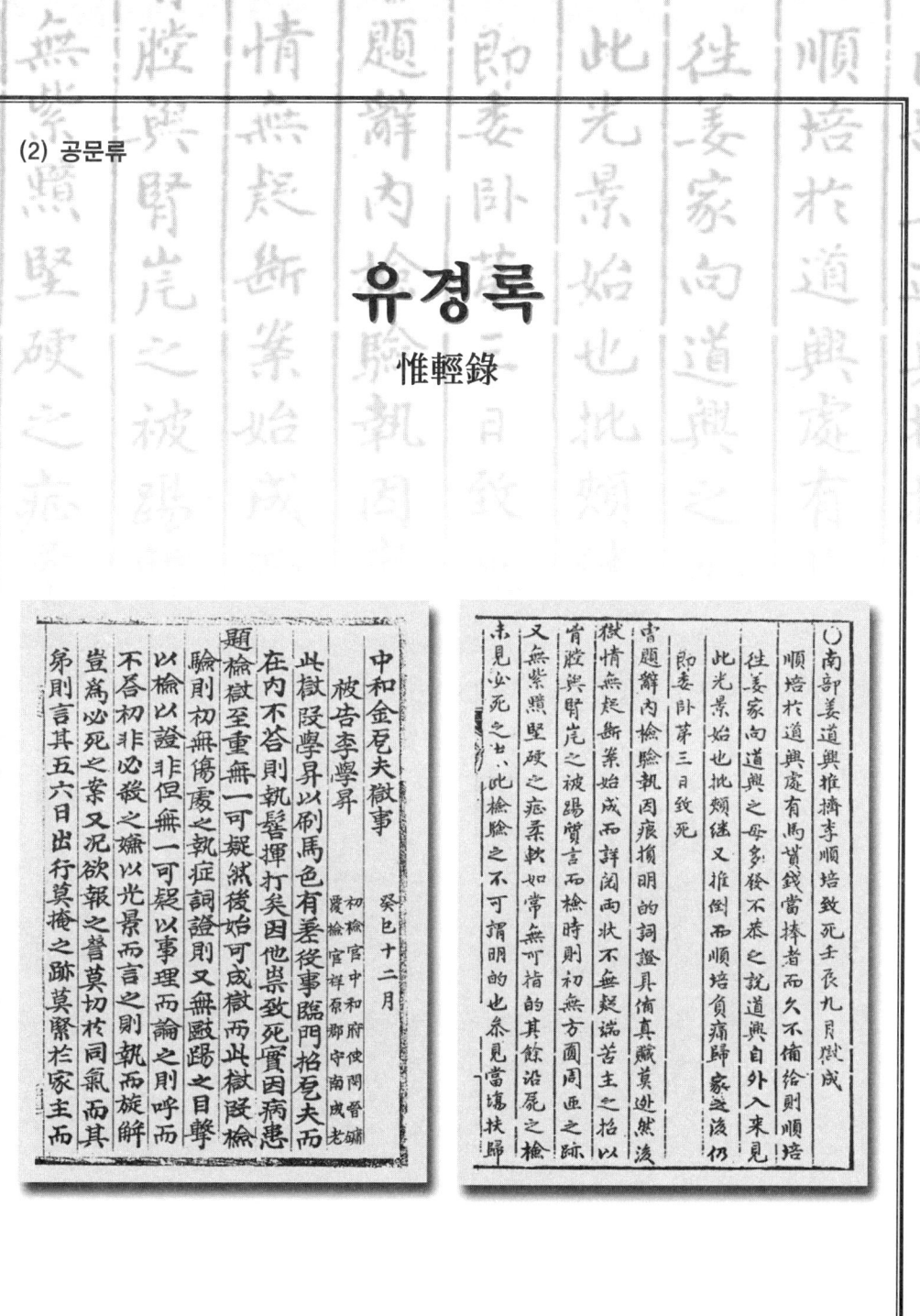

1. 서지

1) 필사본, 5책, 사주단변(四周單邊), 반곽(半郭), 25.1×17.0cm, 오사란(烏絲欄), 10행 20자, 주쌍행(註雙行), 상하향백어미(上下向白魚尾), 35.9×22.5cm.

2) 필사본, 1책, 사주단변(四周單邊), 반곽(半郭), 24.8×16.8cm, 유계(有界), 10행 22자, 상하향2엽 화문어미(花紋魚尾), 34.2×21.3cm.

2. 저술한 시기

정원용은 1831년 4월 28일 형조판서에 임명되었으며, 7월 13일 홍문관 제학에 임명되었지만 겸임하였다. 1832년 10월 16일 동지정사(冬至正使)로 임명될 때까지 1년 5개월 동안 처리한 전국의 살인사건 초록이 1책본『유경록』에 실려 있다.

51세 되던 1833년 11월 9일에는 평안도관찰사로 임명되었으며 1835년 7월 말까지 재임하였다. 5책본『유경록(惟輕錄)』은 그가 관찰사로 재직하는 동안 평안도에서 발생한 살인사건 보고서들을 정리한 것이다. '가볍게 처벌할 것만을 생각한다.'는 의미의 유경록(惟輕錄)이란 제목은 살인사건을 처리하던 정원용의 생각을 표현한 것인데, 조선시대 행형(行刑) 사상을 잘 드러낸 것이기도 하다.

3. 구성

1) 5책본

1833년부터 1835년까지 3년에 걸쳐 평안도에서 벌어진 살인사건의

개요와 처리과정 및 조사관의 심리(審理)와 제사(題詞), 발사(跋辭)를 정리한 책이다. 책1~3은 주로 검험(檢驗)을 동반한 사건 조사의 검제(檢題)이며, 책4~5는 검시하지 않고 신문(訊問)만으로 이루어진 조사 보고의 사제(査題)이다. 규장각에는 권4의 일부만 기록된 영본이 소장되어 있다.

책1에는 1833년 12월에 발생한 중화 김돌부옥사(中和金乭夫獄事)부터 영유 박원조옥사(永柔朴遠祚獄事)까지 모두 27건의 사건 기록이 실려 있다.

책2에는 1834년 5월에 발생한 태천 김창건옥사(泰川金昌建獄事)부터 1835년 7월에 발생한 안주 임춘옥옥사(安州林春玉獄事)까지 모두 37건의 사건 기록이 실려 있다.

책3에는 삼등 엄동이옥사(三登嚴同伊獄事)부터 평양 나철중옥사(平壤羅喆中獄事)까지 모두 27건의 사건 기록이 실려 있다.

책4에는 1834년 4월에 발생한 삼등 김한옥사사(三登金漢玉査事)부터 삼등 송석부사사(三登宋石富査事)까지 주로 사사(查事)를 46건 기록하였다.

책5에는 평양 김하겸옥사(平壤金河兼獄事)부터 철산 김어인자사사(鐵山金於仁者査事)까지 기왕의 사건들을 재심리(再審理)하거나 동추(同推)한 후의 발사(跋辭)를 48건 기록하였다.

2) 1책본

정원용이 형조판서로 재직 중이던 1831년 4월부터 1832년 9월까지 형조에서 처리한 살인사건들의 간단한 내역과 제사(題詞)를 정리한 책이다. 이 책에는 남부 강도흥추제이순배치사(南部姜道興推擠李順

培致死)부터 나주 양내춘타살김연파회(羅州梁乃春打殺金連破回)까지 모두 31건의 살인사건을 기록하였다.

4. 내용

1) 5책본

책1

- 영유 정치민옥사(永柔鄭致民獄事) : 술에 취한 최양호가 정치민의 집에서 냉수를 얻어먹으려다 시비 끝에 정치민을 때려 죽인 사건.
- 가산 김행륜옥사(嘉山金幸倫獄事) : 거지 김석희가 가죽을 훔쳤다고 김행륜이 의심하여 묶어놓고 때려 죽인 사건.
- 함종 유조이옥사(咸從劉召史獄事) : 최종서가 옷장을 어디에 둘 지 의논하는데 처 유조이가 대꾸하지 않자 화가 나 낫으로 찔러 죽인 사건.
- 성천 한광이옥사(成川韓光伊獄事) : 한광이가 소를 훔쳤다고 판단하여 임사평이 묶어놓고 때려 죽인 사건.
- 덕천 송계봉옥사(德川宋桂奉獄事) : 송계봉의 고함소리에 놀란 자신의 처가 유산하여 죽었다고 생각한 안문권이 송계봉을 칼로 찔러 죽인 사건.
- 운산 박경운옥사(雲山朴京雲獄事) : 박경운과 홍화숙이 취중에 다투다가 홍화숙의 칼에 찔린 박경운이 분을 이기지 못하고 총으로 자살한 사건.
- 가산 김문연옥사(嘉山金文衍獄事) : 휘항(揮項) 매매 문제로 김문연과 이시섭이 다툰 뒤, 김문연이 15일 뒤에 병으로 죽은 사건.
- 철산 한대연옥사(鐵山韓大延獄事) : 한대연이 도박빚 때문에 친척 형에게 꾸지람을 듣자 한대연의 형 한대경이 동생을 꾸짖으면서 한 대를 쳤는데 다음날 죽은 사건.

- 의주 김약해옥사(義州金若海獄事) : 아버지가 김익조에게 맞자 김약해가 이를 면리(面里)에 고발하려고 하였지만 아버지의 만류로 그만두었다. 마을 사람들이 아버지의 원수를 갚지 못하는 금수(禽獸)라고 비웃자, 김약해가 격분하여 자살한 사건.
- 정주 유곽성옥사(定州劉郭成獄事) : 술취한 박동이가 길을 가던 유곽성에게 돌을 던져 죽인 사건.
- 창성 이석손옥사(昌成李石孫獄事) : 이석손이 증조부를 매장하는데 동네 건달이 방해하며 파내겠다고 협박하자 걱정 끝에 병으로 죽은 사건.
- 강계 김조이옥사(江界金召史獄事) : 전처 김조이가 다른 남자와 만났다고 이양복이 김조이의 코를 베자, 김조이가 격분하여 물에 뛰어든 사건.
- 철산 허선옥사(鐵山許㻶獄事) : 정석채와 허선이 서로 불효라며 싸우다가 매맞은 허선이 10일 만에 죽은 사건.
- 평양 홍경수옥사(平壤洪京水獄事) : 이운서 부자가 닭을 훔쳤다며 서치호와 다투는데 이를 말리던 홍경수가 도리어 매맞아 죽은 사건.
- 삼등 김조이옥사(三登金召史獄事) : 문조이가 밭 갈러 나가는 동안 김조이에게 집단속을 부탁했는데, 김조이가 쌀을 훔쳤다고 의심하여 관에 고발하려하자 겁먹은 김조이가 목을 매 자살한 사건.
- 삼화 최조이옥사(三和崔召史獄事) : 쌀을 훔친 문제로 최조이와 이조이가 다투다가 일어난 사건.

책2

- 태천 김창건옥사(泰川金昌建獄事) : 김창건이 김양관의 형수와 간통하자 김양관이 때려 죽인 사건.
- 의주 진조이옥사(義州陳召史獄事) : 전광철이 말을 타고 달리는데 진조이가 미처 피하지 못하고 부딪혀 죽은 사건.
- 강서 엄조이옥사(江西嚴召史獄事) : 엄조이가 시숙(媤叔)과 희롱하다

가 들키자 목을 매 자살한 사건.

- 개천 한조이옥사(价川韓召史獄事) : 한조이가 다른 이들에게 박양보의 처가 음란하다고 말하자 박양보 부부가 한조이에게 강제로 오물을 먹여, 격분한 한조이가 물에 뛰어든 사건.
- 희천 김약로옥사(熙川金若老獄事) : 김약로가 개울에서 목욕하다 빠져 죽은 사건.
- 박천 이춘익옥사(博川李春益獄事) : 술 외상값을 갚지 않는 문제로 다툰 이춘익이 물에 몸을 던져 자살한 사건.
- 안주 이조이옥사(安州李召史獄事) : 고부 갈등 끝에 며느리가 갑자기 죽자 친정아버지가 고발한 사건.
- 함종 홍성주옥사(咸從洪成住獄事) : 홍성주가 천막을 훼손하였다고 곽원익이 때려 죽인 사건.
- 벽동 강조이옥사(碧潼康召史獄事) : 아이를 심하게 때리는 강조이를 시어머니가 나무라자 강조이가 물에 뛰어들어 자살한 사건.
- 숙천 박치옥옥사(肅川朴致玉獄事) : 박치옥이 진 빚을 강최현이 송아지로 대신 빼앗아 가자, 박치옥이 격분하여 술을 먹고 자살한 사건.
- 안주 최삼손옥사(安州崔三孫獄事) : 박경식이 최삼손을 모욕하자 최삼손이 격분하여 술을 먹고 추운 길에서 자다가 얼어 죽은 사건.
- 구성 홍삼철옥사(龜城洪三哲獄事) : 홍삼철과 홍지윤이 말을 빌리는 문제로 서로 다툰 뒤, 홍삼철이 앓다가 46일만에 죽은 사건.
- 덕천 김진효옥사(德川金珎孝獄事) : 김진효가 빚 문제로 술을 먹고 김고석과 다툰 지 이틀 뒤에 죽은 사건.
- 희천 안조이최지억옥사(熙川安召史崔之億獄事) : 최지억과 안조이의 간통을 눈치 챈 안조이의 남편이 처를 죽이고 자신도 자살한 사건.
- 순안 김조이옥사(順安金召史獄事) : 시어머니 김조이가 며느리의 음란한 행실을 꾸짖자 며느리가 목을 매 자살한 사건.
- 영변 고대운옥사(寧邊高大云獄事) : 양석지가 고대운의 처와 간통하

고, 남편 고대운마저 때려 죽인 사건.

- 평양 김미륵옥사(平壤金彌勒獄事) : 주이덕의 아버지가 담배를 주지 않는다고 김미륵이 낫으로 찌르자 주이덕이 김미륵을 때려 죽인 사건.
- 운산 서조이옥사(雲山徐召史獄事) : 서조이가 다른 여인들과 우스개소리를 한다고 남편 이용식이 꾸짖자 서조이가 자살한 사건.
- 가산 김신득옥사(嘉山金信得獄事) : 김신득이 개가죽 값을 물지 못하자 격분한 김유경이 때려 죽인 사건.
- 안주 이춘봉옥사(安州李春奉獄事) : 이춘봉이 술에 취해 이경룡을 희롱하고 그의 아버지를 모욕하자, 이경룡이 이춘봉을 때렸는데, 5일 뒤에 죽은 사건.
- 용강 김봉악옥사(龍岡金奉岳獄事) : 집에 불이 나자 정원경이 김봉악을 의심하고 서로 힐난하다가 김봉악을 칼로 찔러 죽인 사건.
- 성천 김여상옥사(成川金呂相獄事) : 김여상이 이계조의 빚을 갚지 못하자 자살한 사건.
- 평양 장정월동옥사(平壤張正月同獄事) : 김득복과 장정월동이 돈 문제로 다툰 뒤에 장정월동이 앓다가 죽은 사건.
- 성천 이자주옥사(成川李子柱獄事) : 빚을 갚지 않는 이자주를 김사량이 때려, 앓다가 7일만에 죽은 사건.
- 평양 양봉우옥사(平壤楊奉右獄事) : 빚 문제로 다투다가 양봉우가 황진권을 때려 죽인 사건.
- 용강 김정도옥사(龍岡金丁道獄事) : 김정도가 빚 문제로 다투다가 손응건이 휘두른 주머니에 얼굴을 맞아 26일을 앓다가 죽은 사건.
- 희천 이학철이경철옥사(熙川李學哲李京哲獄事) : 이학철이 이경철과 장난하다가 중상을 입고 죽자, 이경철의 처 백조이가 복수하여 죽인 사건.
- 박천 이여복옥사(博川李汝福獄事) : 이여복이 가난한 데다가 병까지 앓고 있는데 이조이가 빚독촉을 하자 자살한 사건.

• 안주 임춘옥옥사(安州林春玉獄事) : 나극철이 술값 문제로 임춘옥의 옷을 빼앗고 때려 26일만에 죽은 사건.

책3

• 삼등 엄동이옥사(三登嚴同伊獄事) : 자신의 처 김조이가 혼례 후에도 다리[髢]를 올리지 않은데다 장모가 다시 시집보내려고 하자 엄동이가 격분하여 자살한 사건.
• 강계 윤광철옥사(江界尹光哲獄事) : 자신의 처가 강득황과 간통하고 아이가 배고파 우는데도 내버려두자 윤광철이 격분하여 자살한 사건.
• 증산 노동이옥사(甑山盧同伊獄事) : 병으로 죽은 노동이의 어머니가 며느리 홍조이를 의심하여 고발한 사건.
• 평양 조린점옥사(平壤趙獜占獄事): 조린점이 임능교와 술을 먹고 장난치다가 넘어져 다친 뒤에 며칠이 지나 죽은 사건.
• 영유 김맹손김원도옥사(永柔金孟孫金遠道獄事) : 미친병을 앓고 있던 김맹손과 김원도가 자살한 사건.
• 강계 김시응전일대옥사(江界金時應全日大獄事) : 김시응이 전일대의 처를 욕보이다가 전일대에게 찔려 죽자, 김시응의 아버지 김종묵이 전일대를 칼로 찔러 죽인 사건.
• 영변 한조이옥사(寧邊韓召史獄事) : 한조이가 신병을 요양하겠다고 친정에 돌아가기를 청했지만, 차홍규가 빚을 갚지 못했다고 허락하지 않자 비관한 한조이가 물에 빠져 자살한 사건.
• 상원 오조이옥사(祥原吳召史獄事) : 오조이가 투병 중에 자신의 딸이 개가하여 병수발 할 사람이 없자 자살한 사건.
• 용강 김조이옥사(龍岡金召史獄事) : 김이휘가 평소 말을 듣지 않던 처 김조이를 술김에 칼로 찔러 죽인 사건.
• 태천 이석진옥사(泰川李石陳獄事) : 감기를 앓던 이석진이 논밭의 돌을 옮기는 문제로 김계득과 다툰 지 7일 만에 죽은 사건.

- 태천 김여점김신오옥사(泰川金呂占金信五獄事) : 김사주의 아버지 김 여점이 김신오와 다툰 뒤 9일 만에 죽자 김사주가 김신오를 복수하여 죽인 사건.

- 영변 김천신옥사(寧邊金天新獄事) : 김천신이 술김에 김용철의 처를 욕보이려다가 김용철에게 맞아 죽은 사건.

- 영변 김응철옥사(寧邊金應哲獄事) : 김천오가 전권(田券)과 종곡(種穀) 을 늑탈한데 격분하여 김응철이 스스로 목매 죽은 사건.

- 영원 길씨옥사(寧遠吉氏獄事) : 양혜맹이 밤중에 길씨의 집에 침입하 여 욕보이려고 하자 격분한 길씨가 물에 뛰어든 사건.

- 덕천 강유격옥사(德川姜有格獄事) : 강재유가 자신의 손자며느리와 간 통했다고 강유격이 문중의 수치로 여겨 쫓아내자, 강재유가 도끼로 강유격을 내리쳐 죽인 사건.

- 개천 나조이옥사(价川羅召史獄事) : 도둑을 맞은 나조이가 장우손을 의심하여 대질심문을 하게 되었는데, 장우손이 수치스러운 말로 나조 이를 욕보이자 분을 이기지 못한 나조이가 간수를 먹고 자살한 사건.

- 성천 윤간난옥사(成川尹干蘭獄事) : 이수엄과 윤간난이 서로 씨름을 하다가 이수엄이 윤간난을 밀어 넘어 뜨렸는데 죽은 사건.

- 성천 박조이옥사(成川朴召史獄事) : 박조이가 본 남편을 배반하고 이진 공의 첩이 되어서도 최호인과 간통하고, 최호인의 재취(再娶)를 투기 해오다가 성질을 참지 못하고 최호인의 집에서 난리를 피우다 죽은 사건.

- 안주 김대손옥사(安州金大孫獄事) : 이대용이 길에서 김대손을 만나 콩을 판 돈을 빼앗고 칼로 찔러 죽인 사건.

- 중화 관노창실옥사(中和官奴昌實獄事) : 창실이 자신의 처를 임재완의 외가(外家) 선산에 몰래 매장했다가 들켜 임재완에게 맞은 후 34일 만에 죽은 사건.

- 덕천 강재유옥사(德川姜在裕獄事) : 강봉주의 아버지 강유격이 강재유

에 의해 도끼로 죽음을 당하자, 강봉주가 복수하여 죽인 사건.

- 개천 김영득옥사(价川金永得獄事) : 김영득이 김양복의 채마밭에서 오이를 따자 김양복이 협인(挾人) 윤학을 시켜 쫓아내고 존위(尊位)에게 고발토록 해, 이에 격분한 김영득이 스스로 목 매 죽은 사건.
- 가산 오진국옥사(嘉山吳鎭國獄事) : 좌수(座首) 김경이 집안사람의 발굴로 오진국을 추문할 때 진국의 말과 행동이 오만하여 장(杖) 두 대를 때렸는데 병이 나 죽은 사건.
- 평양 나철중옥사(平壤羅喆中獄事) : 나철중이 평양에서 불량배와 다툰 후 죽었는데, 평상시 주사(酒邪)가 심한 나철중의 병사(病死)로 판명된 사건.

책4

- 삼등 김한옥사사(三登金漢玉査事) : 김한옥과 정창국이 취해 다투다가 김한옥이 신낭을 맞아 죽은 사건.
- 강동 김학천사사(江東金學天査事) : 김학천이 정내흥의 아버지를 욕하자 이에 격분한 정내흥이 김학천을 때려 16일만에 죽은 사건.
- 상원 장문산동사사(祥原張文山同査事) : 장문산동이 집안사람 장인각의 며느리와 간통하자 장인각이 문산동을 묶은 뒤 때려 죽인 사건.
- 상원 박조이사사(祥原朴召史査事) : 박조이가 가난한 최성관과 이혼하기 위해 아이를 내버리자 격분한 남편이 때려 죽인 사건.
- 영유이정오사사(永柔李正五査事) : 이정오가 정시갑에게 도둑의 누명을 씌워 잃어버린 물건 값을 징수하자 정시갑의 어머니가 이정오의 집에서 목을 매 자살했는데, 이에 정시갑과 그의 아우가 낫으로 이정오를 죽인 사건.
- 영유 김석하사사(永柔金石下査事) : 김석하가 자신의 밭에서 무를 뽑아 가는 아이를 잡아 끌고 다니며 때리자 한진이가 이를 말리다가 김석하를 때려 죽인 사건.

- 가산 고과녀사사(嘉山高寡女査事) : 이석산이 강제로 과부 고씨를 겁탈하자 고씨가 자결한 사건.
- 순천 김대성사사(順川金大成査事) : 조동이가 노름판에서 김대성과 다투다가 재를 눈에 뿌리고 돌로 내리쳐 죽인 사건.
- 순천 강중춘사사(順川康仲春査事) : 이창권의 아버지가 강중춘의 돼지고기를 사 먹고 탈이 나 죽게 되자, 고기에 독을 넣었다면서 이창권이 강중춘을 때려 4일 만에 죽은 사건.
- 순천 안시권사사(順川安時權査事) : 장후량이 취해 안시권과 싸우다가 맞은 뒤 4일만에 죽은 사건.
- 자산 이석권사사(慈山李碩權査事) : 이석권이 몰래 매장한 문제로 최제극과 다투다가 맞아 죽은 사건.
- 덕천 박석돌사사(德川 朴石突査事) : 박석돌이 이렴(里斂)이 고르지 않다고 최한경을 힐난하자 최한경이 박석돌을 묶고 때려 25일 뒤에 죽은 사건.
- 성천 한상린사사(成川 韓尙獜査事) : 피건욱이 술을 먹으려다 자신을 막는 한상린의 눈을 담뱃대로 찔러 죽인 사건.
- 평양 정조이자오세아사사(平壤鄭召史子五歲兒査事) : 정조이가 남편에게 버림받자 실성(失性)하여 자신의 아이를 죽인 사건.
- 평양 한세량사사(平壤韓世良査事) : 한세량이 이명실의 처와 간통하려고 밤중에 집에 들어갔다가 맞아 죽은 사건.
- 평양 방상욱사사(平壤方尙郁査事) : 소동이가 방상욱과 사소한 말다툼 끝에 때려 죽인 사건.
- 창성 유조이사사(昌城劉召史査事) : 강전이 자신의 처 유조이가 언행이 불손하다면서 때려 죽인 사건.
- 창성 김춘백사사(昌城金春白査事) : 김춘백이 문경운의 장모를 욕하자 격분한 문경운이 김춘백을 때려 20일만에 죽은 사건.
- 창성 이조이사사(昌城李召史査事) : 지기룡이 이조이의 딸을 겁탈하려

다가 반항하자 몽둥이로 때려 죽인 사건.

• 창성 유복겸사사(昌城兪卜謙査事) : 김약록이 유복겸과 함께 처를 찾던 중 처를 숨기고 있는 최응진의 집에서 임국량 등과 다투었는데, 이때 유복겸이 맞은 뒤 이틀만에 죽은 사건.

• 중화 최경운사사(中和崔京云査事) : 최경운과 윤성초가 장터에서 취해 다투다가 최경운이 맞은 뒤 8일 만에 죽은 사건.

• 중화 강성재사사(中和姜成在査事) : 최장련이 강성재와 술김에 서로 다투다가 강성재를 때려 9일 만에 죽은 사건.

• 평양 박용범사사(平壤朴龍範査事) : 부랑아 박용범이 술을 먹고 양장신과 다투다가 양장신에 떠밀려 넘어지면서 깨진 항아리에 찔려 5일 만에 죽은 사건.

• 평양 조종환사사(平壤趙宗煥査事) : 조종환 부녀가 길을 지나가는데 고장년의 무리가 수상하다면서 뒤쫓아가 때려 죽인 사건.

• 평양 김양재사사(平壤金良才査事) : 강대현이 취해 김양재와 다투다가 김양재를 때려 14일만에 죽게 한 사건.

• 평양 윤낙신 사사(平壤尹洛信査事) : 홍여택(洪呂澤)과 윤낙신이 술을 먹고 다투다가 홍여택이 윤낙신을 다리 밑으로 밀쳤는데, 구덩이에 떨어진 윤낙신이 이틀 만에 죽은 사건.

• 평양 김항량사사(平壤金恒良査事) : 김진옥의 외종수(外從嫂) 장례날 김항량과 취해 다투다가, 김진옥이 김항량을 때려 5일 동안 앓다가 죽은 사건.

• 평양 허각사사(平壤許珏査事) : 허각의 아들이 술을 권하지 않는다며 김홍손이 시비를 걸자 허각이 아들을 편들다가 맞아 죽은 사건.

• 희천 이조이사사(熙川李召史査事) : 이조이가 부부싸움 끝에 남편 윤명신에게 맞아 3일동안 앓다가 죽은 사건.

• 희천 문승남사사(熙川文承男査事) : 이화실과 문승남이 술집에서 서로 취해 희롱하다가 문승남이 맞아 죽은 사건.

- 삼화 조득구사사(三和趙得九查事) : 조득구가 산소의 소나무 껍질을 벗긴다며 윤아무개와 다투는데 강덕화가 윤아무개를 편들어 조득구를 때려 죽인 사건.
- 용천 김종철사사(龍川金宗哲查事) : 이재록이 거지 김종철의 구걸행위를 미워하여 때려 죽인 사건.
- 용천 이철중사사(龍川李哲中查事) : 이철중이 신발값을 갚지 않는다고 김모질이 다투다가 벌어진 사건.
- 용천 유재흥사사(龍川劉再興查事) : 유재흥과 김국명이 봉군(烽軍) 고가(雇價)를 거두는 일로 다투다가 벌어진 사건.

책5는 기왕의 사건들과 중복되는 경우가 많다.

2) 1책본

- 서부 김녹이늑살문숙해(西部金祿伊勒殺文淑亥) : 1832년에 죽을 팔아 살림하는 과부 차조이가 9세 된 아들 문숙에게 야채를 사오라고 심부름을 시켰는데 돌아오지 않기에 찾아보니 13세 된 김녹이가 문숙을 죽이고 돈을 빼앗은 사건.
- 선산 임원이졸척살유원득(善山林元伊捽擲殺柳元得) : 1830년에 임원이와 유원득이 장지(葬地) 문제로 다투다가 임원이가 유원득을 때려 죽인 사건.
- 상주 김학준척살이임문(尙州金學俊踢殺李林文) : 1823년에 이임문이 김종악의 문 앞에서 감잎을 쓸어담자 김종악의 종 삼노미가 이를 못하게 하면서 서로 다투었는데, 이임문이 김종악에게 욕을 퍼붓자 김종악의 아들 김학준이 때려 죽인 사건.
- 상주 이주정타살이복덕(尙州李周廷打殺李卜德) : 1830년 이주정의 종 석심이 도망하자 이복덕의 아들에게 찾아오게 했는데, 석심이 훔친 물건 값을 이복덕에게 물리자 화가 난 이복덕이 이주정의 집에 찾아갔

다가 도리어 맞아 죽은 사건.

- 밀양 이병현구살이처박조이(密陽李秉賢毆殺其妻朴召史) : 1826년 이
  병현이 숨겨둔 밤을 처 박조이가 시집간 딸에게 주자 화가 난 이병현이
  부인의 뒷머리를 때려 죽인 사건.
- 숙천 주동척살정용택(肅川朱同踢殺鄭龍宅) : 정용택이 소를 타고 가는
  데 주동이 채찍을 빼앗아 소를 때리자 놀란 소가 뛰어올라 정용택이
  떨어져 앓다가 죽은 사건.
- 개천 박성갑압살기처길조이(价川朴成甲壓殺其妻吉召史) : 박성갑이
  중병을 앓고 있던 처 길조이를 죽인 사건.
- 덕천 박경섭척살기처조조이(德川朴景涉踢殺其妻趙召史) : 박경섭이
  처 조조이의 바느질 솜씨가 나쁘다며 꾸짖다가 때려 죽인 사건.
- 고양 김대춘척살전성근(高陽金大春踢殺金聖根) : 숯을 구워 파는 김대
  춘이 고공(雇工) 김성근이 말을 듣지 않는다면서 동네 사람들과 함께
  장 10대를 쳤는데 사망한 사건.
- 광주 최창인척살고암회(廣州崔昌仁踢殺高巖回) : 최창인과 고암회가
  돈 문제로 다투다가 최창인이 때려 죽인 사건.
- 천안 이원경졸척살김광현(天安李源慶捽踢殺金光顯) : 당봉전(當捧錢)
  채납 문제로 싸우다가 이원경이 김광현을 때려 죽인 사건.
- 배천 김정현척살정석돌(白川金丁賢踢殺鄭右乭) : 면임(面任) 김정현이
  동네 일로 정행재와 다투자, 정행재의 아들 정우돌이 아버지를 편들다
  가 맞아 죽은 사건.
- 해주 최청금척살김한광(海州崔靑金踢殺金汗光) : 최청금이 취해 김한
  광의 아버지를 욕하자 김한광이 최청금을 때렸는데, 이를 본 최청금의
  어머니 송조이가 흉기로 김한광의 머리를 때려 죽인 사건.
- 무산 유인세타살안여강(茂山兪仁世打殺安汝江) : 안여강이 자기 어머
  니와 다투자 유인세가 안여강을 추운 마당에 묶어 두고 얼어 죽게 한
  사건.

- 홍원 김종득척살김상수(洪原金宗得踢殺金尙水) : 김종득이 다른 사람과 싸우는 것을 말리던 김상수가 도리어 맞아 죽은 사건.
- 정평 한지덕타살기처장조이(定平韓智德打殺其妻張召史) : 한지덕이 이광철과 싸우다가 갓을 잃어버렸는데, 처 장조이가 빨리 찾아오지 않는다며 몽둥이로 때려 죽인 사건.
- 나주 신복손이연죽희살임삼복(羅州申卜孫以煙竹戲殺林三福) : 술집 주인 신복손이 외상값을 갚지 않는 임삼복의 얼굴을 담뱃대로 찔러 죽인 사건.
- 전주 서업손척살이이석(全州徐業孫踢殺李以石) : 동임(洞任) 서업손이 이이석과 환곡 문제로 다투다가 때려 죽인 사건.
- 김제 장선희척살박조이(金提張先希踢殺朴召史) : 장선희가 박조이와 논에 물을 대는 문제로 다투다가 때려 죽인 사건.

5. 가치

1) 5책본

1833년부터 1835년까지 평안도관찰사 관할하의 여러 군현에서 발생한 살인사건의 전말을 초록한 책으로 조선후기 지방의 사회사 및 생활문화사 연구에 중요한 자료이다. 교화가 미치지 않은 곳으로 자주 지적되던 평안도 지역의 생활상을 보여주고 있다는 점에서 더욱 그 가치가 높다. 돈 문제로 인한 구타사건과 복수하기 위한 살해사건이 많아, 사회 이면의 모습을 보여주는 자료로 가치가 높다.

2) 1책본

역시 1830년대의 사회상 및 생활을 알려주는 자료이다. 살인사건

중심이지만 외상값, 물대기, 병수발, 동임(洞任)이나 면임(面任)의 역할 등 사회 문제의 다양한 양상을 보여주는 귀중한 자료이다. 5책본이 평안도의 실상을 보여주는 데 비해 1책본은 전국적인 실상을 보여주어, 분량은 적지만 색다른 가치가 있다.

북첩록

北牒錄

1. 서지

필사본, 4책(전5책), 사주단변(四周單邊), 반곽(半郭), 24.4× 16.8
cm, 유계(有界), 10행 20자, 상하향2엽화문어미(花紋魚尾), 35.9×
22.9cm.

2. 저술한 시기

정원용이 1840년 3월 4일부터 1841년 4월 21일까지 함경도관찰사
로 재직하는 동안 함경도 감영을 오고간 공문서를 모은 것이다.

3. 구성

『북첩록(北牒錄)』은 본래 5책이었는데, 현재 제3책이 누락되어 4책
만 있다.

제1책은 주로 감영에서 각 지역과 병영(兵營)·역참(驛站)에 보낸
문서로 구성되어 있다. 함경도에는 관찰사가 부윤을 겸임하는 함흥부
와 17도호부, 1목, 2군, 2현 등 23관과 그 아래 읍(邑)·사(社)·리(里)
가 있는데, 각 지역에 거의 빠짐없이 관문(關文) 또는 감결(甘結)·전
령(傳令)을 내려보냈다.

제2책은 관문(關文) 3종과 전령(傳令) 2종을 제외하면 절목류(節目
類)가 거의 대부분을 차지하고 있다.

제4책은 함경도 감영에서 중앙 정부로 올려보내는 장계(狀啓)와 첩
보(牒報)로 구성되어 있다.

제5책은 '유경록(惟輕錄)'이라는 부제가 붙어 있는데, 모두 살인사건과 관련된 수사 기록과 판결문으로 구성되어 있다. 평안도관찰사 시기의 살인사건 기록은 『유경록(惟輕錄)』으로 별도 편집되었는데, 함경도관찰사 시기의 기록은 『북첩록』에 포함되어 있다.

4. 내용

1) 제1책

각 지역과 병영(兵營)·역참(驛站)에 보내는 관문(關文)·감결(甘結)·전령(傳令)을 모아 놓았다. 조세 징수와 관련된 것이 가장 많은데, 대부분 그 운영과 관련된 폐단을 지적하고, 그 실상을 조사하여 보고하라는 내용이다. 이에 대한 보고를 바탕으로 그 폐단을 시정하기 위해 작성된 듯한 절목(節目)이 제2책에 실려 있다.

환곡(還穀)에 관한 것이 거의 절반을 차지할 정도로 많다. 그 내용은 첨환(添還)의 폐단, 모조(耗條)와 색락미(色落米)를 가징(加徵)·남봉(濫捧)하는 폐단, 환록(換錄)·이록(移錄)·비환(飛還)의 폐단, 정추부동(精麤不同)·곡명부동(穀名不同)의 폐단, 장부의 위조 등이다. 향임층(鄕任層)과 이서배(吏胥輩)의 농간에서 비롯된 것이 대부분이었으므로 이들을 신칙하는 관문을 끊임없이 내려 보냈다.

전정(田政)이나 요역(徭役)·공납(貢納)과 관련해서도 역시 향임과 이서의 부정을 경계하는 내용이 대부분이다. 사적인 일에 역참이 쓰이는 것을 금지하는 내용, 파발(擺撥)을 담당한 이서(吏胥)들을 신칙하는 내용, 봉군(烽軍)이나 발군(撥軍)의 급료를 관속배가 농간을 부려 훔쳐가는 것을 조사하라는 내용도 있다.

광산의 채굴을 금지하는 내용, 함흥 본궁을 포함한 4개의 능에 제사 지내는 절차를 지시한 내용, 국경을 넘어간 자를 수사하여 보고하라는 내용, 정배(定配) 죄인의 현황 파악을 지시한 내용도 있다.

환곡의 각종 폐단을 시정하고, '편민(便民)'을 실현하기 위해 정원용은 애썼다. 당시를 '환폐경장지시(還弊更張之時)'라 규정하고, 관문에 '경장(更張)'이라는 표현을 자주 쓰면서 민(民)의 부담을 줄여주려는 조치들을 취한 것도 그러한 의지의 반영이다. 그러나 그러한 시도는 별다른 효과를 거두지 못해, 그의 지시 사항을 이행하지 않는 이서(吏胥)들을 성토하며 잡아들이라는 관문들을 다시 발송하였다.

2) 제4책

경장(更張)과 관련된 그의 조치들을 중앙정부에 보고하는 각종 장계와 이를 처리하는 비변사의 관문이 같이 실려 있다. 여기서 주목되는 것은 그가 1840년 11월에 영흥(永興)의 4사(社)와 고원(高原)의 2사(社)의 진황지에 면세 조치를 내려 개간할 수 있도록 해줄 것과 오래된 환곡을 탕감해 줄 것을 청한 장계에 대한 비변사의 회답이다. 이에 대해 우의정 조인영(趙寅永)은 진황지의 면세는 허락하였지만 환곡 탕감은 반대하였다. 그러자 1841년 2월에 다시 장계를 올려 청하였는데도 거부당하였다. 그런데도 제2책에 「영흥산서사구폐절목(永興山西社救弊節目)」과 「고원산양사환폐전폐군폐리정절목(高原山兩社還弊田弊軍弊釐正節目)」이 나와서 오래된 환곡도 탕감을 받을 수 있게 된 것은 순원왕후의 수렴청정이 끝난 후, 헌종이 순원왕후에게 '광성(光聖)'이라는 존호를 올린 것을 기념하기 위해 각도의 묵은 환자곡 10만 석을 모두 탕감하는 조치를 내렸기 때문이었다.

3) 제5책

주로 함경도 내에서 재임 기간에 일어난 살인사건에 대한 수사 기록과 판결문으로 구성되어 있다. 모두 3종류이다. 첫째, '제(題)'자로 끝난 것은 예하 군현에서 올라온 수사 기록에 대한 판결을 내려 준 것이다. 둘째, '계(啓)'자로 끝난 것은 조정에 수사 내용과 판결을 보고한 것이다. 셋째, 그 이외의 글자로 끝난 것도 판결을 내려 준 것이다. 정원용은 사건의 증거가 불충분하고 의심스러운 경우에는 가벼운 형을 취한다는 원칙을 견지하고 있다. 그가 함경도나 평안도관찰사로 재직하는 동안 살인사건의 수사기록을 편집하면서 그 제목을 '유경록(惟輕錄)'이라 한 것도 이러한 원칙에서 나온 듯하다.

5. 가치

『북첩록(北牒錄)』은 19세기 전반 지방행정의 구체적인 내용을 파악할 수 있다는 점에서 아주 중요한 자료이다. 이 시기 최대의 사회문제였던 삼정의 문란, 특히 환곡의 문란에 대한 구체적인 실상을 전하고 있다. 김용흠은 『북첩록(北牒錄)』해제에서 "이것을 更張·釐正하여 民을 보호하는 것을 자신의 임무라고 생각한 감사 정원용의 노력과 이서배를 비롯한 중간 관리들의 농간에 의해 그것이 수포로 돌아가는 사정을 실감나게 볼 수 있다."고 평가하였다. 이 지역 지방행정과 관련된 각종 구체적인 수치가 수록되어 있어 사회경제사 연구에도 소중한 자료이다. 연세대에만 소장된 유일본이어서 그 가치가 더욱 크다.

총진편금

叢珍片金

經山集
附錄
家狀

館直提學生諱蘭宗有文武才吏曹判書策佐理勳
封東萊君諡翼惠生諱光弼領議政諡文翼配享
中宗廟庭爲巳卯士林領袖生諱福諡江華府使
贈領議政以孝友循良聞生諱惟吉典文衡左議政
號林塘德業文章爲世推重生諱昌衍左議政號水
竹確然有大節生諱廣成判書號濟谷生諱太和領
議政號陽坡諡翼憲配享　顯宗廟庭碩德弘猷爲

1. 서지

초고본, 영본(零本) 1책(권5-6) 각39장, 사주단변(四周單邊), 반곽
(半郭), 24.1×17.1cm, 유계(有界), 9행 21자, 상하향2엽 화문어미(花
紋魚尾), 36.0×22.0cm.

2. 저술한 시기

정원용(1783-1873)이 중국 문헌을 보면서 참고가 될 만한 기록들
을 뽑아『총진편금(叢珍片金)』을 만들었다. 어느 특정한 시기에 편찬
한 것이 아니라, 평소 독서하는 중에 필요하다고 느낀 부분을 그때그
때 표시해 두었다가 옮겨 적은 듯하다.

3. 구성

중국 문헌을 보면서 참고가 될 만한 기록들을 가려뽑아 옮겨 놓았
는데, 찬자의 견해를 덧붙이지 않고 거의 그대로 베꼈다. 현재 5권과
6권이 남아 있는데, 각각 39장에 5권은 184칙, 6권은 182칙이다. 대
체로 1면에 2, 3칙을 실었다. 송나라 인물과 사적에 관한 내용이 많다.
구성면에 있어서 특별한 체제나 원칙은 보이지 않는다. 권1부터 권4
까지의 앞부분에는 한나라나 당나라의 고사가 실렸을 가능성이 있다.

4. 내용

오랫동안 관직에 종사했으므로 정치에 관련한 기사가 주된 부분을

차지한다.

권5

1. 홍무(洪武) 초에 경사(經史)에 의문이 있으면 반드시 한림유신(翰林儒臣)을 불러서 물어보았다.
2. 홍무(洪武) 때에 『옥첩(玉牒)』의 편수를 논의하였다.
3. 명나라 초에 천하 양세(糧稅)를 계산하니 1,943만 정도가 되었다.
4. 금릉(金陵)의 제왕묘(帝王廟) 정전(正殿)에는 역대 제왕 16위를 제사지내고, 양무(兩廡)에는 역대 공신 37인을 종사(從祀)하였다.
5. 작(爵)과 관(官)과 직(職)과 질(秩).
6. 자사(刺史)는 시대마다 지위가 다르다.
7. 감사(監司)라는 명칭은 서막(徐邈)의 편지에서 시작되었다.
8. 삼대(三代)엔 현(縣)이 군(郡)보다 컸다.
9. 정관(貞觀) 2년에 치사관(致仕官)에게 조참(朝參)하라고 조칙을 내렸다.
10. 청나라 협판태학사(恊辨太學士)는 송나라 참지정사(參知政事)에 해당된다.
11 송나라 때는 사서(赦書)를 열칙(熱勅)이라고 하였다.
12. 당나라에서 조칙을 내릴 때 고칠 것이 있으면 노란 지첩(紙帖)을 썼다.
13. 현재 육부(六部)의 서리(書吏)는 한나라 도령사(都令史)이다.
14. 당송 때 부인의 품계.
15. 당송 때 경조관(京朝官)은 원단(元旦), 한식(寒食) 등에 휴가를 얻었다.
16. 당나라 때에 품관이 유죄(流罪) 이하를 범하면 청속(聽贖)하였다.
17. 직예(直隸)라는 명칭은 송사(宋史)에 보인다.
18. 원우(元祐) 원년 문언박(文彦博)이 '낙치사(落致仕)'했다고 하는데, 이는 결함(結銜) 안에 치사(致仕)라는 글자를 뺐다는 뜻이다.

19. 명나라 경성왕(慶成王)은 아들이 1백 명이었다.

20. 송백(松柏) 등이 작록을 얻었다.

21. 명나라 때 천하가 부(賦)를 바쳤는데 장안현(長安縣)은 토(土)를, 만 년현(萬年縣)은 수(水)를 바쳤다.

22. 명나라 태조가 미시(微時)에 잉시촌(剩柴村)을 지나는 길에 이틀을 굶주렸는데 서리 맞은 감을 보고 10개 따서 먹고 나중에 '능상후(凌霜 侯)'에 봉하였다.

23. 조대(措大)의 일설(一說)을 사(士)가 범하기 어려운 것은 초(醋)가 산(酸)의 오래되고 큰 것임과 같다.

24. 당나라 이북해(李北海)의 악록사비(岳麓寺碑)에는 비(飛)자가 비(䆻) 로, 한비(漢碑)에는 호련(瑚璉)이 호련(胡輦)으로 되어 있다.

25. 외전(外傳)에 40세에 아내가 없으면 환(鰥)이 되지 못한다고 하였다.

26. '교(轎)'자는 회남왕 유안(劉安)이 민월(閩越)을 치는 것을 간쟁하는 글에 나왔다.

27. 염주(念珠)의 수 108은 12개월 24기(氣) 72후(候)에서 나왔다.

28. 운명을 추리하는 데에 자평(子平)과 오성(五星)의 구분이 있는데 자 평은 오대(五代) 때 사람 이름이다.

29. 닭은 주씨가 변한 것이라서 '주계(朱鶏)'라고 칭한다.

30. 물건 보내는 것을 '인사(人事)'라고 하는 것은 한창려(韓昌黎)의 「사 허수왕용남인사장(謝許受王用男人事狀)」에 보인다.

31. 항인(杭人)은 부족한 것을 '불구(不夠)'라고 하는데, 「위도부(魏都賦)」 에 보인다.

32. 갑제(甲第)는 수석 합격이고 병사(丙舍)는 옆방을 가리킨다.

33. 사위를 속칭 '포대(布袋)'라고 하는데 『손씨일초(孫氏日抄)』에서 나 온 말이다.

34. 요즘 돌이 되면 조무혜(曹武惠)가 간과(干戈)를 잡은 것을 고사로 삼는데, 육조(六朝) 『안씨가훈(顏氏家訓)』에서 유래하였다.

35. 명나라 양신(楊愼)의 『단연록(丹鉛錄)』, 도종의(陶宗儀)의 『철경록(輟耕錄)』, 한나라 초중경(焦仲卿)의 「공작동남비(孔雀東南飛)」 등에 부인의 전족(纏足)에 대한 기록들이 보인다.

36. 치장(治薔)을 『이아(爾雅)』에서 국화라고 하였다.

37. 육기(陸機)의 「과부(瓜賦)」에 소청(小靑), 육반(六班), 현한(玄䍐), 소완(素梡) 등이 있다고 하였다.

38. 천자(天子) 필관(筆管)의 모양.

39. 송나라 철종이 즉위한 후 황사(皇嗣)가 정해지지 않아서 태주(太州) 천경관(天慶觀)에 중귀(中貴)를 보내 서신공(徐神公)에게 물어보니 '길인(吉人)' 두 글자를 써주었다. 나중에 대통(大統)을 이은 휘종(徽宗)의 자를 '길(佶)'로 삼았다.

40. 송나라 용도각(龍圖閣)의 송민구(宋敏求)는 선본(善本)이 많아서 독서하는 사람들이 근처에 많이 살았다.

41. 황노직(黃魯直)은 상국사(相國寺)에서 송기(宋祁)의 『당사고(唐史藁)』를 얻은 후 문장이 나아졌다.

42. 송나라 유도원(劉道原)의 이름은 서(恕)인데 날마다 만언(萬言)을 기록하여 종신토록 잊지 않았다.

43. 구양공(歐陽公)의 『귀전록(歸田錄)』은 처음에 출간하지 않다가 신종(神宗)이 등용한 후 고쳐서 바쳤다.

44. 명나라 홍무(洪武) 연간에 일본과 안남(安南)에서 송경렴(宋景濂)의 비문(碑文)을 구하였고, 가정(嘉靖) 연간 조선에서 관서(關西) 여모(呂某)의 문장을 반사할 것을 원하였다.

45. 공자의 자식은 욕을 모르고, 증자의 자식은 싸울 줄 몰랐다.

46. 『안씨가훈(顔氏家訓)』에 선비는 성년(盛年)에 실패해도 만학(晚學)하여 자포자기하지 말아야 한다고 하였다.

47. 한나라에 복생(伏生), 반소(班昭) 등 여러 스승들이 있었다.

48. 비명(碑銘)은 진(晉)나라 이전에 없었고, 안연년(顔延年)이 창시하

였다.

49. 부필(富弼)의 상(喪)에 신종(神宗)이 필(弼)을 강항(强項)이라고 하
    자, 묘지(墓誌) 쓰는 이가 따랐다.

50. 원미지(元微之)의 묘지를 백거이(白居易)에게 부탁하자, 백거이는
    친구 사이라서 사례비를 받지 않았다.『용재수필(容齋隨筆)』에서 글
    짓고 사례비 받는 것은 당나라 때부터라고 하였다.

51. 도교 책은 1권을 1규라 하고, 불교 책은 1조를 1칙이라고 한다.

52. 도겸(陶謙)은 14세까지 놀다가 후에 무재(茂才)로 천거되어 목백(牧
    伯)에 이르렀고, 요원숭(姚元崇)은 40세에 비로소 책을 읽어 어진
    재상이 되었다.

53. 한나라 가규(賈逵)가 경술(經術)에 통달하여 제자들이 속(粟)을 바치
    자, 사람들이 "가규는 혀로 농사를 짓는다"고 하였다.

54. 술집 장부가 태사공의 필삭(筆削)을 거치자 가제(佳製)가 되고, 세간
    소설이 동파(東坡)의 손을 거치자 신선이 기와를 황금으로 변화시킨
    것처럼 되었다.

55. 당나라 정원(貞元) 연간에 옥공(玉工)이 황제의 옥대를 만들다가 1과
    (銙)를 훼손하여 처형당하게 되었는데, 평장사 유혼(柳渾)이 법대로
    처리하여 곤장만 치게 하였다.

56. 유혼이 평장사 때에 상상(上相)이 배전(裴腆)과 사이가 좋지 않았는
    데, 유혼이 휴목(休沐)하러 간 사이 상상이 배전을 모함하였지만 유
    혼이 옹호하여 용서받게 하였다.

57. 정자(程子) 형제가 촉(蜀)에 가보니 평범한 이들이『주역』을 끼고
    있었는데, 모두 은군자(隱君子)였다.

58. 장횡거(張橫渠)는『주역』을 강의하다가 정자(程子)와 논한 후, 문인
    들에게 정자를 따르라 하고는 강을 그만두었다.

59. 『치언(巵言)』에서 천지간에 사(史) 아님이 없으니 육경(六經)은 사(史)
    가운데 이치를 말한 것이요, 편년·본기·지(志)·표(表) 등은 사(史)

의 정문(正文)이라고 하며 사(史) 중심으로 문장을 분류하였다.

60. 자로(子路)가 시(蓍)·구(龜)를 사용하는 이유를 묻자, 공자가 명(名)을 취한 것이라 설명했다고 『논형』에 말하였다.

61. 계범(季犯)은 악(樂)으로 점치고 조맹(趙孟)은 시(詩)로 점쳤는데, 요점은 정성에 있다.

62. 북산(北山) 황공(黃公)은 의술을 잘하는데 침약보다 침식을 먼저 하였다.

63. 하늘은 서북(西北)이 부족하니 사람의 오른쪽 이목은 왼쪽이 밝은 것만 못하고, 땅은 동남이 부족하니 사람의 왼쪽 수족은 오른쪽이 강한 것만 못하다.

64. 정문간공(程文簡公)의 아버지 원백(元白)은 현령에 그쳤는데 문간공 덕분에 태사(太師)에 추증되고, 구양공이 지은 신도비가 9백여 언에 이르렀다.

65. 『효경』은 공자의 저작인데, 장(章)마다 고시를 인용하였다. 공자가 어찌 시를 짓지 못했겠는가. 뜻이 통하면 될 뿐이니, 반드시 자기가 지을 필요는 없다.

66. 부헌간(傅獻簡)과 두기공(杜祁公)이 천언(千言)이 넘는 글을 한두 번 읽고는 모두 외웠다.

67. 송나라 자성(慈聖) 황태후는 생각이 깊어, 인종(仁宗)이 음주가 과하자 술이 있는데도 없다고 하였다.

68. 송나라 때 주군(州郡)에 공고(公庫)가 있어도 청의(淸議)를 꺼리고 염검(廉儉)을 지켜, 공회(公會)가 아니면 지나치게 향유하지 않았다.

69. 송나라 때 민간에 억울한 일이 있을까 봐 지켜보기 위해 경성연(京城硯)을 두었는데, 나중에 변질되었다.

70. 바둑 두는 것을 옛날에는 '행기(行棋)'라고 하였는데 언제부턴가 '착기(着棋)'라고 하였다.

71. 장신공(章申公)의 아버지 은청공(銀靑公)이 70세에 감(柑)을 얻어먹

고 맛이 있어, 씨를 구하여 후원에 심게 하였다.

72. 승상 진수공(陳秀公)은 원참정(元參政)과 사이가 두터웠는데 원참정이 병이 들자 진수공이 문안하였다. 꿈에 푸른 천이 덮인 옹기(甕器)를 보았는데 '원참정향반(元參政香飯)'이라 쓰여 있었다.

73. 후주(後周) 말에 전란이 그치지 않자 어떤 승려가, "태평을 바라거든 정광불(定光佛)의 출현을 기다리라"고 하였다. 송나라 태조가 통일하자 모두 정광불의 후신이라고 하였다.

74. 선인황후(宣仁皇后)가 청정(聽政)할 때, 신료들이 올린 장소(章疏)를 책으로 만들게 하여 철종(哲宗) 어좌(御座) 옆에 두고 때때로 살펴보았다.

75. 산양(山陽) 조녀(趙女)의 아버지가 소금을 도둑질하다가 들켜 죽게 되었는데, 딸이 관가에 가서 호소하여 죽음을 면하게 하고 자신은 불도에 귀의한다고 귀를 잘랐다.

76. 우임금이 낙서(雒書)를 얻고 만나는 일마다 구단(九段)을 이루었으니 소자(邵子)가 『역(易)』을 깨치고 만나는 일마다 사편(四片)을 이룬 것과 같다.

77. 한 사람이 그렇다고 해도 여러 사람들이 반드시 그렇다고 할 필요는 없는 일이 있으니, 손가락을 깨물면 마음이 동하는 것이 그것이다. 「금등(金縢)」을 읽고 이러한 이치는 없으나 이러한 일은 있을 수 있다고 생각하였다.

78 법률이 정하는 것은 한계가 있고, 사람이 범하는 것은 무궁하다.

79. 농부와 밭을 논하면 농부가 낫고, 상인과 장사를 논하면 상인이 낫다.

80. 양자운(楊子運)의 편(篇)을 감상하면 천석의 관직에 거하여 환군산(桓君山)의 책을 낀 것보다 즐겁고 의돈(猗頓)의 재물을 쌓은 것보다 부유하다.

81. 한나라 문인 가운데에 사마자장(司馬子長)과 양자운(楊子運)은 하수(河水)와 한수(漢水)이고 나머지는 경수(涇水)와 위수(渭水)이다.

82. 정미한 의리를 궁구하고 고금의 동이(同異)를 구별하고 만고의 마음을 개척하면 오늘 하루 조금 진전이 있다고 진량(陳亮)이 말하였다.

83. 정씨(鄭氏)의 주석에 숙배(肅拜)는 머리가 땅에 닿고 수배(手拜)는 손이 땅에 닿는 것이니 부인은 숙배를 해야 한다고 하였다.

84. 주자가 『서경 우공(禹貢)』에 대해 정태지(程泰之)에게 답하기를, 저서에 억측이 많으니 모두 믿기는 어렵고, 오늘날 직접 보고 저술하는 게 낫다고 하였다.

85. 우임금이 치수(治水)할 때 천하를 두루 편력한 것 같지는 않다. 관속을 보내 산천을 살피고 그림을 그려 오게 하였을 것이다. 그래서 「우공(禹貢)」에 있는 지명이 현재와 많이 다르다.

86. 모친의 자매는 모친의 형제보다 중하다.

87. 제도에 관한 책 가운데 『주례』와 『의례』는 믿을 만하고 『예기』는 깊이 믿을 수 없다.

88. 『주례』는 『당육전(唐六典)』과 같다.

89. 지금 1승(升)은 옛날 3승에 해당한다.

90. 합장(合葬)할 때 부부의 위치에 여러 학설이 있다.

91. 동한(東漢)의 명제(明帝)는 스스로 묘(廟)를 세우지 않고 광무제의 묘에 붙였는데, 이것이 예(例)가 되었다. 당나라 태묘와 군신의 가묘(家廟)에 와서 지금과 같이 되었다.

92. 죄가 확실하지 않으면 혐의를 없애고, 상은 확실하지 않아도 주는 게 좋다.

93. 송경(宋璟)이 『서경 무일(無逸)』을 손수 써서 황제에게 바쳐 감계를 삼도록 하였는데, 후에 혼암하여 산수화로 바꾸었다.

94. 『주례(周禮) 고공기(考工記)』에 쇠를 다루는 공인을 모두 '금석(金錫)'이라고 하였는데, 금(金)은 석(錫)이고 석(錫)은 은(銀)이다.

95. 청담(淸談)의 풍이 왕필(王弼)과 하안(何晏)에게서 성행했는데, 혜강(嵇康)과 완적(阮籍)을 거쳐 왕연(王衍)과 악광(樂廣)까지 성행하자

진(晉)나라가 망했다.

96. 감여(堪輿)는 황제 때 나왔으니, 『주례』의 소(疏)에 보인다.

97. 주나라 영왕(靈王) 21년 경술, 즉 노나라 양공(襄公) 22년 10월 경자일에 선성(先聖)이 태어나셨다. 지금의 8월 27일이다.

98. 공자의 묘역(墓城)은 사방 1리인데 노성(魯城) 북쪽 6리 사수(泗水)가에 있다.

99. 위(魏)나라 문후(文侯)가 옛 것을 좋아하여 효문(孝文) 때에 악인(樂人) 두공(竇公)이 바친 책을 얻었는데, 주관(周官) 대종백(大宗伯)의 대사악장(大司樂章)이었다.

100. 복생(伏生)이 준 28편은 상대의 유서(遺書)인데, 동진(東晋) 이후 섞여서 지금은 구별할 수 없다.

101. 송나라 3백년 간 판각이 성행하여 한나라 이전처럼 귀로 듣는 어려움이나 당나라 이전처럼 손으로 베끼는 수고를 덜게 되었다.

102. 정백자(程伯子)가 이르기를, 『상서』와 『논어』는 축구(逐句)하여 보아야 하고, 『역』과 『춘추』와 『시경』은 축구하여 볼 수 없다고 하였다. 주자는 이르기를 『시경』과 『서경』은 1,2겹 격(隔)한 것이요, 『역』과 『춘추』는 3,4겹 격한 것이라고 하였고, 『논어』는 차례대로 봐야 하고 『맹자』는 숙독하여야 한다고 하였다.

103. 한나라의 동서는 9,302리, 남북은 13,368리이다.

104. 담성(郯城)의 백성이 자식을 21명 두었는데, 쌍둥이가 7쌍이었다.

105. 한퇴지는 홀로 58편(서경)이 문자의 조종(祖宗)이 됨을 알았다. 그래서 「회서비(淮西碑)」는 「순전(舜典)」을 모범으로 하고, 「불골표(佛骨表)」는 「무일(無逸)」을 모범으로 하였다.

106. 염잠구(閻潛邱)가 말하기를, 「우공(禹貢)」으로 강하를 지나고 「홍범(洪範)」으로 변화를 살피고 『춘추(春秋)』로 옥사를 결정한다고 하니 참으로 경술(經術)이라 할 수 있다.

107. 홍무(洪武) 3년에 중서성(中書省)에 명하여 교사례(郊祀禮)를 행할

때 천하의 호구와 전량(錢糧) 장부를 대하(臺下)에 진열하였다가 제사가 끝나면 내고(內庫)에 들여놓으라고 하였다.

108. 석(舄)은 면복(冕服)에만 신었다.

109. 유모(帷冒)는 수나라 때 시작되었다.

110. 심약(沈約)이 말하기를, 어려서 백가(百家)의 말을 좋아하였는데, 개벽 이래 왕씨(王氏)만큼 작위와 문재가 대대로 이어진 적이 없다고 하였다.

111. 최위조(崔慰祖)는 책을 5만권 모았는데, 이웃에서 책을 빌려달라고 하면 거절하지 않았다.

112. 포 80루(縷)는 1승(升)이다. 승(升)은 오른다는 뜻이니, 실 가닥들이 올라가서 증포(繒布)를 이룬다.

113. 주자가 말하기를, 부군부인(府君夫人)은 한나라 이래로 존신(尊神)의 통칭이 되었다고 한다.

114. 방안에서 동남구석을 요(窔)라고 하고, 요(窔)의 조금 오른쪽에 호(戶)를 여는데 호(戶)는 반쪽 문(門)이다.

115. 고려 때 이자의(李資義)가 송나라에 갔을 때 황제가 고려에 있는 좋은 서적을 베껴 오라고 명하였는데, 이에 대한 『고려사』와 『송사』 기록에 차이가 난다.

116. 과두(科頭)는 요즘의 두꺼비(蝦蟆)이다. 옛날에는 필묵이 없어서 글자 모양이 그렇게 되었는데, 후인이 그 형상을 교묘히 따라 썼다.

117. 24수(銖)가 1냥(兩)인데, 예전의 3냥은 요즘 1냥에 해당된다.

118. 갈석(碣石)은 3가지인데, 연나라 소왕(昭王)의 갈석궁(碣石宮), 장성이 시작되는 좌갈석(左碣石), 고대하(古大河)가 바다로 들어가는 우갈석(右碣石)이 있다.

119. 주문공(朱文公)이 40세에 모친의 상을 당하여 가례(家禮)를 찬집하였는데, 그 다음해 많이 수정하다가 끝내지 못하였다.

120. 송나라 때 3품 이상이 죽으면 그 집에서 행장을 기록하여 상서성에

올려 시호를 구하였는데, 이때 주찬(酒饌)을 차리느라 비용이 많이
들었다.

121. 시종(侍從) 이상이 치사(致仕)를 원하는 경우 관자(官資)는 올려도
대직(帶職)은 허락하지 않았는데 희령(熙寧) 중에 옛 직책을 띠는
것을 허락하였다.

122. 송나라 재신부터 백집사(百執事)에 이르기까지 모두 말을 타고 출입
하였는데, 사마온공(司馬溫公)이 병으로 말을 타지 못하자 가마를
타도록 허락하였다.

123. 두기공(杜岐公)이 치사(致仕)한 70세에 『초서』를 공부하여 정밀해
졌다.

124. 송나라 때 정사(政事)는 백관을 모아 의논하였는데, 후에 이론(異論)
이 많아져서 그만두었다.

125. 재상이 주(州)를 관할하면 중사(中使)가 지날 때 반드시 선무(宣撫)
를 전하였다.

126. 유원부(劉原父)가 사액(詞掖)에 있을 때 구양수가 편지로 언제부터
입각(入閣)이 시작된 것인지 물어보자 자세히 답변해주고, 구양수가
문장은 좋은데 책은 많이 읽지 않았다고 하였다. 이를 들은 소식이
웃으며, 나 같은 사람은 어떻게 하느냐고 하였다.

127. 묘소 앞을 '명당(明堂)'이라고 하는데 이천(伊川)은 '권대(券坮)'라고
하였다.

128. 육사형(陸士衡) 형제가 곤산(崑山)에서 태어나 후인들이 형제를 '곤
옥(崑玉)'이라 하였다.

129. 유건(劉健)이 구준(邱濬)에게, '구준은 집에 돈이 흩어져 있으나 새
끼줄이 없어.'라고 하자, 구준이 '유건은 집에 새끼줄만 있고 돈이
없어.'라고 응수하였다.

130. 이정(二程) 선생의 제자들.

131. 노재(魯齋) 왕백(王栢)은 송나라 대유(大儒)로 이락(伊洛)의 적전(嫡

傳)이다.

132. 강절(康節)과 염계(濂溪) 등의 생년.

133. 대장군 벼슬이 태위(太尉)·대사마(大司馬) 등으로 변천하다.

134. 당나라 개원(開元) 연간에 집현원(集賢院)과 홍문관을 두었다.

135. 송나라 동관(童貫)이 추부(樞府)에 들어가서 영추밀원사(領樞密院事)로 칭해졌다.

136. 송나라 중서재상(中書宰相)과 참지정사(參知政事)는 5명을 넘지 않았다.

137. 보신(輔臣)이 영궁(領宮)·관사(觀使)를 파직하고 나면 사상(使相)·절도(節度) 등의 직무는 없고 조청(朝請)만 받들었다.

138. 당나라 방진(方鎭)은 일방(一方)을 전제(專制)하니 갑병(甲兵), 전곡(錢穀), 생살여탈(生殺與奪)이 모두 속하였다.

139. 송나라 절도사가 치소(治所)에 부임하게 되면 '귀진(歸鎭)'이라고 하였다.

140. 소송(蘇頌)이 남도종사(南都從事)가 되었을 때 두정헌공(杜正獻公)이 치사(致仕)하여 남도에 있다가 그를 보고, 훗날 자기처럼 소사(少師)가 될 것이라고 하였다.

141. 한강공(韓康公)과 왕형공(王荊公)이 재상이 되었을 때 왕기공(王岐公)이 한림학사가 되었다.

142. 국조(國朝) 재상이나 추밀사(樞密事)는 시랑(侍郎) 이상에게 맡겼다.

143. 송나라 한림학사는 지제고(知制誥)로 오래 있으면서 알려진 자에게 맡겼다.

144. 집정(執政) 이상이라야 구문대패어(毬文帶佩魚)를 입고, 시종(侍從)은 우선대(遇仙帶)를 입어 '횡금(橫金)'이라고 하였다.

145. 좌우사(左右史)는 논할 것이 있으면 주청한 다음에 할 수 있었는데, 왕우승(王右丞)과 안례권(安禮權)이 기거주(起居注)를 지낼 때부터 직접 앞으로 나아가 주달할 수 있게 되었다.

146. 진사에 여러 번 응시한 사람들을 특별히 정시(庭試)에 불러서 차례
    로 이름을 불러 진사를 내려주었다.

147. 송나라 유의중(劉義仲)은 사학(史學)으로 이름난 도원(道原)의 아들
    인데, 구양공(歐陽公)의 『오대사(五代史)』의 오류를 지적하여 동파
    에게 보여주자, 동파가 "수백 년 사이의 일을 망라하는 데 어찌 실수
    가 없겠는가"라고 하였다.

148. 건덕(乾德) 2년에 조진(趙晋)을 재상으로 명하고 설거정(薛居正)을
    부관으로 명하려 하였는데, 명칭이 어려워서 한림승지 도곡(陶穀)에
    게 묻자 당나라 때 참지정사(參知政事)가 있었다고 하였다.

149. 유신로(劉莘老)가 재상이 되어 올린 사표(謝表)에, 지금 130년에 재
    상이 52인이라고 하였다.

150. 요즘 사대부 집안의 제사는 구차하고 법도에 맞지 않는 경우가 많다.
    두정헌(杜正獻)의 집에서는 원조(遠祖) 숙렴(叔廉)의 『서의(書儀)』를
    썼다.

151. 국조(國朝)에서 차견(差遣)할 때 임시로 그 직함을 맡는 경우가 많
    았다.

152. 당나라 때 재상은 독대(獨對)하지 못했다.

153. 진렬(陳烈)이 기억력이 없는 것을 고민하다가 『맹자』의 구방심장(求
    放心章)을 읽고 깨달아, 문을 닫고 백여 일 동안 앉아서 독서한 이후
    한 번 보고는 잊지 않았다.

154. 여조검(呂祖儉)이 독서하다가 병이 나자 주자가 책망하기를, 학문의
    도리는 방심(放心)을 잡는 데 있는데 문자에 매달려 자기가 있는 줄
    모르니 무슨 이익이 있는가라고 하였다.

155. 제갈무후(諸葛武侯)는 책을 볼 때 대의(大義)만 파악하였다.

156. 안사(安史)의 난 때 충의(忠義)로 이름난 자는 회양(睢陽)을 지킨
    장순(張巡)과 허원(許遠)을 으뜸으로 여기는데, 영천(潁川)을 지킨
    설원(薛愿)과 방견(龐堅)도 다름이 없다.

157. 주자가 시사(詩史)를 세 시기로 나누어『시경』에서 곽경순(郭景純)
과 도연명(陶淵明)까지, 안연지(顔延之)와 사령운(謝靈運) 이후 육조
(六朝)까지, 당 이후의 율시(律詩)를 꼽았다.

158. 두승(枚乘)은「칠발(七發)」에서 달고 무르고 살찌고 기름진 것을
명하여 부패의 약이라 하고, 동방(洞房)과 청궁(淸宮)을 차가움과 뜨
거움의 매개라 하였다.

159. 13경이 설립된 연원.

160. 송나라 용도각(龍圖閣)에 입직하는 것을 '가룡(假龍)', 용도각 시제
(侍制)를 '소룡(小龍)'이라고 하였다.

161. 관리 가운데 직무를 제대로 보지 못해 직임을 바꾸는 것을 '대이(對
移)'라고 하였다.

162. 월주(越州) 우임금의 묘(廟)에 현규(玄圭)를 담은 궤장(匱藏)이 있다.

163. 산음(山陰) 난정(蘭亭)에 연지(硯池)와 천장사(天章寺)가 있다. 조정
에서 반조례(頒詔禮)를 베풀면 연못이 검어졌다.

164. 호숙(胡宿)의 아들 호송가(胡宋嘉)는 세 번이나 인견(引見)되었으나
벼슬을 받지 못했다.

165.『조종고사(祖宗故事)』에 재상은 '상공(相公)', 삼공(三公)은 '공상(公
相)'이라 하였다.

166. 송나라 때 주현(州縣)에 옥(獄)을 세웠고, 고요(皐陶) 묘(廟)에 때마
다 제사를 지냈다.

167. 구양공이 취옹정(醉翁亭)을 지은 지 45년 뒤에 동파가 글자를 고
쳤다.

168. 한퇴지가 지은 슬픈 시 360수 가운데 곡읍(哭泣)하는 것이 30수,
백낙천이 지은 즐거운 시 2800수 가운데 음주하는 것이 900수이다.

169. 민황(閩黃)에 목면(木綿)을 많이 심었는데, 여기서 나온 포를 '길패
(吉貝)'라고 하였다.

170. 송나라 육로(六路)의 연액(年額) 상공미(上供米)를 합하면 620만 석

이었다.

171. 승려들이 술을 반야탕(般若湯)이라고 하였다.

172. 왕안석이 편두통이 심했는데 궁궐의 비법인 소금배약(小金杯藥)을 하사받아 나았다.

173. 태수를 '오마(五馬)'라고 하였다.

174. 『시경』「남해(南陔)」에 효자가 경계하는 뜻이 있다.

175. 연구(聯句)가 백량(栢梁)에서 시작되었다는 말은 잘못이다. 『시경』「식미(式微)」가 기원이다.

176. 교인(轎人)은 말, 서인(鋤人)은 소, 주인(舟人)은 물고기이다.

177. 왕성(王省)은 세(歲), 경사(卿士)는 달, 사윤(師尹)은 날이라 비유하니 문장이 어렵다.

178. 공자가 가르칠 때 항상 숙이고 나아갔는데, 그렇지 않으면 문인이 친밀하지 않았다. 맹자는 항상 높이 내세웠는데, 그렇지 않으면 문인이 존경하지 않았다.

179. 5일에 한 번 조회하는 것을 배도(裴度)의 일로 알고 있지만, 한나라 공광(孔光) 때부터 시작되었다.

180. 청묘법(靑苗法)은 당나라 때 시작되었다.

181. 오민(吳敏)은 정화(政和) 연간에 28세에 중서사인이 되고 38세에 소재(少宰)가 되었다.

182. 범종윤(范宗尹)은 31세에 참지정사, 32세에 재상이 되고 39세에 죽었는데 손자까지 보았다.

183. 태원(太元)이 역(易)을 헤아릴 때 방(方)·주(州)·부(部)·가(家)는 모두 3에서 미루어갔고, 소강절(邵康節)은 4에서 미루어갔다.

184. 소강절의 수설(數說)을 소개하였다.

권6

1. 구양공이 저주(滁州)에 있을 때 취옹정(醉翁亭)을 짓고 기를 썼는데,

후에 당각(唐恪)이 역시 정자를 짓고 '동취(同醉)'라 하였다.

2. 서주(徐州) 황루(黃樓)는 동파가 지은 것인데 자유(子由)가 부(賦)를 짓고 동파가 글씨를 썼다. 후에 금령(禁令)에 따라 호(濠)에 버렸는데, 공인(工人)이 글씨를 베껴내어 인본(印本)을 만들어 팔았다.

3. 동파가 한부필(韓富弼)의 신도비를 짓지 못하다가 꿈에 내공(萊公) 구준(寇準)을 만났다.

4. 문안공(文安公) 왕요신(王堯臣)이 등제(登第)하는 날 무양공(武襄公) 적청(狄靑)은 군적에 편입되었는데, 후에 적공이 추밀사가 될 때 왕공은 부사가 되었다.

5. 당나라 절도사에게 상좌(上佐) 등이 있어서 필요시에 주수(主帥)의 임무를 대신하였다.

6. 서경(西京)의 어떤 승원(僧院)에 죽림이 있어서 승려가 헌(軒)을 만들고 문언박(文彦博)에게 이름을 청하였더니 '죽헌(竹軒)'이라고 하였다.

7. 화성(化成)이라는 승려가 채원장(蔡元長) 형제의 운명을 점쳤는데, 원장의 경우는 틀렸고 원도(元度)의 경우는 맞았다.

8. 소시(召試)에 시부(詩賦)를 1편씩 지어야 하는데 동파가 장옥(場屋)을 떠난 지 오래되어 시부를 지을 수 없다고 하자, 특조(特詔)로 논(論) 2편을 짓게 하였다.

9. 설도(薛度)가 어릴 적 사마온공(司馬溫公)을 보았는데, 하현(夏縣) 사람들이 모여 강서(講書)를 청하자 『효경』 서인장(庶人章)을 강하였다.

10. 채태사(蔡太師)가 영흥(永興) 수령일 때 상원(上元)을 맞아 등을 켜려고 성고(城庫)에 있는 기름을 사용하였다가 전운사(轉運使)의 탄핵을 받았는데 여급공(呂汲公)이 그치게 하였다.

11. 송나라 때 반열은 재상이 으뜸이고 친왕(親王)이 다음, 추밀사가 그 다음이었다.

12. 재상과 사상(使相)의 처는 국부인(國夫人), 집정(執政)과 절도사·광
    록대부의 처는 군부인(郡夫人)에 봉하였다.

13. 숙부의 처를 숙모라 하니 심(嬸)이요, 모친 형제의 처를 구모(舅母)라
    하니 금(妗)이다.

14. 옛적에 봄 달은 미녀, 여름 달은 순리(循吏), 가을 달은 한림(翰林),
    겨울 달은 어사(御使) 같다고 비유하였다.

15. 맹자가 제나라를 떠나 주(晝)에서 숙박하였다는데, 주(晝)는 화(畫)의
    오기이다.

16. 혼돈강(混同江)은 장백산에서 흘러나와 오국성(五國城)을 거쳐 송화
    강(松花江)과 합쳐 동해로 들어갔다.

17. 마자수(馬訾水)가 말갈(靺鞨)의 백산(白山)에서 흘러나오는데 색깔
    때문에 '압록강(鴨綠江)'이라 하였다.

18. 왕영로(王榮老)가 관강(觀江)을 건너는 데 바람이 거세어 건널 수
    없게 되자, 부로(父老)의 말에 따라 기물(奇物)을 찾다가 위응물(韋應
    物)의 시가 적힌 부채를 강에 던지니 잠잠해졌다.

19. 송나라 진요자(陳堯咨)가 삼산(三山) 물가에 정박해 있는데 노인이
    나타나서 내일 태풍이 불 테니 배를 타지 말라고 하여 목숨을 구했다.
    후에 재상이 되었을 때 노인이 나타나서『금광명경(金光明經)』1부를
    얻고 싶다고 하자 3부를 삼산 물가에 던져 주었다.

20. 송나라 소송(蘇頌)이 동강(桐江)을 배 타고 건너는데 물결이 거세
    배가 엎어지려 하고 모친이 빠져 위태로웠다. 소송이 물에 뛰어들어
    구출하자 강이 고요해졌고, 언덕에 닿자마자 배는 전복되었다.

21. 탁금강(濯錦江)은 진(秦)나라 승상 장의(張儀)가 쌓았는데, 촉인(蜀
    人)이 이 물로 비단을 빨면 선명하다고 해서 금강(錦江)이라 하였다.

22. 정교보(鄭交甫)가 한고(漢皐)를 지나가다 여인들을 만나 형계란(荊鷄
    卵) 같은 구슬을 얻었는데 몇 걸음 가다 보니 사라졌다.

23. 나강(螺江)은 복주(福州)에 있는데, 민인(閩人) 사단(謝端)이 강가에

서 큰 소라를 주워 집에다 두었더니 매번 선녀가 밥상을 차려주었다. 그래서 '나강'이라는 이름이 유래되었다.

24. 단구(丹丘)는 천 년에 한 번 불타고 황하(黃河)는 천 년에 한 번 맑아지는 데 성인의 조짐이다.

25. 하수(河水)는 곤륜(崑崙)에서 나와 천리에 한 번 굽는데, 아홉 번 굽어서 바다로 들어간다.

26. 송나라 범중엄(范仲淹)이 회수(淮水)에서 풍랑을 만나 시를 지었다.

27. 장우신(張又新)의 「수설(水說)」 7종.

28. 송나라 박사 오숙(吳淑)의 「수부(水賦)」.

29. 삼묘수(三泖水)는 송강부(松江府)에 있는데 겨울에 따스하고 여름에 시원하다.

30. 당나라 이덕유(李德裕)가 상주(尙州) 혜산사(惠山寺) 시내의 물을 좋아하여 길어 먹었는데, 어떤 승려가 서울에 있는 일안정(一眼井)도 혜산사 시내와 맥이 통한다고 하였다.

31. 형주부(衡州府)에 못이 있는데 구래공(寇萊公)이 남천(南遷)한 날 기둥에 '평중작천(平仲酌泉)'이라고 써서, 후에 장식(張栻)이 '내공천(萊公泉)'이라고 하였다.

32. 『시경』에 시인의 이름을 쓰지 않았으니, 이름을 전하는 데 뜻이 없었기 때문이다.

33. 팔고문(八股文)이 당나라 시첩(試帖)에서 나왔다.

34. 시문집의 이름은 동경(東京)에서 비롯되었으며, 제(齊)·량(梁) 연간에 스스로 집(集)을 만들기 시작하였다.

35. 옛적에는 소조(小照)가 없었는데 한나라 무제가 양사(梁祠)에 열녀의 형상을 그렸다.

36. 고염무(顧炎武)는 『시경』 시에 전운(轉韻)하지 않은 것이 없다고 하였다.

37. 『시경』의 편(篇)을 십(什)이라고 하는 것은 『좌전』의 "以什共車, 必克"

에서 나왔다.

38. 원매(袁枚)의『수원시화(隨園詩話)』에 시를 지음에 경치를 그리기는 쉽고 정을 말하기는 어렵다고 하였다.

39. 당인(唐人)의 근체시에는 생경한 전거를 쓰지 않았다.

40. 승상 유지(劉摯)의 가법(家法)이 검소하였다.

41. 선비는 세업(世業)에 매이지 말아야 하며, 실마리를 잃으면 서인이 된다.

42. 맹인(孟仁)이 염지사마(鹽池司馬)에 제수되어 젓을 만들어 모친께 보냈더니, 어관(魚官)으로서 혐의를 피하기 어렵다고 책망하였다.

43. 송나라 예조(藝祖)가 일서비(一誓碑)를 몰래 새겨서 태묘 협실문에 두고, 세향(歲享)이나 임금이 즉위할 때마다 읽으라고 하였다.

44. 노다손(盧多遜)이 재상이 되고 아들 옹(雍)이 수부(水府) 원외랑(員外郞)에 제수되었는데, 노다손은 자신이 처음 벼슬했던 9품 관직에 임명하기를 청하였다.

45. 사마온공(司馬溫公)은 취미가 없었는데 다만 먹 수백 근(觔)을 모았다. 누가 묻자, 내가 이것으로 무엇을 하였는지 자손이 알게 하고자 한다고 하였다.

46. 사마온공이 매우 조심스레 책을 봐서 수십 년이 지나도 깨끗하였다.

47. 양음(楊愔)은 4대가 동거하여 30여 인이 같이 공부했다. 어릴 때 뜰에서 공부하다가 오얏 열매가 떨어지자 아이들이 다투어 주웠는데 양음은 그렇지 않았다.

48. 유은(劉殷)에게 아들 일곱이 있어서 다섯에게는 경전을 주고 하나에게는『사기』를, 하나에게는『한서(漢書)』를 주니, 한 가문에 일곱 학업이 흥성하였다.

49. 양상(楊相)의 아내 태영(泰娛)은 자식을 가르침에 법도가 있어서 3세에 유전되었다.

50. 범진(范鎭)이 은혜를 많이 받으면 조정에 서기 어렵다고 하였다.

51. 석인(昔人)은 촉(蜀) 장사(長史)가 되었지만 종신토록 촉의 물건을 가지지 않았다.

52. 근검은 집을 다스리고, 경신(敬愼)은 집을 보호하며, 시서(詩書)는 집을 일으키고, 충효는 집을 전한다.

53 소구(蕭遘)는 왕탁(王鐸)의 문생인데 같이 재상이 되었다.

54. 신윤(辛潤)은 합(榼)을 가지고 다니면서 집집마다 한 잔(盞)씩 취해 족주이처사(簇酒伊處士)라고 하였다. 학문이나 일이나 견식이 많은 이에게 듣고 여러 사람의 생각을 모아야 한다고 하였다.

55. 당나라 때부터 재상을 '예절(禮絶)'이라고 해, 노인이든 어린이든 모두 절을 하였다.

56. 양나라 극후(郤后)가 투기하여 무제(武帝)가 걱정하자 신하들이 꾀꼬리를 먹으면 낫는다고 하여, 그렇게 하자 투기가 줄어들었다. 신하들에게도 나누어주어 재주 없는 이가 재주 있는 이를 시기하지 않도록 하라고 하였다.

57. 전혼(錢焜)은 기계(機械), 기호(嗜好), 경두(徑竇)의 3가지를 몰랐다.

58. 사방명(謝方明)이 앞 사람을 계승하여 정치를 바꾸지 않았다.

59. 성양(盛養)하면 초연하게 처하고 온화하게 대할 수 있다.

60. 귀로 듣지 않으면 감수(坎水)가 안에서 맑고, 눈으로 보지 않으면 이화(離火)가 안에서 맑으며, 입으로 말하지 않으면 태금(兌金)이 울지 않는다.

61. 눈에 병이 있으면 그대로 두고, 이에 병이 있으면 위로한다.

62. 육지(陸贄)가 시험을 주관할 때 한퇴지를 뽑지 않았는데, 다음 해 똑같은 문제에 대해 한유가 똑같이 제출하자 육지가 1등으로 뽑았다.

63. 조연(趙涓)은 바둑에 능하여 국수(國手)로 불렸다.

64. 단문창(段文昌)은 요리에 능해서 『식경(食經)』을 편찬하였다.

65. 범중엄(范仲淹)이 상조관(常調官)을 잘하면 가상반(家常飯)을 잘 먹는다고 하였다.

66. 동파의 「찬문여가매석죽(贊文與可梅石竹)」 진적(眞跡)이라고 전하는 글이 있는데 『동파집』에는 없다.

67. 속어에 이르길, '방촌(方寸)의 땅을 자손에게 남긴다.'고 한 것은 마음을 가리킨다.

68. 진관(陳瓘)이 집사람들과 식사할 때 식사가 끝나면 이야기를 꺼내어 대답하게 하였다.

69. 맥을 잘 보는 오기지(敖器之)가 심맥(心脈)에 세(細)·긴(緊)·홍(洪)을 갖추면 귀한 인물이라고 하자 조사서(趙師恕)가 그것이 배움의 요체라고 하였다.

70. 공문(孔門)의 제자들과 자사(子思)·맹자가 모두 부자(夫子)를 중니(仲尼)로 칭하였는데, 요즘에는 평교(平交) 사이에만 자(字)를 부른다.

71. 양유자(楊儒子)가 호주(湖州) 수령이 되어 정치를 잘하자 마을에서 초상을 그려 학궁(學宮)에 모셨는데, 양유자가 싫다고 초상화를 가져갔다.

72. 주문공이 만년에 야복(野服)으로 손님을 만났다.

73. 요즘 대부(臺府)에서 속군(屬郡)에 이문(移文)하는 것을 첩(牒)이라 하는데, 춘추시대에 패주(覇主)가 열국(列國)에 대해 사용하였다.

74. 요즘 얇고 조악한 동전을 '간전(慳錢)'이라고 하는데 가의(賈誼)의 상소문에 나오는 '간전(姦錢)'의 오류이다.

75. 『주역』에 무(無)자를 모두 '무(无)'로 썼다.

76. 황산곡(黃山谷)이 만년에 일과(日課)를 써서 '가승(家乘)'이라고 하니, 『맹자』에 나오는 진(晉)의 승(乘)을 취한 것이다.

77. 송나라 대신 가운데 문언박(文彦博) 등 14인이 가묘(家廟)를 하사받았다.

78. 이약곡(李若谷)은 날마다 벽에 100전을 걸어 놓고, 그것을 다 써야 그쳤다.

79. 『예기(禮記) 단궁(檀弓)』에 "태산이 무너지면 나는 누구를 우러러 볼
   것인가? 대들보가 꺾어지고 철인(哲人)이 병든다면 나는 장차 누구
   를 의지하나?(泰山其頹, 則吾將安仰, 梁木其壞, 哲人其萎, 則吾將安
   倣)"라는 구절이 있는데 유미중(劉美中)의 집에 있는 고본『예기』에
   는 '양목기괴(梁木其壞)' 다음에 "즉오장안장(則吾將安仗)"이라는 구
   절이 더 있다.

80. 주문공이 여자의 비천함을 경계하기 위해 고어(古語)를 모아서 책을
   만들려고 하였다.

81. 익공(益公) 주필대(周必大)가 재상에서 물러나고 성재(誠齋) 양만리
   (楊萬里)가 비서감(秘書監)에서 물러나 이웃이 되어 시를 주고받았다.

82. 주익공이 말하기를, 한나라 이헌(二獻)이 모두 책을 좋아하였다고
   하였다.

83. 송나라 고조가 음실(陰室)에 갈등롱(葛燈籠)과 마승불(麻蠅拂)을 남
   겼지만 후대인들은 그래도 사치하였다.

84. 『시경』에 '高山仰止, 景行行止'의 경(景)은 밝다는 뜻이니, 세속에서
   쓰이는 경앙(景仰)이나 경모(景慕)라는 말은 의미를 잃은 것이다.

85. 주익공 형제와 조창보(趙昌甫) 형제의 우애.

86. 『주례(周禮)』의 6곡(穀), 6청(淸), 7저(菹), 6수(獸), 6금(禽), 5약(藥).

87. 육상산(陸象山)이 어릴 때 바둑판을 방안에 걸어 놓고 이틀간 관찰하
   여 묘리를 깨달았다.

88. 양동산(楊東山)이 나대경(羅大經)에게 말하기를, 문장에는 각기 문체
   가 있는데 구양공은 일대 문장 가운데 으뜸이라고 하였다.

89. 고신(告身)은 9품 이상부터 각(角)·축(軸) 2등을 대소로 구별하였다.

90. 두성기(杜成己)가 재상이 되자 업무에 방해된다고 빈객을 만나지 않
   았다.

91. 숫자는 9에서 다한다. 9는 구(究)다.

92. 당자서(唐子西)가 술이 부드러운 경우를 '양생주(養生主)'라 하고,

센 경우를 '제물론(齊物論)'이라고 하였다.

93. 기근이 들 때 소민(小民)들이 찬(餐)을 곱절로 하는데, 속언에 '작황 (作荒)'이라고 하였다.

94. 양성재(楊誠齋)가 관(館)에 있을 때 동사(同舍)와 이야기 하다가 진 (晉) 우보(于寶)를 언급하였는데, 어떤 관리가 와서 간보(干寶)라고 일러주었다.

95. 소흥(紹興) 연간 성시(省試)에 '고조능용삼걸부(高祖能用三傑賦)'라 는 제목의 기묘한 문장이 있었는데, '운주유장(運籌帷帳)'에 대해 고 관(考官)이 『한서(漢書)』에는 '유악(帷幄)'이라고 하였지 '장(帳)'을 쓰지 않았다고 뽑지 않자 주익공(周益公)이 『사기』에는 '유장(帷帳)', 『한서』에는 '악(幄)'이라 썼다고 하였다.

96. 백성을 돕는 법 가운데 상평(常平)보다 나은 것이 없다.

97. 양성재(楊誠齋)와 주문공이 벼슬에서 물러나 함께 있다가 주문공은 다시 부름을 받고 나갔는데, 양성재는 나가지 않았다.

98. 주문공이 옛적에 남자는 절할 때 양 무릎을 굽힌다고 하였으니 요즘 '도배(道拜)'에 해당하고, 두자춘(杜子春)이 『주례(周禮)』에 기이한 절에 대해 주석하기를, 무릎 한쪽을 먼저 굽힌다고 하였으니 요즘 '아배(雅拜)'와 같다.

99. 사대부가 한 푼을 아끼면 한 푼의 값어치도 없다.

100. 육유(陸游)는 농사(農師)의 손자로서 시명(詩名)이 있었다.

101. 홍매(洪邁)가 건곤(乾坤)의 아래 6괘에 모두 감(坎)이 있으니 이는 성인이 환란을 예방하는 것이라고 하였다.

102. 주익공은 키가 크고 얼굴이 수척하여 야학(野鶴) 같았다.

103. 동파가 지공거(知貢擧)로서 이방숙(李方叔)에게 시험문제를 보냈는 데 남이 가져갔다.

104. 『전국책(戰國策)』에 소대(蘇代)가 "齊紫敗素 而賈十倍"라고 하였다. 이는 바깥은 아름다우나 안은 썩었다는 것이니 부패한 흰색으로 자

줏빛을 물들인다는 말과 같다.

105. 위(魏)나라 사마랑(司馬朗)이 정전(井田)을 회복시키자고 논하여, 세대가 바뀐 후 행하게 되었다.

106. 요(堯)·순(舜)·우(禹)는 모두 이름이니 옛적에는 호가 없어서 제왕도 이름을 기록하였다. 상(商) 이후부터 이름과 호가 있고, 덕이 성하면 시호를 붙였다.

107. 명나라 태조는 아들들이 장성하자 근로(勤勞)를 익혀야 한다고 하여 마구(麻屨)를 갖추게 하였다.

108. 송(頌)은 음악을 맞춘 시(詩)이고, 아(雅)는 음악이 없는 시이다.

109. 주남(周南)과 소남(召南)은 풍(風)이 아니라 남(南)이다. 주남(周南)부터 빈(豳)까지 통합하여 국풍(國風)이라 한 것은 선유(先儒)의 잘못이다.

110. 『시경』의 시는 모두 음악이 될 수 있는데 한나라 이후로 시와 음악에 맞는 악부(樂府)를 구별하였고, 송 이후에는 시와 음악이 판연히 구별되었다.

111. 『논어』에서 '사(斯)'는 70번 나오고 '차(此)'는 나오지 않는다. 『대학』이후에 '차(此)'가 많이 나온다.

112 공문(孔門) 제자는 넷에 지나지 않는데, 송나라 이후부터 학자를 위해 5과인 '어록과(語錄科)'를 두었다.

113. 『맹자』에 공자의 말을 29번 인용하였는데 『논어』에 실려 있는 것은 8개이고 조금 다른 것이 많다. 공자의 말이 전해지지 않는 것이 많다.

114. 『용재사필(容齋四筆)』에도 『맹자』의 글자가 다르게 실려 있다.

115. 한(漢)·당(唐)·송(宋)의 현(縣) 제도가 변천되었다.

116. 한나라의 군(郡)은 당나라의 주(州)이다.

117. 소관(小官)이 많으면 세상이 다스려지고, 대관(大官)이 많으면 쇠한다.

118. 명나라 현문(縣門) 앞에 '무고(誣告)는 3등을 더하고, 월소(越訴)는

태(笞) 50대'라는 방(牓)이 있었다.

119. 명나라 초에 대호(大戶)를 양장(粮長)이라고 하여 마을의 부세(賦稅)를 담당하게 하였다.

120. 가난해도 베풀기를 좋아하면 부자보다 공이 배가 된다.

121. 청나라 강희제(康熙帝)가 경술년 7월에 한림학사 웅사리(熊賜履)를 불러 진강(進講)하게 하였다.

122. 청나라 때 장흔(張忻)이 대사구(大司寇)로서 집에 거하고 아들 문안공(文安公) 단(端)이 36세로 재상이 되었다.

123. 강희 18년에 박학한 선비 186명 가운데 50인을 뽑아 한림원을 열었다.

124. 청나라 재상은 건륭(建隆) 원년부터 가우(嘉祐) 4년까지 100년에 50인이니 치란(治亂)을 볼 수 있다.

125. 진사가 급제하면 향인(鄕人)을 불사(佛寺)에 모아 제명(題名)을 지었다.

126. 옛날 예법에 백관은 모두 말을 타는데, 동도(東都) 구제(舊制)에 대신이나 종실 등에게는 가마를 허락하였다.

127. 요즘 조보(朝報)를 저보(邸報)라고도 하는데 송나라 때부터 그러하였다.

128. 유극장(劉克莊)은 시(諡)는 옛 것이고, 복시(複諡)는 옛 것이 아니라고 하였다.

129. 양정화(楊廷和)가 국정을 맡을 때 동생 가운데 경(卿)이 된 자가 하나, 방면을 맡은 자가 둘이나 되자 부귀가 모란꽃 같다고 하였다.

130. 상산사호(商山四皓)가 죽자 혜제(惠帝)가 글을 지어 비를 세워주었다. 이것이 임금이 신하에게 사장(賜葬)한 첫 예이다.

131. 소강절의 『격양집(擊壤集)』에 가지 않는 모임 4가지로 관부(官府)와 공회(公會), 모르는 모임, 대중의 모임, 술 마시는 모임 등을 소개하였다.

132. 사환(仕宦)은 남들이 알기를 널리 구하지 말아야 한다.

133. 송나라 노다손이 재상으로 있는데 아들 옹(雍)이 수부(水部) 원외랑(員外郞)을 제수받자, 9품 경관(京官)에 그치게 할 것을 요청하였다.

134. 송나라 고사에 진사에 합격한 이들을 전정(殿廷)에서 창(唱)할 때 3인이 지나면 목소리를 높여 자신에 대해 진술함으로써 은총을 기원했는데, 범진(范鎭)이 피하여 뒤로 물러선 후로부터 이 풍습이 사라졌다.

135. 유온수(劉溫叟)가 태어나자 부친이 세상이 평화롭고 이 아이와 함께 모두 온욕(溫浴)하는 노인이 되어 태평을 노래하길 바란다고 하였다. 이후 부친의 뜻에 따라 재상이 되었다.

136. 호안국(胡安國)이 양훈(楊訓)에게 말하기를, 사람이 일마다 뜻에 맞기를 구해서는 안 되고, 조금 만족스럽지 못한 게 좋다고 하였다.

137. 구함이 있는 이는 궁천(窮賤)에 처하기는 쉽고 부귀를 견디기는 어렵다.

138. 유백추(劉伯芻)의 거처에 떡 파는 이가 지나가며 노래를 부르자, 유백추가 불러 만 냥을 주고 장사하게 하였다. 후에 다시 그 집을 지날 때는 자본이 이미 많아 노래를 부를 겨를이 없다고 하였다.

139. 송나라 원풍(元豊) 연간에 낙양의 노인들이 기영회(耆英會)를 만들어 그림을 그리고 시를 지으니 일시에 성대한 일이라고 하였는데, 식자(識者)들은 근심하였다.

140. 나라에 일이 없어야 부를 축적하는 백성이 생긴다.

141. 사마온공은 낙양에 돌아온 후 절대 일을 논하지 않았다.

142. 송나라 진관(秦觀)이 아파서 누워 있다가 고부중(高符仲)이 가져온 「망천도(輞川圖)」를 보고 병이 나았다.

143. 한나라 육적(陸續)이 울림태수(鬱林太守)로 있다가 돌아올 때 빈 배가 뒤집어질까봐 바위를 싣고 바다를 건넌 후 누문(婁門) 밖에 버렸다.

144. 당개(唐价)의 청렴을 인종(仁宗)이 믿었다.

145. 손숙오(孫叔敖)가 탐리(貪吏)와 염리(廉吏)에 대해 말하다.

146. 장희로(蔣希魯)가 노중보(盧仲甫)의 후포(後圃)를 방문하여, 정소
(亭沼)는 대략 좋은데 나무가 없어 안타깝다고 하자, 정소(亭沼)는
작위(爵位)라서 때가 되면 오지만, 나무는 명절(名節)이라서 평소 닦
지 않으면 이룰 수 없다고 하였다.

147. 명나라 상서 위기(魏驥)가 환관 왕진(王振)을 보고 일방을 감싸도
왕진은 다투지 않았다.

148. 송나라 공개(孔凱)가 동좌도장사(司徒左長史)가 되고 도존(道存)이
공개를 대신하여 강하내사(江夏內司)가 되었는데, 가뭄이 들어 쌀이
귀해지자 도존이 공개에게 쌀을 보냈으나 공개가 돌려보냈다.

149. 호위(胡威)와 부친 호질(胡質)이 청신(淸愼)으로 이름났다.

150. 모개(毛玠)가 뽑은 선비가 모두 염절(廉節)한 사람이라서 위나라
무제(武帝)가 감탄하였다.

151. 당나라 양관(楊綰)이 평장사(平章事)가 되자 어사중승(御使中丞) 최
관(崔寬)은 별서(別墅)를 헐고, 경조윤(京兆尹) 여간(黎幹)은 종추(從
騶)를 줄였다.

152. 송나라가 성할 때 지위에 있는 자는 궤유(饋遺)가 문에 이르는 것을
모욕으로 여겼다.

153. 당나라 숙종이 제오륜(第五倫)에게 "경(卿)이 리(吏)였을 때 종형의
식사보다 더하지 않았다고 하니 그러한가?"라고 묻자, 어릴 때 기근
을 만나 쌀값이 비싸서 남보다 식사를 더할 수 없었다고 하였다.

154. 심찬(沈巑)이 단도령(丹徒令)으로 재임할 때에 청렴하여 좌우 신하
들을 섬기지 않자 비난이 일었다. 제나라 무제(武帝)가 불러서 묻자
청렴해서 죄를 얻은 것이라 하였다.

155. 당나라 배요경(裴耀卿)이 까치를 길러 초경(初更)마다 소리를 내고
오경(五更)에는 급하게 우니, '지경작(知更雀)'이라고 하였다.

156. 송나라 왕박문(王博文)이 정치할 때 유형(流刑)에 대해서 좋은 곳을 택하지 않은 적이 없었다.

157. 송나라 소엽(邵曄)이 광주(廣州)를 맡을 때 강을 뚫어 배를 통하게 하고 태풍에 해를 입지 않게 하였다.

158. 관직에 거하며 과실이 없고 청렴하여 근검해야 한다.

159. 마윤손(馬胤孫)은 재상으로서 당시 '삼불개(三不開)'라고 하니, 조정에 들어가서는 인끈을 열어 일을 하지 않고, 손님을 만나서는 입을 열어 의논하지 않고, 집에 돌아가서는 문을 열어 손님을 맞지 않았다.

160. 당나라 때 서현(徐鉉)이 집을 사서 1년남짓 거하다가 옛 주인이 매우 가난한 것을 보고, 근래 비문을 짓고 얻은 붓으로 보상하겠다고 하였으나 옛주인이 사양하였다.

161. 명나라 내탕(內帑)은 '승운고(承運庫)'라고 하는데 '금화(金花)'와 '경뢰(輕賚)'가 있다.

162. 주회옹(朱晦翁)의 문인 가운데 고찰할 수 있는 이는 338인, 그렇지 않은 이는 53인이니, 부자(夫子)의 10분의 1을 얻었다.

163. 회암(晦庵)선생이 가묘(家廟)를 강이 보이는 곳에 만들고, 이 모래가 열리는 때 후손 중에 조정에 들어가는 이가 있을 것이라고 하였다.

164. 당요(唐堯)는 14개월 만에 태어났다.

165. 빈어(嬪御)와 엄시(奄寺)와 음식과 주장(酒漿) 등은 총재에게 맡기고 면변(冕弁)과 거기(車旗)와 종축(宗祝) 등은 종백(宗伯)에게 맡기는 것이, 주공이 성왕을 도와 마음을 바르게 하고 덕을 보필하던 법이다.

166. 옛날에 관직을 세울 때 삼공(三公)이라 했으니, 공(公)은 사사로움이 없는 것이요, '삼고(三孤)'라고 했으니 친구가 없는 것이다.

167. 일대의 종신(宗臣)은 하늘을 대신하여 사물을 다스리는 임무를 맡으니 임금이 나라를 맡기어 사직의 복이 되는데, 사특한 이가 사이를 틈타니 저수량(諸遂良)과 장손무기(長孫無忌)가 이임보(李林甫)를 만났다.

168. 이방(李昉)이 재상이 되어 손님을 만날 때 반드시 3가지를 물으니 민간에 어떤 질고가 있는지, 정치에 어떤 방도가 있는지, 당시에 어떤 궐실(闕失)이 있는지 물었다.

169. 위상(魏相)은 『주역』으로 한나라 재상이 되어 진나라를 이겼으나 척환(戚患)을 막지 못하였고, 광형(匡衡)은 『시경』으로써 한나라 재상이 되어 「관저(關雎)」의 뜻을 폈으나 엄시(閹寺)의 악을 막지 못하였다.

170. 재상은 새 신발을 신은 것과 같으니, 겉에서 보면 좋은 듯하나 안은 쾌활하지 못하다.

171. 송나라 신종(神宗)은 유연(幽燕)을 회복할 뜻을 두어 내부(內府)를 설치하고 32개 창고를 가득 채웠다.

172. 합포(合浦) 태수가 진주를 캐게 했더니 진주들이 옮겨가버렸는데, 맹상(孟嘗)이 그곳 태수가 된 지 1년 만에 진주들이 다시 돌아왔다.

173. 한나라 순리전(循吏傳) 6인 가운데 5인이 선제(宣帝) 때 나왔고, 혹리전(酷吏傳) 12인 가운데 8인이 무제(武帝) 때 나왔다.

174. 문왕(文王)이 여망(呂望)에게 정치에 대해 묻자 백성을 부유하게 할 것을 말하였다.

175. 박의(薄疑)가 조간주(趙簡主)에게 '국중포(國中飽)'라고 하니, 부고(府庫)는 비고 백성은 굶주리는데 간리(奸吏)는 부유함을 뜻한 말이다.

176. 덕을 먼저하고 형벌을 나중에 해야 한다.

177. 요임금 때 3년 경작하여 1년 식량을 남기는 것을 '승평(升平)'이라 하고, 9년 경작하여 2년 식량을 남기는 것을 '등평(登平)'이라 했으며, 20년 경작에 7년 식량 남기는 것을 '태평(太平)'이라고 하였다.

178. 요임금에게는 구좌(九佐)가 있고, 순임금에게는 칠우(七友)가 있으며, 우임금에게는 오승(五丞)이 있었다.

179. 황후와 첩여(婕妤)는 연(輦)을 탔다.

180. 요즘 사람들은 삶은 면(麵)을 탕병(湯餠)이라고 한다.

181. 왕형공(王荊公)이 유공보(劉貢父)에게 삼대에 대해 말하였다.

182. 태평흥국(太平興國) 때 이수충(李守忠)이 사신으로 가다가 경주(瓊州)에서 81세 된 양하거(楊遐擧)를 만났는데, 그의 아버지 숙련(叔連)은 122세이며, 할아버지 송경(宋卿)은 195세였고, 들보 위 닭둥우리에 있는 작은 아기는 송경의 9대조라고 하였다.

5. 가치

『총진편금』은 중국 문헌을 보고 참고가 될 만한 기록들을 옮겨 놓은 책이다. 저자의 독창적인 저술은 아니지만, 오랫 동안 관직생활을 하면서 지침으로 삼았던 내용임을 알 수 있다. 5,6권에는 대체로 송나라 인물들에 관한 기록이 많은데, 시대순으로 편찬했다면 앞부분에선 삼대를 비롯한 한나라부터 당나라까지의 인물 이야기가 많았을 것이다. 저자의 폭넓은 독서 경향을 보여줄 뿐만 아니라, 19세기 관료지식인의 독서 경향을 엿볼 수 있다. 수십년 재상 생활을 성공적으로 마무리한 정원용의 특징을 잘 보여주는 저술 가운데 하나이다.

수향편

袖香編

1. 서지

수고본(手稿本). 6권 3책 : 사주쌍변(四周雙邊) 반곽(半郭) 20.3×14.9cm, 유계(有界), 10행 20자, 상하향(上下向) 2엽(葉) 화문어미(花紋魚尾) ; 32.0×20.6cm.

2. 저술한 시기

영의정을 거쳐 영부사로 있던 정원용이 1854년에 관직에서 물러나 한가한 틈이 나자, 50년 관직의 경험을 더듬어 조정의 전장(典章)이나 의칙(儀則), 사가(私家)의 덕미(德美)와 치행(治行), 그리고 선배들의 문장과 의론을 특별한 분류나 순서 없이 엮기 시작하였다. 그의 아들 정기세가 전라도관찰사에 임명되어 1854년 2월에 임지로 떠나자, 철종이 원로대신을 예우하는 차원에서 '수해지역 순찰'의 명목으로 휴가를 주었다. 1854년 8월 15일에 경산노인(經山老人)이 쓴 서문에 "四卷凡三百□□條"라고 한 점을 들어 송호빈은 그 이후에도 계속 덧붙여 지금의 형태가 되었다고 추론했다.

3. 구성

6권 3책으로, 1-2권은 상(上), 3-4권은 중(中), 5-6권은 하(下)로 편제되어 있다. 경산노인(經山老人)의 「수향편서(袖香編序)」에 이어서 권1의 목록(目錄)이 실려 있으며, 발문은 없다. 저자가 서문에서 밝혔듯이, 주로 조정에서 물러난 이후에 기록한 것이어서 제목을 '수향(袖香)'이라 하였다. 「사인 가지의 〈조조대명궁(早朝大明宮)〉 시에 화운하다[奉和賈至舍人早朝大明宮]」의 경련(頸聯) "조회 마치면 향내를 소매 가득 가져가니, 붓을 휘둘러 시를 쓰면 주옥이 되네[朝罷香烟携滿袖, 詩成珠玉在揮毫.]"에서 나온 제목이다. 이 글이 임금의 은혜에서 나왔다는 뜻이다.

권1 76항목, 권2 64항목, 권3 52항목, 권4 50항목, 권5 80항목, 권6 69항목 등 총 391항목이 수록되어 있다.

고려대학교 중앙도서관 소장 필사본도 6권 3책(상·중·하)으로 구성되어 있는데, 송호빈의 해제에 의하면 고려대본 권6 끝부분에 「영어준구(潁漁雋句)」, 「복상시원임사례(卜相時原任辭例)」, 「시임십년(時任十年)」 3항목이 적다고 한다.[1]

4. 내용

1) 권1

주로 중국과 북방 지역에 관련한 의례와 각 궁의 칭호와 내력 76항목이 소개되어 있다. 중국과 북방 지역에 대한 관심은 저자가 관서위유사(關西慰諭使)나 평안도관찰사로 북방을 다스리고 동지사(冬至使)로 청나라에 다녀온 경험에서 나왔는데, 중국인과의 필담이나 시의 수창도 그러한 예이다.

종묘를 포함한 궁궐의 칭호와 내력, 내전(內殿)의 존호나 각전(各

---

1) 송호빈, 「『袖香編』 새 해제 : 저작 배경 고증 및 저작 의식에 대한 재해석」, 『고전과 해석』 제4집, 2008, 242쪽.

殿)의 칭호, 『경국대전』 등 법전의 편찬, 세금, 정계(定界), 과거(科擧), 판비(判批), 주전(鑄錢), 활자 등에 관한 항목이 포함되어 있다. 이 중 특히 「아동활자인서지법(我東活字印書之法)」에서 태종 때 이직(李稷) 등이 주조한 계미자(癸未字), 세종 때의 경자자(庚子字)와 갑인자(甲寅字), 정조 때 임진자(壬辰字) 등의 주조 내력이 정리되어 있다. 이 밖에도 갑인자에 중국 사고전서자(四庫全書字)를 취합하여 만든 '생생자(生生字)'와 이 생생자에 추가하여 주조한 '정리자(整理字)'까지 소개하였다. 제목에 내용이 들어 있어, 제목만 소개한다.

「중국세대연호(中國世代年號)」·「본조세대원년(本朝世代元年)」·「양파공사행시봉위백자(陽坡公使行時逢魏伯子)」·「연경견생해장입용(燕京見笙陔蔣立鏞)」·「주록당공종정전(朱菉堂工鍾鼎篆)」·「탁각노창화시편(卓閣老唱和詩篇)」·「회천이종계벽과수자(滙川李宗洔擘窠壽字)」·「완운대자복필담(阮雲臺子福筆談)」·「정진제명사창수(程陳諸名士唱酬)」·「북경연계명호(北京燕薊名號)」·「서산형승(西山形勝)」·「중국동국역년(中國東國歷年)」·「전후지칙기년(前後支勅紀年)」·「기경양년사칙내왕(己庚兩年使勅來往)」·「기미이후대소국국휼(己未以後大小國國恤)」·「내전존호급칭경지례(內殿尊號及稱慶之禮)」·「태묘급배비동상존호시의호후내점불위진전지례(太廟及配妃同上尊號時議號後內殿不爲進箋之禮)」·「내전진연진찬지례(內殿進宴進饌之禮)」·「내상공제후흑립지례(內喪公除後黑笠之禮)」·「국휼삼년내알묘배릉지례(國恤三年內謁廟拜陵之禮)」·「금상사위후내각전칭호(今上嗣位後內各殿稱號)」·「아동고국지호(我東古國之號)」·「경희궁초명경덕(慶熙宮初名慶德)」·「지제교초선(知製敎抄選)」·「동가시전음고유아(動駕時傳音古兪兒)」·「증경도백인부득위기도수령(曾經道伯人不得爲其道守令)」·「오례의급속오례의(五禮儀及續五禮儀)」·

「경국대전급대전통편수집지례(經國大典及大典通編袞輯之禮)」·「진사과복두난삼지제(進士科幞頭襴衫之制)」·「집상전고옥대(集祥殿古玉帶)」·「양역청감포(良役廳減布)」·「기사당상친행전최(耆社堂上親行殿㝡)」·「기사제신갱운(耆社諸臣賡韻)」·「기로과설행지시(耆老科設行之始)」·「등준시설행고사(登俊試設行故事)」·「북병사청이문관차견(北兵使請以文官差遣)」·「구일제양관재학체행(九日製兩舘提學替行)」·「대신증경제학인의천문형(大臣曾經提學人議薦文衡)」·「유선보덕차제지례(諭善輔德差除之例)」·「영종조오성헌(英宗朝五成憲)」·「선무군관어염세지폐(選武軍官魚鹽稅之弊)」·「경대대신(敬待大臣)」·「호위청삼청합일(扈衛廳三廳合一)」·「서계시불음주구리정(誓戒時不飮酒句釐正)」·「만수전상기시입대(萬壽殿相基時入對)」·「송문정공어사밀찰(宋文正公御賜密札)」·「영상익헌공어사밀찰(領相翼憲公御賜密札)」·「시호효자(謚號孝字)」·「왕세자옥인거지자(王世子玉印去之字)」·「영녕전수개시신련합봉(永寧殿修改時神輦合奉)」·「대동법설시(大同法設始)」·「비변사창설지례(備邊司刱設之例)」·「동방조적지시(東方糶糴之始)」·「동방사찰지시(東方寺刹之始)」·「의주책외정계(義州柵外定界)」·「책시정세지시(柵市征稅之始)」·「삼종각당종명원지법(三鍾閣撞鍾鳴冤之法)」·「정종연거벽서(正宗燕居壁書)」·「소민격고지무죄(小民擊鼓之無罪)」·「내전예궁의절(內殿詣宮儀節)」·「어정제서(御定諸書)」·「초계문신강제지규(抄啓文臣講製之規)」·「민가실화십오이상부첨(民家失火十戶以上付籤)」·「경술광혜담은지성(庚戌廣惠覃恩之盛)」·「인서록(人瑞錄)」·「박정걸옥안판비(朴丁乞獄案判批)」·「결성황녀옥안판비(結城黃女獄案判批)」·「석성민옥안판비(石城民獄案判批)」·「신여척옥안판비(申汝倜獄案判批)」·「경술심리지성덕(庚戌審理之盛德)」·「이천민이완대옥안판비(伊川民李完大獄案判批)」·「대전청주지의(大錢請鑄之議)」·「영성노인성사전지의(靈星老人星祀典之儀)」·「아동활자인서지법(我東活字印書之法)」·「정

배인친년귀양지법(定配人親年歸養之法)」·「규장각설시지제(奎章閣
設始之制)」.

2) 권2

모두 64항목인데, 문대(問對), 복제(服制), 축사(祝辭) 등 주로 조정
에서의 의례가 소개되어 있다. 김조순(金祖淳 1765~1832)의 풍모, 논
의, 시문, 공무 등에 관한 설명이 16항목이나 나열되어 있어,『경산일
록』에서도 볼 수 있듯이 관료의 전범으로 김조순을 상정했음을 알 수
있다. 이외에도 환곡(還穀), 조창(漕倉), 어세(漁稅) 등 세금에 관련된
제도가 포함되어 있다. 제목은 다음과 같다.

기곡제승렬대사(祈穀祭陞列大祀)」·「군신언지문답(君臣言志問答)」·
「내각사노비안소화(內各司奴婢案燒火)」·「남산자고송허작(南山自枯
松許斫)」·「순고총명출상(純考聰明出常)」·「액속성명기지(掖屬姓名
記知)」·「혜경궁복제(惠慶宮服制)」·「가순궁복제(嘉順宮服制)」·「각
도도시지규(各道都試之規)」·「헌종총명탁월(憲宗聰明卓越)」·「보감
찬집시말(寶鑑纂輯始末)」·「현상지난어갑을(賢相之難於甲乙)」·「탄
일청명(誕日淸明)」·「기설제청행(祈雪祭請行)」·「재일용재지규(齋
日用齋之規)」·「칠월기우제(七月祈雨祭)」·「대원군축식(大院君祝
式)」·「주자소어제교정지역(鑄字所御製校正之役)」·「아자생삼일풍
고위축사(兒子生三日楓皐爲祝辭)」·「시구복위상(詩句卜爲相)」·「풍
고풍의금기지미(楓皐風儀襟期之美)」·「각직간서(閣直看書)」·「사행
시도강후시수(使行時渡江後始睡)」·「동백시풍고기시(東伯時楓皐寄
詩)」·「향산도기풍고(香山圖寄楓皐)」·「풍고병후기시(楓皐病後寄
詩)」·「향산오태사시축(香山五太史詩軸)」·「풍고엄인과지성(楓皐掩
人過之盛)」·「풍고방사지검(楓皐房舍之儉)」·「풍고무실지론(楓皐務

實之論)」·「풍고평반지론(楓皐平反之論)」·「풍고위공지심(楓皐爲公
之心)」·「풍고현어병길(楓皐賢於丙吉)」·「풍고충직지포(楓皐忠直之
褒)」·「풍고훈계내찰(楓皐訓戒內札)」·「풍고찬사지초(楓皐贊辭之
草)」·「초도옥호명운지시(初到玉壺命韻之詩)」·「풍고논시(楓皐論
詩)」·「여풍고논제공문(與楓皐論諸公文)」·「풍고탄사환인규피공사
(楓皐歎仕宦人規避公事)」·「구문형선화평서(九文衡扇畵評書)」·「사
영묘문지탁(思穎墓文之托)」·「동어상공기설지원(桐漁相公蘷卨之
願)」·「동어육입중서(桐漁六入中書)」·「백관녹봉지수(百官祿俸之
數)」·「가례시교문(嘉禮時敎文)」·「중국책후후반칙지례(中國冊后後
頒勅之禮)」·「풍고발원지언(楓皐發願之言)」·「어세위태교폐(漁稅位
太矯弊)」·「거적인가속수왕지전(居謫人家屬隨往之典)」·「문과연오
십인승륙지제(文科年五十人陞六之制)」·「화광양류원임대신차제지
규(華廣兩留原任大臣差除之規)」·「중서우하위지제(中書右下位之
制)」·「대신상접지례(大臣相接之禮)」·「하위대신차대지규(下位大臣
次對之規)」·「대신좌차승강지규(大臣座次陞降之規)」·「원임불위위
관지규(原任不爲委官之規)」·「초사조간인대결제복직지규(初仕遭艱
人待闋制復職之規)」·「매이십삼년질액지수(每二十三年疾厄之數)」·
「부마상정동가지규(駙馬喪停動駕之規)」·「삼남조창지법(三南漕倉之
法)」·「동국환곡지제(東國還穀之制)」·「제도환총(諸道還摠)」·「이
엄풍차지제(耳掩風遮之制)」·「수가복색지제(隨駕服色之制)」

3) 권3

모두 52 항목인데, 은전(恩典), 봉영(奉迎) 및 복제(服制)에 대한 논
의가 많다. 「위항인예능지칭(委巷人藝能之稱)」에서는 위항인으로 예
능을 떨친 서예의 현재덕(玄載德), 산수화의 이인문(李寅文), 시인 조
경유(趙景裕), 노래의 양천호(梁千浩), 바둑의 김재흥(金漢興) 등을

소개했으며, 김정묵(金鼎默), 배광옥(裵光玉), 문창우(文昌祐) 등 육
조 서리 가운데 기예를 발휘한 인물들을 거명하였다. 「동국과시지시
(東國科試之始)」와 「본조과제(本朝科制)」에서는 우리나라의 과거제
도를 소개하였다. 과거시험은 정원용이 『경산일록』에서도 반드시 기
록한 관심사였다. 조선의 관료사회를 지탱하는 기둥이었기 때문이다.
제목은 다음과 같다.

> 「사관시은우(史官時恩遇)」・「가례시은전(嘉禮時恩典)」・「역사사조
> 급내전칠세(歷事四朝及內殿七世)」・「경연조강시참찬대입지규(經筵
> 朝講時參贊代入之規)」・「제료상입상년갑(諸僚相入相年甲)」・「제료
> 상입중서지수(諸僚相入中書之數)」・「순부시각육지사(巡部時却肉之
> 事)」・「유시담명지언(幼時談命之言)」・「사년서행지연(巳年西行之
> 緣)」・「복자안생다기중(卜者安生多奇中)」・「가묘시제지일(家廟時祭
> 之日)」・「조상제송조복(趙相製送朝服)」・「헌종시과검지포(憲宗時過
> 儉之襃)」・「전후계청명막(前後啓請名幕)」・「일행지편팔도사도(駟行
> 之遍八道四都)」・「익종권주지은(翼宗眷注之恩)」・「헌종권주지은(憲
> 宗眷注之恩)」・「산천기도시축문이상신서지(山川祈禱時祝文以相臣書
> 之)」・「원상이원임위지(院相以原任爲之)」・「봉영의절(奉迎儀節)」・
> 「봉영후청개강(奉迎後請開講)」・「대신문후지례(大臣問候之例)」・「일
> 강급일강관창행(日講及日講官剙行)」・「중전문안지례(中殿問安之
> 例)」・「능침제향(陵寢祭享)」・「각능춘추전알(各陵春秋展謁)」・「군
> 신복제(君臣服制)」・「국휼졸곡전사가행제(國恤卒哭前私家行祭)」・「황
> 명실록봉안황단(皇明實錄奉安皇壇)」・「출입시곡배지례(出入時曲拜
> 之禮)」・「이품이상숙배시려창(二品以上肅拜時臚唱)」・「동국장복지
> 시(東國章服之始)」・「동국과시지시(東國科試之始)」・「본조과제(本
> 朝科制)」・「보국부득겸유사(輔國不得兼有司)」・「삼공상전지대(三公

相傳之帶)」·「대신례겸승문원제조(大臣例兼承文院提調)」·「문헌비고(文獻備考)」·「암행어사왕읍지규(暗行御史枉邑之規)」·「극옹조우지성(屐翁遭遇之盛)」·「극옹인정전상량문(屐翁仁政殿上樑文)」·「두실만관창수지시(斗室灣館唱酬之詩)」·「동어수령별천지주(桐漁守令別薦之奏)」·「순종조상신문형(純宗朝相臣文衡)」·「익종대리시상신지주(翼宗代理時相臣之奏)」·「김상국배상지년(金相國拜相之年)」·「노인수고지고(老人壽考之高)」·「옥당공번시부학차출지규(玉堂空番時副學差出之規)」·「상신입태후최구년(相臣入台後最久年)」·「위항인예능지칭(委巷人藝能之稱)」·「풍고문형천소중론제인문(楓皐文衡薦疏中論諸人文)」·「판의금감하숙배(判義禁減下肅拜)」

4) 권4

모두 50 항목인데, 태묘(太廟), 악장(樂章), 칭호, 저서, 찬서(撰書)
등에 대한 설명이 많다. 「저찬제서(著撰諸書)」에는 『경산집(經山集)』
외에 『경산일록(經山日錄)』·『황각장주(黃閣章奏)』·『경연강의(經筵講義)』·『수향편(袖香編)』·『독역일록(讀易日錄)』·『북략의의(北畧擬議)』·『철북습록(鐵北拾錄)』·『침담록(枕談錄)』·『연행일기(燕行日記)』·『유경록(惟輕錄)』·『사대사초(四代史抄)』·『문영주선(文英珠選)』·『문헌촬록(文獻撮錄)』·『총진편금(叢珍片金)』 등 자신의 저작을 모두 밝혔다. '표선(漂船)'에 관한 항목도 많아, 동래(東萊), 제주(濟州), 홍주(洪州), 고군산(古群山) 등지에 표류한 외선에 대한 정보와 함께 표선에서 나포한 선원들의 모습까지 자세하게 기술하였다. 제목은 다음과 같다.

「시표자명종조성지수(時標自鳴鍾造成之數)」·「입황성시사신승마지규(入皇城時使臣乘馬之規)」·「상교하불감인의(上敎下不敢引義)」·「중전조현지례(中殿朝見之禮)」·「경자운창수(經字韻唱酬)」·「기로회(耆老會)」·「관서지칙시사(關西支勅時事)」·「태묘증수(太廟增修)」·「오십년삼견수렴(五十年三見垂簾)」·「과환가성적(科宦家盛蹟)」·「이윤양인지론(李尹兩人之論)」·「재이지가서(災異之可書)」·「청황제인정(淸皇帝仁政)」·「오화사사적(吳畵師事蹟)」·「참판생시길몽지조(參判生時吉夢之兆)」·「문형전심연(文衡傳心硯)」·「번류비국지천(藩留備局之薦)」·「감사교승상피(監司交承相避)」·「감사솔권지규(監司率眷之規)」·「오관직칭호(五官職稱號)」·「동국서원조창지규(東國書院肇刱之規)」·「선고중이언연시(先稿中俚言演詩)」·「저찬제서(著撰諸書)」·「훈민정음지시(訓民正音之始)」·「경서언해지본(經書諺解之本)」·「대장경인판(大藏經印板)」·「능침불립비(陵寢不立碑)」·「부녀개두(婦女盖頭)」·「한전보재(旱田報災)」·「감사친병경행(監司親病徑行)」·「소청감사구친병(疏請監司救親病)」·「대신재상지칭(大臣宰相之稱)」·「약천청견대소(藥泉請蠲貸疏)」·「견사관전유(遣史官傳踰)」·「청파강읍호지법(請罷降邑號之法)」·「문형전망수점인행공(文衡前望受點人行公)」·「종묘악장지수(宗廟樂章之數)」·「영고탑노정(寧古塔路程)」·「각사면신청금(各司免新請禁)」·「환상모곡지비(還上耗穀之非)」·「성자동금혼(姓字同禁婚)」·「한림동료(翰林同僚)」·「동래표선(東萊漂船)」·「동래용당포표선(東萊龍塘浦漂船)」·「제주당포표선(濟州唐浦漂船)」·「홍주표선(洪州漂船)」·「만경고군산표선(萬頃古群山漂船)」·「화기국표선(花旗國漂船)」·「관북이양선(關北異樣船)」·「사신옥하서(使臣玉河書)」

5) 권5

모두 80항목인데, 시참(詩讖), 서법, 서체, 고증, 휘호, 주자(鑄字), 시법(諡法) 등을 소개한 내용이 많다. 제목은 다음과 같다.

「춘당대근신사후제시(春塘臺近臣射帿製詩)」·「문형창수시(文衡唱酬詩)」·「서죽석시참(徐竹石詩讖)」·「이영변시참(李寧邊詩讖)」·「죽석논서법(竹石論書法)」·「죽석논제가서(竹石論諸家書)」·「풍고시구(楓皐詩句)」·「죽석증시(竹石贈詩)」·「죽석연광정시(竹石練光亭詩)」·「연광정영첩(練光亭楹帖)」·「연광정시판(練光亭詩板)」·「심두실율련(沈斗室律聯)」·「이상공청근시(李相公靑芹詩)」·「홍상공시구(洪相公詩句)」·「논제필가서법(論諸筆家書法)」·「동국필가서체(東國筆家書體)」·「동국명필제가(東國名筆諸家)」·「동국명화제가(東國名畵諸家)」·「동인서법(東人書法)」·「근대기예(近代碁藝)」·「명자해어(名字諧語)」·「대신도백연갑(大臣道伯年甲)」·「농가후월(農家候月)」·「조신점후(潮信占候)」·「봉모당이건(奉謨堂移建)」·「노량진주교(鷺梁津舟橋)」·「기성고증록(箕城攷證錄)」·「문비고례(問備古例)」·「암행어사지시(暗行御史之始)」·「성상소지규(城上所之規)」·「주현향소지칭(州縣鄕所之稱)」·「기인공인지수(其人貢人之數)」·「무경칠서(武經七書)」·「화전병지칭(花煎餠之稱)」·「식품병속(食品餠屬)」·「삼한석각고적(三韓石刻古蹟)」·「사성운보(四聲韻譜)」·「남사영선서(南思穎扇書)」·「기세발창(飢歲發倉)」·「연인서책지증(燕人書冊之贈)」·「연경무서(燕京貿書)」·「휘호시호첩자(徽號諡號疊字)」·「존호휘호지칭(尊號徽號之稱)」·「시좌태상관패초(諡坐太常官牌招)」·「애책문두사(哀冊文頭辭)」·「존호옥책문공유하순의(尊號玉冊文恭惟下詢議)」·「애책문효자지칭(哀冊文孝字之稱)」·「오행총괄(五行摠括)」·「증직지제(贈職之制)」·「주자소철목주자(鑄字所鐵木鑄字)」·「오전월랑행정지규(五殿月廊行政之規)」·「중수작배지전(重囚酌配之典)」·「중수전경지규(重囚傳輕之規)」·「재일판안(齋日判案)」·「주자신주(鑄字新鑄)」·「주자휘류분장(鑄字彙類分藏)」·「주자인국어반사(鑄字印國語頒賜)」·「국휼시태묘상존호섭행의(國恤時太廟上尊號攝行議)」·「부자대간상피지례(父子臺諫相避之例)」·「청시사시고법(請諡

賜諡古法)」·「일품이상승사인교(一品以上乘四人轎)」·「장신체대(將臣遞代)」·「오상신분배오제거(五相臣分拜五提擧)」·「대신궐내견여(大臣闕內肩輿)」·「상후산릉무곡례(祥後山陵無哭禮)」·「지후제삼미일위랍(至後第三未日爲臘)」·「홍상공형제문학(洪相公兄弟文學)」·「풍고병서(楓皐屏書)」·「하옥시준구(荷屋詩雋句)」·「대동법창행(大同法刱行)」·「상평청설시(常平廳設施)」·궐문출입분장(「闕門出入分掌)」·「헌종정세실진하(憲宗定世室陳賀)」·「차대일차(次對日次)」·「동국인칭위중국부동(東國人稱謂中國不同)」·「저서유오등(著書有五等)」·「김태사문체(金太史文體)」·「서말이자분칭(書末二字分稱)」·「기사도상정식(耆社圖像定式)」·「동인기사지성(同入耆社之盛)」.

6) 권6

모두 69 항목이다. 다양한 사항들이 기록되어 있는데, 권5까지 정리하고 남은 사항을 여기에 정리해 둔 듯하다.「통신사호(通信使號)」·「대마도주자아명도서(對馬島主子兒名圖書)」·「왜관공무(倭館公貿)」·「대마도일광산서액(對馬島日光山書額)」·「왜국양박서계(倭國洋舶書契)」등 일본과 관련된 사항이라든가,「중국공어지수(中國供御之數)」·「경신뇌자관수본(庚申賚咨官手本)」·「열하문안사(熱河問安使)」·「사행언문장계(使行諺文狀啓)」·「열하사자경복로(熱河使自京復路)」·「순조신유후칙행(純祖辛酉後勅行)」·「황태후수렴(皇太后垂簾)」·「칙행시고과퇴행(勅行時考課退行)」등 중국과 관련된 사항들이 많다. 제목은 다음과 같다.

「경도위서울(京都謂徐菀)」·「기미재결마감(己未灾結磨勘)」·「상피수령상환(相避守令相換)」·「수령견대간지규(守令見臺諫之規)」·「상

참고규(常參古規)」·「군전부복지례(君前俯伏之禮)」·「상원답교(上元踏橋)」·「취성시첩(聚星詩帖)」·「사행출입무금(使行出入無禁)」·「사신서반전정(使臣序班殿庭)」·「통신사호(通信使號)」·「대마도주자아명도서(對馬島主子兒名圖書)」·「왜관공무(倭館公貿)」·「공목료미지수(公木料米之數)」·「동국공서인(東國工書人)」·「격외관직(格外官職)」·「삼사장관의승지(三司長官擬承旨)」·「각궁결수생감(各宮結數省減)」·「고지시보자(古紙詩補字)」·「신은후배(新恩後陪)」·「대상후상어망건용옥(大祥後上御網巾用玉)」·「북한향곡평류(北漢餉穀平留)」·「기읍공용저치미획급(畿邑公用儲置米劃給)」·「기읍호조곡획급(畿邑戶曹穀劃給)」·「정부용두회(政府龍頭會)」·「대마도일광산서액(對馬島日光山書額)」·「초년수관(髫年授官)」·「읍명피선휘(邑名避先諱)」·「정부예수(政府禮數)」·「상신반차(相臣班次)」·「경신영제(庚申禜祭)」·「경신상후평부후칭경(庚申上候平復後稱慶)」·「순조어진제봉영희전설치도제조(純祖御眞躋奉永禧殿設置都提調)」·「충훈부당상국구차제지시(忠勳府堂上國舅差除之始)」·「왜국양박서계(倭國洋舶書契)」·「중국공어지수(中國供御之數)」·「생생계서지전(省牲戒誓之典)」·「아윤동돈승헌(亞尹同敦乘軒)」·「공시당상지시(貢市堂上之始)」·「금군군장점열(禁軍軍裝點閱)」·「홍문관명패(弘文館命牌)」·「순조존호(純祖[　　])」·「열조수용(列祖晬容)」·「경신뇌자관수본(庚申賚咨官手本)」·「열하문안사(熱河問安使)」·「사행언문장계(使行諺文狀啓)」·「점옥벽서(店屋壁書)」·「각능침약과(各陵寢藥果)」·「보필신수고(輔弼臣壽考)」·「열하사자경복로(熱河使自京復路)」·「응제사진사(應製賜進士)」·「어진입섬(御眞入瞻)」·「풍고영정어제찬(楓皐影幀御製贊)」·「서책반사(書冊頒賜)」·「도당록회권(都堂錄會圈)」·「순조신유후칙행(純祖辛酉後勅行)」·「황태후수렴(皇太后垂簾)」·「추부제명성적(樞府題名盛蹟)」·「제언당상지시(堤堰堂上之始)」·「칙행시고과퇴행(勅行時考課退行)」·「임술회방(壬戌

回膀)」·「인릉작헌례(仁陵酌獻禮)」·「호조미전일년출입(戶曹米錢一
年出入)」·「혜청미전일년출입(惠廳米錢一年出入)」·「이정청설시(釐
整廳設始)」·「기사공당(耆社公堂)」·「영어준구(穎漁雋句)」·「복상
시원임사례(卜相時原任辭例)」·「시임십년(時任十年)」

5. 가치

정원용은 평생 일기를 쓰는 한편, 이 책 권4에 열거된 저술에서 확
인할 수 있듯이 남다른 기록정신을 가지고 있었다. 이 책도 저자의
이런 정신이 발휘된 예이다. 저자가 한평생 관직에 있으면서 직접 체
험했거나 견문한 의례나 인물들을 정리했다는 점에서 그 체험적 면모
가 적지 않다. 18,9세기 새로운 환경 속에서 조성된 의례와 준칙들이
많아, 19세기 관료사회의 실상을 잘 보여준다. 그밖에 저자 자신이
관련된 문학·문예에 대한 사항들도 상당수 소개했으며, 활자, 주자
(鑄字), 인간(印刊) 등 인쇄에 관련된 내용도 실려 있다.

『수향편』은 국정에 50여년 참여했던 저자가 조정과 그 주변에서
견문한 다양한 경험들을 토대로 엮은 자서전 성격의 유서이다. 이 자
료를 통해서 18,9세기 국정과 사대부들의 생활의식, 대외관계를 이해
할 수 있다.

쇄사동정일기

曬史東征日記

1. 서지

사본(寫本). 1책(31장) 26×21.5cm. 10행 20자. 표제(表題) : '동정
일기(東征日記)'.

2. 저술한 시기

정원용은 1807년에 예문관 검열(檢閱)에 제수되어 경연(經筵)에 늘
참석하다가, 왕명으로 포쇄 임무를 수행하게 되었다. 『경산일록』
1808년 3월 24일 기록에 자신이 "중궁전 배종사관으로서 오대산 사고
에 내려가 포쇄할 차례임을 임금에게 아뢰었다"는 구절이 있다. 26일
과 4월 2일에도 임금과 포쇄 절차에 관해 의논하였다. 4월 7일에 정종
대왕의 지장을 모신 채여(彩輿)를 배종하면서 포쇄 임무를 수행하기
시작하고, 『포쇄동정일기』를 기록하기 시작하였다. 『포쇄동정일기』
를 줄인 기록이 『경산일록』에 실려 있다.

3. 구성

『쇄사동정일기(曬史東征日記)』 1책 31장은 정원용이 열성(列聖) 실
록을 포쇄하고 정조대왕의 지장(誌狀)을 봉안하기 위해 1808년 4월
7일 서울에서 떠나 오대산(五臺山) 사고(史庫)를 거쳐 고성군까지 25
일 동안 다녀온 과정을 기록한 일기이다. 권수제 '쇄사동정일기(曬史
東征日記)' 밑에 "성상 재위 8년 무진 맹하 초7일 열성 실록을 포쇄하
고 정종대왕의 지장(誌狀)을 봉안하기 위하여 강원도 오대산 사고에
갔다."라는 내용이 3행 기록되어 있다.

날짜별로 날씨, 그날 지나온 지점, 지나온 거리, 만났던 사람, 일어
났던 일 등을 오전과 오후로 나누어서 기록하였다. 마지막 부분에는
저녁 식사 뒤에 활동한 내용도 기록하였다. 5월 2일 서울로 돌아오며
일기가 끝난다.

4. 내용

1808년 4월 7일. '오대산 사고로 가서 실록을 포쇄하라'는 순조의 명을
받고 서울을 떠났다. 관리(館吏) 이응환, 배예(陪隷) 김진수, 청직(廳直) 김
종흥, 고직(庫直) 황맹득, 가겸(家傔) 최장득, 정귀동 등을 거느리고 떠났다.
경기감사 김재창, 양주목사 송면재는 동문까지 바래다 주고, 당제(堂弟)
시용(始容)과 윤용(允容), 아우 을운(乙運)은 동문 밖까지 나와 배웅하였다.
평구관(平邱館)까지 와서 점심을 먹고, 안봉관(安奉館)까지 가서 잤다. 광주
판관 홍대형, 찰방 조석곤 등이 찾아와 뵈었다.

8일. 일찍 출발하여 두미(斗尾) 월계(月溪)를 거쳐 양근 용문관(龍門館)까
지 가자, 군수 이교원이 마중나와 있었다. 평구관에 도착하여 저녁을 먹고
상설헌(賞雪軒)에 가서 뵈었다. 객관에 돌아와 잤다.

9일. 일찍 출발하여 원주 안창에 도착하였다. 점심을 먹고 다시 원주 공북
문을 지나 5리를 걸었다. 순찰사 정상우가 영접 나와, 그와 함께 원주 학성
관(鶴城館)에 들어갔다. 저녁을 먹은 뒤 객관 뒤의 작은 문으로 들어가 보니
네모난 못이 있었다. 수면에 작은 정각은 '봉래(蓬萊)'라 하고 큰 정각은
'관풍(觀風)'이라 하는데, 무지개를 방불케 하는 채색다리가 있었다. 날이
저문 뒤 시원한 비가 퍼붓듯이 쏟아져, 못의 물이 이내 넘쳐났다. 못 가운데
작은 섬에 초가 정자가 있고 작은 배도 있어서 뱃놀이를 할 수 있었다.
그러나 밤이 깊었기에 객관에 돌아와 잤다.

10일. 학성관을 출발하여 진남문을 나와 5리까지 순찰사가 배웅하였다.

가파령(加波嶺)을 넘어 신림관(神林館)에 도착하였다. 점심 먹고 축현(杻峴)과 송현(松峴) 두 고개를 넘었다. 고갯길이 매우 가파르고 위태로워 어깨를 서로 부추기며 고개를 넘어 주천관(酒泉館)에 도착하였다. 주천은 옛날 혁거세(赫居世) 시기의 옛 현치(縣治)이다. 술이 바위 틈에서 흘러나온다고 하여 주천(酒泉)이라 부르게 되었다. 지금 청허루(淸虛樓) 건너편에 바위 하나가 있는데, 이 바위가 바로 주천이라고 한다. 청허루 편액은 김재찬(金載瓚)과 윤사국(尹師國)이 썼다.

11일. 일찍 출발하여 아차치(峨嵯峙)과 거슬치(擧瑟峙)를 넘어 약수역(藥水驛)을 거쳐서 평창군에 도착하였다. 지금까지 원주 경내에 들어선 이후 길이 험하고 산도 검푸렀는데, 평창 경내에 들어서자 산천이 명려하고 촌락도 조촐하며 골짜기 밭의 경계도 그림과 같았다. 거슬치부터 약수역까지 한 줄기 강물이 흘러내리는데 양안의 벼랑은 마치 병풍처럼 서 있었다. 강에서 배를 타는 사람이 "이 강은 오대산에서 발원한다"고 하였다. 평창읍에서 점심을 먹고 다시 출발하여 이치(梨峙)를 지나 대화관(大和館)에 도착하였다. 먼저 와 기다리던 강릉부사 박종정(朴宗正)을 만난 뒤, 대화관에서 잤다.

12일. 일찍 출발하여 모로치(毛老峙)를 넘었다. 30여리를 더 지나 길 옆에 청심대(淸心臺)라는 푸른 절벽이 우뚝 서 있고, 절벽 위에는 또 몇 길이나 되는 괴석이 있었다. 이곳을 지나 고개치(古介峙)를 넘어 진부관(珍富館)에 도착하였다. 정선군수가 나와 마중하였다. 점심 식사 후 월정사로 향했는데, 길가에 큰 노송나무가 4,5리 빽빽하게 심어져 있었다. 신라의 두 왕자가 세운 월정사 뜰에 십여층 석탑이 있었다. 저녁 먹고 박부사와 금강연(金剛淵)으로 갔다. 연못가에 평평한 바위에 앉아 소용돌이 치는 강물을 바라보다가 월정사로 돌아와 잤다.

13일. 아침에 스님과 함께 사고로 올라갔다. 푸른 절벽 사이로 큰 강이 흐르고, 소나무와 전나무가 하늘을 찌를 듯했다. 몇 리를 더 가 장항연(獐項淵) 옆에서 잠시 쉬다가, 또 다시 걸어 사고에 도착하였다. 사각(史閣) 앞에서 네 번 절하고 사고를 열어 사서를 심사하였다. 그 뒤에 사관(史官)들이 거주하는 상시재(常時齋)가 있고, 관 아래에 수직승(守直僧)들이 머무는 암자가 있었다.

14일. 실록을 햇볕에 말리면서 사각(史閣)에서 머물렀다.

15일. 실록을 모두 말리고 봉안수소각(奉安修掃閣)으로 돌아와 사고의 문을 봉하였다. 점심을 먹은 뒤 중대를 향해 30리 가서 금강암(金剛庵)을 둘러보고, 또 20리 가서 상원사(上元寺)에 도착하였다. 상원사 승려에게서 세조(世祖)에 대한 이야기를 들으며 구경하였다. 월정사(月精寺)에 도착하여 그곳에서 잤다.

16일. 아침을 먹고 월정사를 떠나 횡계(橫溪)에 도착한 뒤, 다시 대관령까지 가서 쉬었다. 5리를 더 가서 인가에서 쉬고, 다시 평탄한 길로 갔다. 대관령 길이 약 30리 되는데, 평탄한 길도 있었지만 대부분 가파른 길이었다. 고개 아래로 내려와서 3리를 더 가니 강이 있었고, 강 옆에는 천연각(天淵閣)이 있었다. 다시 걸어서 임영관(臨瀛館)에 도착하였는데, 강릉은 원주보다 형편이 나았다. 저녁을 먹은 뒤에 동헌을 둘러보고 나니 박성수와 윤승렬이 왔다. 그들과 같이 이야기를 나누며 잤다.

17일. 아침에 박성수, 윤승렬와 함께 경포대로 갔다. 도중에 진사 김학빈을 방문하고 10리를 더 가서 경포대에 도착하였다. 누정과 호수를 살펴보고 점심을 먹었다. 호수에서 배를 타고 즐기다가, 말을 타고 동산역(桐山驛)까지 가서 머물러 잤다.

18일. 아침 먹은 뒤에 10리를 가서 화상암(和尙巖)에 도착하였다. 10리를 더 가자 양양부사 권행언이 마중나와 있었다. 그와 같이 점심을 먹고 길을 가서 설악외산(雪嶽外山)과 정족산(鼎足山)에 도착하였다. 여기서 배를 타고 한수(漢水)를 건너 상운역(祥雲驛)에 도착하자, 세조(世祖)가 동순(東巡)할 때 지은 절이 있었다. 절에 들어가니 이화정(梨花亭), 배나무, 불전 등이 있었다. 승려에게서 이 절에 관련된 이야기를 들으며 머물러 잤다.

19일. 아침에 이화정에서 나와 현남문(峴南門)을 거쳐 10여리를 갔다.

수레를 타고 산길 40여리를 가서 공관에 도착하였다. 주서(注書) 노중경이 왔기에 그와 같이 머물러 잤다.

20일. 일찍 떠나 상하천(相賀泉)에 도착하여 점심을 먹었다. 오후에 상하천 주위 산천을 구경하고 이곳에 머물러 잤다.

21일. 오전에 역시 상하천 주위를 돌아보았다. 점심 먹고 40리를 가서 태평루(太平樓)에 도착하였다. 태평루 주인이 나와서 영접하여 동헌에 들어가 저녁을 먹고, 낙산사(洛山寺)로 가서 빈일루(賓日樓)에 머물러 잤다.

22일. 일찍 일어나 이화정(梨花亭)에 나가 해 뜨는 것을 구경했는데, 바다에 안개가 자욱했다. 빈일루에 돌아와서 아침을 먹고 청간정(淸澗亭)으로 갔다. 청간정 머리 부분에 만경루(萬景樓)가 있었는데 높을수록 물이 더욱 가깝게 보였다. 점심을 먹고 봉황치(鳳凰峙), 가학정(駕鶴亭)을 구경하고 10리를 가서 간성군에 도착하였다. 수성관(水城館)에서 머물러 잤다.

23일. 아침 먹고 건봉사(乾鳳寺)에 갔다. 절문 밖에 수십 칸 누각이 있었다. 천감(天鑑) 연간에 창건하였는데, 신라 법흥왕 때 이 절에서 만일회(萬日會)가 발족하였다. 지금도 해마다 이 절에서 만일회를 진행한다. 현종암(懸鐘巖)에 도착하여 주위의 산천을 구경하고, 고성읍에 도착하여 객관에서 저녁을 먹었다. 군수 박상영이 와서 만났다.

24일. 아침 먹고 30리를 가서 신계사(神溪寺)에 도착하였다. 신라 법흥왕 때 창건하고 경순왕의 원당(願堂)이 된 절인데, 이곳에서 잠시 쉬고 떠났다. 시냇가 바위에 고금의 문인들이 이름 새긴 것이 많았다. 여러 봉우리를 지나 동굴로 들어갔더니, 동굴 안에 각양각색의 암석이 많았다. 이곳을 구경한 뒤 10리를 가서 옥류동(玉流洞)에 이르러 점심을 먹었다. 신계동 어구에서 말을 타고 고성군으로 가서 머물러 잤다.

25일. 아침을 먹은 뒤에 배를 타고 5,6리 가서 해금강을 구경하였다. 무인년 즈음에 남택하의 아들 도규 형제가 산수를 몹시 좋아하여 경내의 여러 명승지를 찾아다니다가 칠성봉(七星峰) 북쪽을 통해 바다에 들어가 석봉들을 보고 마치 금강면과 같다고 하여 해금강(海金剛)이라 하였다. 이곳을 구경하고 고성읍으로 가서 아침을 먹고 해산정(海山亭)에 올라갔다. 여기서 36개의 산봉우리를 바라보니 아름다운 경치가 절정에 달하였다. 몽천암(夢泉巖)과 호수를 구경하고 유점사(楡帖寺)에 도착하여 점심을 먹었다. 백천교(百川橋), 장헌암(墇巘巖), 용천교(龍川橋)를 거쳐 유점사에 도착하였다. 이곳에서 간략한 기록을 보충하고 머물러 잤다.

26일. 아침을 먹고 오탁정(烏啄井), 무연각(無煙閣), 만경대(萬景臺) 등을 구경하고 10여리를 가서 은선대(隱仙臺)를 돌아보았다. 다시 10여리를 가서 유령삼곡(楡嶺三曲)에 도착하자, 회양군수 등이 마중나왔다. 마하연암(摩訶衍菴)에 도착하여 점심을 먹었다. 오후에 화룡담(火龍潭), 구담(龜潭), 진주담(眞珠潭), 분설담(噴雪潭), 벽파담(碧波潭), 비파담(琵琶潭), 흑룡담(黑龍潭), 자화담(自火潭) 등의 여덟 못과 만폭동(萬瀑洞), 정양사(正陽寺), 표훈사(表訓寺), 신림사(神林寺) 등의 명승지를 구경하고 저녁에는 능파루(凌波樓)를 구경하였다.

27일. 아침을 먹고 문수암(文殊菴), 용추(龍湫) 등을 지나 장항봉(獐項峰)을 넘어 자운담(慈雲潭), 우화동(羽化洞)을 지났다. 적룡담(赤龍潭) 위의 강선대(降仙臺)에 올라가 주위의 경치를 감상하였다. 계속 길을 재촉하여 수미탑(須彌塔)에 이르러 백화암(白華菴), 명경대(明鏡臺) 등을 구경하였다. 장안사(長安寺)에서 점심을 먹고, 오후에 철이령(鐵伊嶺)을 넘어 신원(新院)에 도착하여 잤다.

28일. 오전에 단발령(斷髮嶺)에 올라서니 금성군의 관리가 나와 영접하였다. 고개 위에는 세조가 동행(東幸)할 때 머문 토단(土壇)이 있었다. 통구(通溝)에서 점심을 먹고 창도관(昌道館)에서 쉰 뒤에 금성읍에 도착하여 관아로 들어갔다. 군수 이원묵과 그의 아들 이교준이 나와서 영접하였다. 이곳에서 머물러 잤다.

29일. 금화관(金華館)까지 가자 군수 김이실이 마중 나왔다. 점심을 먹고 철원읍에서 30리 떨어진 풍전(豊田)에 가서 머물러 잤다.

5월 1일. 아침 먹은 뒤 영평(永平) 경내의 금수정(金水亭)에 도착하여 구경하였다. 편액에 양봉래(楊蓬萊)라고 씌여져 있었다. 강을 따라 올라가자 사암(思庵) 박순(朴淳)의 옥병서원(玉屛書院)이 있었다. 송우점(松隅店)에 가서 머물러 잤다.

　2일. 오전에 송우점에서 시간을 보내고, 오후에 소금강(小金剛)을 지나 서울로 돌아왔다.

5. 가치

　『쇄사동정일기』는 정원용이 1808년 오대산 사고에 실록을 포쇄하러 다녀온 사실을 적은 기록이다. 포쇄하는 과정만이 아니라, 오대산과 금강산을 다녀오면서 구경한 명승지와 만났던 사람들을 상세히 적었다. 조선왕조에서 실록의 포쇄를 중시하였다는 구체적인 기록이면서, 금강산 유람의 노정을 보여주는 자료이기도 하다. 특별한 여행마다 평소의 일기보다 자세하게 기록한 정원용의 기록정신이 돋보인다.

연사록

燕槎錄

經山 鄭元容

1. 서지

필사본. 불분권(不分卷) 2책, 26.5×19cm, 10행 20자. 표제(表題)
: '연행록(燕行錄)'.

2. 구성

이 책은 정원용이 1831년 10월 16일에 동지정사(冬至正使)로 출발하
여 이듬해 3월 27일 한양에 돌아와 입궐(入闕) 숙배(肅拜)하기까지 5개
월 12일 동안 기록한 연행록이다. 표지에는 '연행록(燕行錄) 공이(共
二)'라고 되었지만, 권수제(卷首題)는 '연사록(燕槎錄)'이다. 2책인데,
1책은 일기(日記), 2책은 한시(漢詩)이다. 『경산일록(經山日錄)』과 체
제나 글씨까지 같은 것을 보면, 아마도 같은 시기에 정리한 듯하다.

1책 '일기(日記)'는 1831년 6월 도정(都政)에서 동지상사(冬至上使)
로 임명된 과정부터 기록했지만, 본문은 10월 16일부터 행을 달리하
여 기록하였다. 날짜가 바뀔 때마다 행을 달리하여 기록하였다. 정원
용이 평생 기록한 일기 『경산일록(經山日錄)』의 해당 기간과 같은 내
용이지만, 훨씬 자세하고 분량도 많다. 『연사록(燕槎錄)』의 일기 분량
은 63장인데, 『경산일록(經山日錄)』의 해당 기간은 23장이다. 3분의
1 정도 실은 셈이다. 임진년(1832) 1월 4일의 일기를 예로 들어보면
『경산일록(經山日錄)』 원문은 6행뿐이다.

> 4일 맑음. 황제가 원명원(圓明園)에 나아갔다. 서쪽 삼좌문에 나아
> 갔다. 묘각(卯刻)에 황제가 말을 타고 지나갔다. 시위가 간소하였다.
> 반차의 한 늙은 관원이 손바닥에 그리며 나에게 성명을 물어서 내가

대답하였다. 그리고 그의 성을 물었더니 '장상지'라고 하였다. 내가
말하였다.

　"생해와 어떤 친척이 됩니까?"

　웃으며 아들이라고 대답했다. 관소로 돌아가자 달암 정덕린이 만나
러 와서 『육씨사서대전(陸氏四書大全)』 『삼어당집(三魚堂集)』 『이이
곡사서반신록(李二曲四書反身錄)』과 홍전지(紅箋紙) 열 장, 양털붓 대
소 각 열여덟 자루를 주었다. 필담한 내용은 다 연행일기에 실었다.

　그러나 『연사록(燕槎錄)』에는 5면 3행 분량으로 열 배나 길다. 정원
용 자신의 표현 그대로, 필담한 내용을 다 실었기 때문이다. 일기 뒤
에는 「서장관문견사건(書狀官聞見事件)」 5조, 「수역문견사건(首譯聞
見事件)」 5조가 덧붙어 있다. 면을 달리하여 편지 26통이 실렸는데,
모두 청나라 관원들과 주고받은 편지이다. 11월 20일에 압록강을 건
너가기 전날까지 집에 보낸 편지가 14통이고, 받은 편지가 11통이었
지만, 하나도 싣지 않았다.

　2책 '시(詩)'는 한양에서 출발하여 연경(燕京)에 도착할 때까지 지
은 시가 138제 176수, 연경(燕京)에 머물면서 지은 시가 68제 83수,
연경(燕京)에서 출발하여 한양에 도착할 때까지 지은 시가 40제 42
수, 합계 246제 301수이다. 돌아올 때에도 같은 여정(旅程)이었으므
로, 새롭게 시를 지을 만한 소재가 적었던 듯하다.

　정원용은 시기별로 작품을 정리해 문집 초고를 만들어 두었으며,
그가 세상을 떠난 뒤에 손자 범조(範祖)가 주관해 1895년에 문집을
간행했는데, 그 가운데 일부만 뽑아 문집에 실었다. 한가지 예를 든다
면 1819년 12월 6일부터 1822년 6월 2일까지 영변부사로 재임했는데,
이때 지은 작품들이 『약산록(藥山錄)』이라는 제목으로 4책 분량의 초

고가 남아 있다. 제1책은 시(詩)인데, 170수 가운데 18수가『경산집(經山集)』에 실렸으며, 제3책은 공문(公文)인데『약산록(藥山錄)』에는 30편 가운데 한 편도 실리지 않았다. 제4책은 잡저(雜著)인데, 18편 가운데 2편이『경산집(經山集)』에 실렸다. 숫자로만 따진다면 10분의 1 정도가 문집에 선별되어 실린 셈이다. 동지사로 연경(燕京)에 다녀온 시기의 시는『경산집(經山集)』권2에 실렸는데, 34제 50수가 실렸다. 숫자로만 따진다면 6~7분의 1 정도가 실린 셈이다.

3. 내용

1책 첫머리에는 신묘년(1831) 6월 도정(都政)에서 자신이 동지상사(冬至上使)에 임명되고, 김홍근(金弘根)이 부사에, 이정재(李鼎在)가 서장관에 임명된 사실, 9월에 겸사은(兼謝恩)의 임무를 맡으면서 부사와 서장관이 승진한 사실, 10월 2일에 자신이 판중추부사로 승진한 사실, 7일과 8일에 성묘한 사실, 11일 송별연에 참석한 사실 등이 기록되었다.

10월 16일. 희정당 동방에서 순조가 불러보며 잘 다녀오라고 당부하였다. 순조와 세자가 선물을 주고, 모화관에서 표자(表咨)를 사대(査對)하였다. 수많은 사람들이 홍제원에서 송별하였다. 아들 기세(基世)와 겸인(傔人) 변손이(卞孫伊), 노자(奴子) 대용(大用) 등이 개인적으로 따라갔다. 고양에서 잤다.

17일. 고양까지 따라왔던 사촌아우 시용(始容)과 윤용(允容), 아들 기년(基秊), 사위 윤주진(尹周鎭) 등을 돌려보내고, 파주에서 잤다.

23일. 황주에서 머물며 사대(査對)를 행하였다.

26일. 평양 연광정에 머물며 사대(査對)를 행하였다.

28일. 평양까지 따라왔던 종제 노용과 생질 서장순이 돌아갔다.

30일. 안주에서 묵었는데, 예전에 재직했던 영변의 선비·장교·아전·노비들이 인사드리러 찾아왔다.

11월 1일. 망궐례(望闕禮)를 행하였다. 선전관 이주응이 '해남에 표류한 백성을 내보내 달라'는 자문을 가지고 왔다.

8일. 의주에서 유숙하는데, 사은사(謝恩使)의 선래(先來)가 강을 건너왔다. '황자(皇子)가 올해 여름에 죽었고, 농사가 크게 흉년 들었다'고 한다.

11일. 백일원(百一院)에 가서 무사들의 활쏘기, 말달리기를 시험하는 것과 기녀들의 말달리기를 구경하고, 상을 나눠 주었다.

17일. 의주에서 백일장(白日場)을 시행하였다.

20일. 의주부윤이 압록강 가에 휘장을 치고 송별 잔치를 베풀었다. 사행 인원이 276명, 말이 186필이었다. 유구국(琉球國)의 표류인 3명을 이끌고 출발하였다. 온정참에서 노숙하였다.

21일. 책문에서 회환사은사 홍석주 일행과 만나 함께 유숙하며 이야기를 나누었다.

29일. 심양에서 머물렀다. 효종이 머물던 집이 아직도 남아 있었다.

30일. 심양 동문 밖 길가에 있는 진삼덕(陳三德)의 집에 서책이 많다고 하여 서루(書樓)에 들러보았다.

12월 1일. 신민둔에서 묵었는데, 몽고의 경계가 멀지 않은 곳이다.

6일. 송산과 행산의 두 보(堡)를 지났는데, 명나라와 청나라가 전쟁하던 곳이다.

10일. 팔리보(八里堡)에서 점심을 먹었는데, 망부대(望夫臺)와 망부석(望夫石), 정녀사(貞女祠)가 있었다. 산해관에 들어섰다.

11일. 무령현에서 묵는데, 지현(知縣) 희손(喜孫)이 찾아와 필담(筆談)을 나누었다. 선물을 교환한 내역을 기록하였다.

13일. 부사의 생일이어서 음식을 차렸다. 눈이 많이 쌓여, 길을 분간할 수 없었다.

18일. 대왕장에서 점심을 먹고 동악묘를 구경하며 기다리자, 통관(通官)들이 마중나왔다. 차안태와 나언포는 회령 개시에서 만난 사람들이었다. 조양문을 통해 옥하관에 도착한 뒤, 공복을 갈아입고 예부에 나아갔다. 시랑 만계령(滿桂齡)이 접대하고, 부사 · 서장관 · 역관 등과 함께 벽대청(甓大廳)에 나아가 삼배구고례(三拜九叩禮)를 행하였다. 표자문(表咨文)을 누런 탁자에 봉안하고, 단배삼고례(單拜三叩禮)를 행한 뒤 관소로 돌아왔다.

19일. 예부 제독이 매일 지급하는 여러 가지 물건을 나눠 주었다.

23일. 서화문 밖에 나아가, 황제가 작은 황색 옥교(玉轎)를 타고 나오는 것을 맞이하였다. 예부의 만시랑이 무릎을 꿇고 고하자 옥교 안에서 자세히 살피고 '국왕은 평안한가' 물었다. 영대에 나아가 잔치상과 음악연주를 대접받고, 잡희(雜戲)를 구경하였다.

26일. 홍려시에 가서 정월 아침의 하례 의식을 연습하였다.

27일. 한림 수방울(帥方蔚)이 찾아와 필담을 나누었다. 중국 조정의 재상 가운데 문학으로 이름난 몇 사람을 논하고, 완원(阮元)의 문장에 대해 평하였다. 두 나라의 과거제도에 대해서도 이야기했다.

29일. 천안문을 통해 오문(午門) 밖에 이르렀다. 황상(皇上)의 어가(御駕)를 공손히 맞이하고, 어주(御廚)에서 내리는 음식을 받았다. 공부주사 정덕린(程德麟)이 아들에게 읍하며 통성명하였다.

30일. 보화전에 가서 황제에게 알현하였다. 어탑에 꿇어앉자 황제가 시신에게 직접 술잔을 주고, 시신이 정원용에게 전해 주었다. 다 마시고 황제의 얼굴을 우러러보았다. 황제가 오랫동안 주시하다가 자리로 돌아가자, 잔치상을 받고 잡희(雜戲)를 구경하였다. 섬라국(暹羅國) 사신 4명과 남장국(南掌國) 사신 2명도 참석하였다. 상으로 세찬(歲饌)과 감귤을 나눠 주었으며, 딱총과 폭죽 소리가 밤새 계속되었다.

임진년(1832) 1월 1일. 황극전(皇極殿)의 진하반렬(陳賀班列)에 부사가 들어가 참석하였다. 정원용 자신은 병이 나서 참석치 못하였다. 진하(陳賀)

의 장관(壯觀)은 아들을 통해 듣고 기록하였다.

　2일. 자광각(紫光閣)에서 세초연(歲初宴)에 참석하였다. 어탑에 올라가 무릎을 꿇고 앉자, 황제가 술잔을 내렸다. 잡희(雜戲)를 구경하고, 예부상서가 나눠주는 상을 받았다.

　3일. 거인(擧人) 주선기(朱善旂)와 김약징(金若徵)이 찾아와 이야기했다.

　4일. 정덕린이 찾아와 책과 종이, 붓을 준 뒤에 필담하였다.

　5일. 청나라의 여러 관원들과 만나 필담을 나누었다. 조선인의 시필(詩筆)을 보고 싶다고 하여, 준비해 간 김조순(金祖淳)의 향산시축(香山詩軸)을 보여 주자 '글씨는 양양(襄陽)과 비슷하고 시는 산곡(山谷) 같다'고 칭찬하였다. 아들이 탁병념을 만나러 간다고 하여 책을 주었다.

　6일. 한림 수방울이 찾아와 필담을 나누었다. 오후에는 아들과 함께 장입용을 찾아갔다. 한양에서 떠날 때에 김조순이 '그의 서법은 진나라 체를 배웠다고 하니 한번 구해 보라'고 했기 때문이다.

　7일. 임천의 수재 이종계(李宗湉)가 찾아왔는데, 영원백(寧遠伯) 이성량(李成梁)의 손자였다. 임진왜란에 구해준 은혜로 조선에서는 아직도 제사를 지낸다고 알려 주었다. 그의 사형(師兄) 번봉(樊封)과는 삼전도비(三田渡碑), 광동(廣東) 풍속, 당송팔가(唐宋八家), 왕양명(王陽明)의 양지(良知)와 육상산(陸象山)의 주정(主靜), 경자(敬字) 등에 관해 이야기를 나누었다.

　10일. 황제가 원명원에서 돌아와, 서화문 밖에 나가 맞이하였다. 홍인사(弘仁寺)에 가서 예불하고 송경(誦經)하는 것을 보았다. 코끼리 우리에 들려 10쌍을 구경하였다.

　11일. 수역(首譯)이 방물과 세폐(歲幣)를 바치고 돌아왔다.

　12일. 황제가 천단(天壇)에 나아가 기곡제(祈穀祭)를 지냈다. 호부낭중 완복(阮福)이 찾아와 완씨(阮氏) 집안의 문장과 추사(秋史)의 근황에 대해 이야기했다. 주선기와 당대 문인들의 시문에 대하여 이야기하고, 그가 지은 『임소소해첩(臨蘇小楷帖)』에 발문을 써 주었다.

　14일. 옹정황제의 별장이었던 원명원(圓明園)에 가서 구경하였다.

15일. 원명원의 정대광명전(正大光明殿)에 들어가 연희(演戲)를 구경하고, 황제가 내리는 술잔을 받았다. 황제가 칠언율시를 짓고는, 세 사신에게 화운하여 바치게 하고 상을 주었다. 오후에는 산고수장각(山高水長閣)에 나아가 황제와 함께 잡희(雜戲)를 구경하였다.

16일. 호랑이 우리를 구경하고, 오탑사(五塔寺)에서 몽고왕비가 합장하고 축원하는 모습을 보았다.

18일. 탁해범이 '스승 기효람을 통해서 정원용의 조상인 양파(陽坡 정태화) 이야기를 들었다'며, 선물을 가지고 찾아왔다. 정원용도 패도(佩刀)를 풀러 주며, 고사(故事)를 행하였다.

19일. 예부의 통지에 따라 원명원에 나아가. 황제에게 귀국 인사를 하였다. 황제가 '돌아가 국왕에게 평안하다고 고하라'고 명하였다.

22일. 탁병념이 찾아왔기에, 아들과 함께 강패동우처로 나가 만났다. 다른 문인들도 만나 술과 필담을 나누었다.

23일. 아들과 함께 길상사에 가서 완복과 만나, 그의 아버지 완원(阮元)의 제자들에 대해 이야기를 나누고 선물을 받았다.

25일. 옹입본과 만나 조선의 산천(山川) 의관(衣冠) 문물(文物)과 청나라 문인들에 관해 의견을 나누고, 선물을 주고받았다.

26일. 서장관과 함께 국자감에 가서 선사묘(先師廟), 허형이 심은 홰나무, 주나라 때의 석고(石鼓), 진사제명비(進士題名碑), 문산묘(文山廟) 등을 둘러보며 청나라 선비들과 이야기를 나누었다.

27일. 탁해범이 아우, 아들, 친구와 함께 와서 음식을 먹으며 '전(甸)'자를 염운(拈韻)하여 각기 고언고시 6구를 짓고 시첩을 만들어 썼다. 운남인(雲南人) 시린(施獜)의 아버지를 위해 율시 1수를 지어 주었다.

28일. 예부의 통지를 받고 오문 앞에 가서 상을 받고 돌아왔다.

29일. 주선기가 와서 고려자모서(高麗子母書)를 얻고 싶어했지만, 언문(諺文)과 반절(反切)로 된 책이 없어 주지 못했다. 아들과 함께 청나라 선비들을 만나 시를 지었다.

2월 1일부터 며칠 동안 계속 청나라 선비들과 만나 시와 선물을 주고받았다.

9일. 옥하관에서 출발하여 귀로에 올랐다. 돌아오는 길은 지난번 왔던 길과 같았으며, 일상적인 기록이 대부분이다. 29일에 군뢰(軍牢)를 먼저 보내 집에 편지를 부쳤다.

3월 1일. 낭자산에서 묵는데, 의주부에서 보낸 아전이 음식을 가져 왔다. 2월초 집에서 보낸 편지도 가져 왔다. 4일부터는 날마다 집에서 보낸 편지를 받아보았다. 27일에 입궐(入闕)하여 숙배하였다. 공조판서에 낙점되었다.

* 서장관문견사건(書狀官聞見事件)

1. 남장국과 섬라국의 사신이 황제에게 시를 바치라는 명을 받고도 한자를 몰라 지어 바치지 못한 사실.
2. 황제가 올 3월에 계주(薊州) 건륭황제의 능에 제사지내러 가지만, 백성들의 살림을 생각해서 길이나 다리를 고치지 못하게 했다는 사실.
3. 올해 3월에 문무과(文武科) 회시(會試)가 치러지는데 예부에서 부정시험(不正試驗)을 철저히 감독하며, 부정 응시자나 부정도구 판매자도 엄벌에 처하기로 했다는 사실.
4. 강서성에 지난 겨울 수재(水災)가 생겼는데, 신사(紳士) 황립성(黃立誠) 등이 12,000냥을 출연하여 구제하자 특별히 상을 내려 권장했다는 사실.
5. 황제가 정사(政事)를 어질게 베풀고 세금을 줄였다는 사실.

* 수역문견사건(首譯聞見事件)

1. 황제가 등극한 지 수십년 되도록 선황제(先皇帝)의 여우갖옷을 그대로 입을 정도로 검소하고, 작년 향시(鄕試)에서 늙은 낙방자들의 시권(試券)을 다시 채점하여 특별히 입격(入格)시켜줄 정도로 노인들을 우대한다는 사실.

2. 양위장군(揚威將軍)이 만(滿)·몽(蒙)·한군(漢軍) 15,000명을 회자국(回子國) 근경 밖에 둔전(屯田)하면서 연병도륙(鍊兵屠戮)의 의지를 보이고 있지만, 실제로는 열복(悅服)시키려는 계획이라는 사실.

3. 황성(皇城) 미상(米商) 허구(許九)가 이번 흉년에 독점 이익을 얻으려고 각 아문 관원들의 녹표(祿標)를 미리 사들이고 백성들의 곡식도 사들여 조선(漕船)에 싣고 돌려보내려 했지만, 쌀값이 갑절로 귀해지자 예부급사중 왕운금(王雲錦)이 간상(奸商)들의 죄를 다스리라고 아뢰어 12명이 멀리 유배되었다는 사실.

4. 연경(燕京) 서북(西北) 2만리에 있는 악라사(鄂羅斯)에서 진공(進貢)을 하진 않지만, 대관(大官) 10명을 보내 한문(漢文)·청어(淸語)·의술(醫術)을 배우게 한다는 사실.

5. 근년에 황제가 과거에 급제하지 않아도 경술(經術)이나 효렴(孝廉)으로 인재를 뽑아 벼슬을 주며, 명실(名實)이 맞지 않는 경우에는 추천한 자에게 죄를 묻는다는 사실.

* 청나라 관원들과 주고받은 편지

「여옹수당립본서(與翁樹棠立本書)」·「답옹수당서(答翁樹棠書)」(2통)·「답서(答書)」·「여수한림방울서(與帥翰林方蔚書)」·「답서(答書)」·「여장춘방립용서(與蔣春坊立鏞書)」(4통)·「여고남아순서(與顧南雅純書)」·「답한운해서(答韓韻海書)」·「여탁소경병념서(與卓少卿秉恬書)」(2통)·「여장단림상지서(與蔣丹林祥墀書)」(2통)·「여한서당금서(與韓書堂錦書)」(2통)·「여양정중서(與梁靖中書)」·「답풍소거진동서(答馮少渠震東書)」(2통)·「여완낭중복서(與阮郎中福書)」·「여주건경선기서(與朱建卿善旂書)」·「답번곤오봉서(答樊昆吾封書)」·「답진등지서(答陳登之書)」·「여왕상서인지서(與王尙書引之書)」(이상 26통)

2책에는 한시 246제 301수가 실렸는데, 여정을 따라 지은데다 제목이 상세해, 제목만 소개해도 내용을 짐작할 수가 있다. 이 가운데 『경산집(經山集)』에 실린 작품에는 *표를 표시하였다.

한양을 떠나 연경(燕京)에 도착할 때까지 지은 시

「이상사장발행진소성친묘배사불승창창구점지회(以上使將發行陳疏省親墓拜辭不勝悵愴口占志懷)」·「사폐(辭陛)」·「고양(高陽)」*·「송경기묘군생조(松京寄卯君生朝)」·「차송경유수화사이태정신증별운(次松京留守花史李台鼎臣贈別韻)」·「차아자운(次兒子韻)」·「우차오율운(又次五律韻)」·「송경도중차사영남상국공철운(松京道中次思潁南相國公轍韻)」·「차송영시기능파(次松營詩妓凌波)」·「대부사차증(代副使次贈)」·「차동어척숙이상공운(次桐漁戚叔李相公韻)」·「차자하신참판위운(次紫霞申參判緯韻)」(2수)·「과장단이실이정언탁원택증십수신장송경도중첩차화정(過長湍怡室李正言鐸遠宅贈十首贐章松京道中輒此和呈)」(10수)·「차해상순합김참판난순기증운(次海上巡閤金參判蘭淳寄贈韻)」·「총수(蔥秀)」·「총수차아자운(蔥秀次兒子韻)」·「부사팽문극유의시이요지(副使伻問極有意詩以邀之)」·「황강여제질아배구운연구부죽루(黃岡與弟姪兒輩闉韻聯句賦竹樓)」·「황강화증시기채란(黃岡和贈詩妓采鸞)」·「황강제안당봉안악수김흥근기경신천수이용규계현구운공련(黃岡齊安堂逢安岳守金興根起卿信川守李容奎季賢闉韻共聯)」·「황강야안악수기경설전배신천수계현재령수김유희역동회피취효환희음증부사(黃岡夜安岳守起卿說餞杯信川守季賢載寧守金有喜亦同會被醉曉還戲吟贈副使)·「도중화희행대(到中和戲行臺)」·「도기성차죽리김상공이교운(到箕城次竹里金相公履喬韻)」·「연광정야화소재서승지기수기시운(練光亭夜和篠齋徐承旨淇修寄示韻)」(3수)·「서질장순송행지기성임별서편면증지(徐姪長淳送行至箕城臨別書便面贈之)」·「서별종제노용(書別從弟老容)」·「화순상김태학순증별운(和巡相金台學淳贈別韻)」·「우첩구화(又疊求和)」·「순안도중차해서백기시운(順安道中次海西伯寄示韻)」·「과안릉영변사인내별증신장의심후야첩차봉화(過安陵寧邊士人來別贈贐章意甚厚也輒此奉

和)」(2수)·「우차운면제생(又次韻勉諸生)」·「우사제생신물운(又謝諸生贐物韻)」·「우차(又次)」·「우차유장령가균운증제생(又次柳掌令可均韻贈諸生)」·「도어파참영유삼청비오찬후영기의심후잉구점일률(到魚波站永柔三廳備午饌候迎其意甚厚仍口占一律)」·「자숙천연표작행교내서시부사(自肅川聯鑣作行轎內書示副使)」·「우차부사운(又次副使韻)」·「안주희제방기고풍차이극옹운(安州戱題房妓古風次李屐翁韻)」·「차안목박령대규운(次安牧朴令大圭韻)」·「숙안영운주헌(宿安營運籌軒)」·「등백상루(登百祥樓)」·「곽산(郭山)」·「선천의검정(宣川倚劒亭)」·「우차두실심상공상규판상운(又次斗室沈相公象奎板上韻)」·「양책청류당(良策聽流堂)」·「경자년외왕고효간공이동지부사부연시…근차원운각게어하(庚子年外王考孝簡公以冬至副使赴燕時…謹次原韻刻揭於下)」*·「차양책관부사증아자생조축수운(次良策舘副使贈兒子生朝祝壽韻)」·「백일원시사관기치마차이계홍태사판상운(百一院試射觀妓馳馬次耳溪洪太史板上韻)」·「진변헌시사(鎭邊軒試士)」·「용전운우차화서순합기시이율운(用前韻又次華棲巡閣寄示二律韻)」(2수)·「통군정(統軍亭)」·「차소재기시운(次篠齋寄示韻)」(2수)·「차윤시랑상규기시운(次尹侍郎尙圭寄示韻)」·「차서시랑희순운(次徐侍郎熹淳韻)」·「근화소화이상서광문신운(謹和小華李尙書光文賮韻)」·「근화죽파서료장준보기신운(謹和竹坡徐僚丈俊輔寄贐韻)」·「화운석조상서인영기신운(和雲石趙尙書寅永寄賮韻)」(2수)·「화창고이정언진화기시운(和蒼皐李正言鎭華寄示韻)」(3수)·「차김대제영순군실영형신운(次金待制英淳君實令兄贐韻)」·「구련성(九連城)」·「야숙온정야막정부개구화(夜宿溫井野幕呈副价求和)」*·「도만시순합우기이율…우첩정람(渡灣時巡閣又寄二律…又疊呈覽)」(2수)·「근차풍고김태사조순기신운(謹次楓皐金太史祖淳寄贐韻)」·「책문도중(柵門道中)」·「도책문(到柵門)」(2수)·「도책문연천요장…차내각연구운봉증구화(到柵門淵泉僚丈…次內閣聯句韻奉贈求和)」*·「우차영명사장신운우헌연천제학유하(又次永明詞丈賮韻又獻淵泉提學軸下)」·「근체일수정사은부행인유시랑응환행유(近體一首呈謝恩副行人兪侍郞應煥行輈)」・「여여사은행대이학사원익구시인우봉일률이식평환(余與謝恩行臺李學士遠翊舊時隣友奉一律以識萍歡)」・「차연천료장오율칠절운(次淵泉僚丈五律七絶韻)」(3수)・「우차전운구화잉환연천서장시시권(又次前韻求和仍還淵泉書狀時詩卷)」(3수)・「차옥권희음상연천료장(借玉圈戲吟上淵泉僚丈)」・「장발우이일시식별회(將發又以一詩識別懷)」・「망봉황산(望鳳凰山)」・「봉황성(鳳凰城)」・「건자포(乾子浦)」・「황가장(黃家庄)」・「통원보(通遠堡)」・「탑동(塔洞)」・「연산관(連山關)」・「회령령(會寧嶺)」・「첨수참(甛水站)」・「청석령(靑石嶺)」・「낭자산(狼子山)」・「망계명산(望鷄鳴山)」・「마천령(摩天嶺)」・「석문령(石門嶺)」・「옥보대(玉寶臺)」・「요동성(遼東城)」・「백탑(白塔)」・「관제묘(關帝廟)」・「태자하(太子河)」(2수)・「영수사(迎水寺)」・「과부성(寡婦城)」・「십리하보(十里河堡)」・「심양(瀋陽)」*・「조선관(朝鮮舘)」(2수)・「증진경선(贈陳敬宣)」・「원당사(願堂寺)」・「영안교(永安橋)」・「요야(遼野)」(2수)・「유하구(柳河溝)」・「월봉(月峰)」・「신점부사취와위욕면…여소이희음시부사(新店副使醉臥謂欲眠…余笑而戲吟示副使)」・「양장하(羊腸河)」・「망의무려산(望醫巫閭山)」・「요야기견시부사(遼野記見示副使)」・「십삼산(十三山)」・「대릉하(大陵河)」・「야저주가점시동행(夜抵朱家店示同行)」・「차아자영진운(次兒子咏塵韻)」・「탑산망오호도(塔山望嗚呼島)」・「도중견부사행대승차병구희음시지(道中見副使行臺乘車並駈戲吟示之)」・「영원위(寧遠衛)」・「과중후전둔중전삼소(過中後前屯中前三所)」(2수)・「연대(烟臺)」・「송령도중(松嶺道中)」・「강녀묘(姜女廟)」*(8수)・「장성(長城)」・「산해관(山海關)」*(2수)・「우음시부사(又吟示副使)」・「과심하(過深河)」・「무령현(撫寧縣)」・「망창려문필봉(望昌黎文筆峰)」・「영평(永平)」・「증지부완상생이이승타부불과전(贈知府阮常生已移陞他府不果傳)」・「양파공…잉차기운(陽坡公…仍次其韻)」*(2수)・「영평도중우설차동파운(永平道中遇雪次東坡韻)」(2수)・「노계타설월중향사하역차

전운(老鷄坨雪月中向沙河驛次前韻)」·「차정생신운(次鄭生漸韻)」·「첩
전운(疊前韻)」·「진자점영계문란사(榛子店詠季文蘭事)」·「고려촌(高麗
村)」·「환향하(還鄉河)」·「옥전현(玉田縣)」·「연교야발(燕郊夜發)」·「통
주효행(通州曉行)」·「동악묘(東嶽廟)」 이상 138제 176수

연경(燕京)에 머물면서 지은 시

「황성조양문(皇城朝陽門)」·「유옥하관(留玉河舘)」·「서화문외지영(西
華門外祗迎)」·「참영대연(參瀛臺宴)」·「보화전참연관잡희(保和殿參宴
觀雜戲)」·「자광각(紫光閣)」·「금오옥동교(金鰲玉蝀橋)」*·「오룡정(五
龍亭)」·「만불루(萬佛樓)」·「원명원등희(圓明園燈戲)」*(5수)·「동정유
상(洞庭留賞)」·「십칠교망서산(十七橋望西山)」*(5수)·「갱진황제입춘
일행원명원칠율운(賡進皇帝立春日幸圓明園七律韻)」·「대종사(大鍾
寺)」·「오탑사(五塔寺)」·「태학부자묘(太學夫子廟)」·「진사제명비(進
士題名碑)」·「석고가차한문공운(石鼓歌次韓文公韻)」·「벽옹(辟雍)」·「석
경(石經)」·「허노재수식괴(許魯齋手植槐)」·「문승상사(文丞相祠)」*·
「악무목사(岳武穆祠)」*·「우감악무목사구점(又感岳武穆事口占)」·「백
운관(白雲觀)」·「천녕사(天寧寺)」·「경천주(擎天柱)」·「상권(象圈)」·「호
권(虎圈)」·「탁타(橐駝)」·「노구교망태행산(蘆溝橋望太行山)」*·「생해
장한림…동탁음시(笙陔蔣翰林…同卓吟示)」*(2수)(附和韻 2수)·「우차
장생해견증운(又次蔣笙陔見贈韻)」(2수)(附原韻 2수)·「광동수재…증시
지연(廣東秀才…贈詩識緣)」·「해범탁소경병념성유시명적우어조반환
후해범기시료차화송(海帆卓少卿秉恬盛有詩名適遇於朝班還後海帆寄詩
聊此和送)」(附原韻)·「우화해범운(又和海帆韻)」(附原韻)·「해범이구작
오문유별운청차운서차이증(海帆以舊作吳門留別韻請次韻書此以贈)」(附
原韻)·「해범속영팽기석일수청차수서증(海帆屬咏蟛蜞螫一首請次遂書
贈)」*(附原韻)·「우화탁해범(又和卓海帆)」(附原韻)·「각계탁운해범자
야선서기숙순산병음선화상여내방차증시수화(崔溪卓檁海帆子也善書其

叔筍山秉愔善畫相與來訪且贈詩遂和)」(附原韻)・「장단림상지…봉증(蔣丹林祥墀…奉贈)」・「시생린위기노친독진구시…고서증(施生麟爲其老親督鎭求詩…故書贈)」*・「강패동엄화택회해범순산황주사애려공부(江沛東淹和宅會海帆筍山黃主事愛廬共賦)」*(同題 海帆・愛廬・筍山・崔溪・基世)・「애려황락지구시용첩중운응지(愛廬黃樂之求詩用帖中韻應之)」・「증정주사덕린(贈程主事德麟)」・「번곤오봉이수재종연동주길상사왕방증시(樊昆吾封李秀才宗湛同住吉祥寺往訪贈詩)」*(附和韻 李宗湛, 又樊封)・「해범여기제…잉부시대필답(海帆與其弟…仍賦詩代筆談)」*(2수)(附和韻)・「우서시(又書示)」(附和韻)・「우서시(又書示)」(附和韻)・「화수한림방울증별운(和帥翰林方蔚贈別韻)」(2수)(附原韻 2수)・「주생선기 … 우증시어여료차화증(朱生善旂…又贈詩於余聊此和贈)」(附原韻)・「옹수당…증일시지연(翁樹棠…贈一詩志緣)」*(附和韻)・「연은진등지루서요여…명왈석간급취첩(延恩陳登之屢書邀余…名曰席間急就帖)」(3수)・「승순성호년경관직주필답지(承詢姓號年庚官職走筆答之)」*・「등지우서시향리료초(登之又書示鄕里潦草)」・「등지여홍관암…시이답지(登之與洪冠巖…詩以答之)」・「여요사약회백운관청기피등지만류서시(與僚使約會白雲觀請起被登之挽留書示)」・「육국인내회공음투호추서서시(陸菊人來會共飮投壺抽書書示)」(2수)・「등지연부색화서시(登之連賦索和書示)」*・「견등지계씨청수가애서시(見登之季氏淸秀可愛書示)」・「견등지현사상유귀기서시(見登之賢嗣相有貴氣書示)」・「등지관흡여구지우서시오율(登之款洽如舊知又書示五律)」・「등지임별서회시지우화(登之臨別書懷示之又和)」*(附原韻 朝鮮使者鄭善之尙書携哲嗣聖九進士見訪賦此紀事 2수, 承詢鄕里年庚官職走筆奉告 2수, 使者居國時已耳賤名今承枉顧賦詩訂交和韻以答, 使者又賦五律一章和韻畬之, 把酒暢談並見二子重貼七律依韻和之, 旣令弱弟弱子出見使者各寵以詩和韻奉謝 2수, 使者擬作白雲觀之遊作詩將辭去句中有逃禪之意和韻款留以阻其行, 使者盛言洪冠巖陶厓昆季相思之殷達之於詩和韻酬之, 出冠巖陶厓寄贈韓石峰李圓嶠墨蹟相賞和

使者韻, 使者將作別歸玉河行舘詩以致意用和原韻, 使者將登車矣瀕行率賦悵然於懷)·「소거풍진동…잉청제일시어첩중좌차솔이서증(少渠馮震東…仍請題一詩於帖中坐次率尒書贈)」*·「풍진동차여증공산음취도운작오고송별복주초화기(馮震東次余贈空山吟趣圖韻作五古送別復走草和寄)」(附原韻 없음)·「우화칠고견증운(又和七古見贈韻)」(附原韻)·「옥하관임발서편면기묘군(玉河舘臨發書便面寄卯君)」·「출옥하관차전운(出玉河舘次前韻)」*이상 68제 83수

연경(燕京)을 출발하여 한양에 돌아올 때까지 지은 시

「부사이석로좌차지요두조서장개선학야대서장해조(副使以石路坐車之撓頭嘲書狀盖善謔也代書狀解嘲)」·「서장…우이전운해조(書狀…又以前韻解嘲)」·「백간사(白澗寺)」·「춘설연일부지(春雪連日不止)」·「견치도(見治道)」·「과반산(過盤山)」·「연수(烟樹)」·「어양교(漁陽橋)」*·「취병산유안록산양귀비묘(翠屛山有安祿山楊貴妃廟)」·「독락사(獨樂寺)」·「통주(通州)」*·「강남선(江南船)」*·「청절사(淸節祠)」*(2수)·「망고죽묘(望孤竹廟)」·「징해루(澄海樓)」·「숙홍화점조등징해루시일생조야부사권주취성(宿紅花店朝登澄海樓是日生朝也副使勸酒醉成)」*·「생조차아자운(生朝次兒子韻)」·「삼의묘(三義廟)」*·「승취기마출산해관(乘醉騎馬出山海關)」·「망해정영상(望海亭嶺上)」·「도중염운(道中拈韻)」·「장춘교도중(長春橋道中)」·「영원조대수대락이패루(寧遠祖大壽大樂二牌樓)」·「북진묘(北鎭廟)」·「광녕녕원백이성량패루(廣寧寧遠伯李成梁牌樓)」*·「자신민둔이발도중문주류하반빙정숙서점수좌기도중소견(自新民屯離發道中聞周流河半氷停宿西店愁坐記道中所見)」·「도화동근차건륭황제석각오고운(桃花洞謹次乾隆皇帝石刻五古韻)」·「요동행중서고적시동행(遼東行中書故蹟示同行)」*·「도중여춘산부사부행로난연구(道中與春山副使賦行路難聯句)」·「부사대릉하도섭시…여소이화답(副使大陵河渡涉時…余笑而和答)」·「부사이서사지희차연구운시지(副使以書謝

之戲次聯句韻示之)」·「첩전운시종자(疊前韻示從者)」·「석향영수사첩
전운(夕向迎水寺疊前韻)」·「도중우만음첩전운(道中又漫吟疊前韻)」(2
수)·「도낭자산견가서이전설중국유사우려소답(到娘子山見家書以傳說
中國有事憂慮笑答)」·「도책문계차행가진당제유지호진희심서선기어(到
柵門計此行可趂堂弟有之弧辰喜甚書扇寄語)」·「책문효발(柵門曉發)」·
「도압록강주중희음(渡鴨綠江舟中喜吟)」·「도청석관문묘군내류송경도
중희음(到靑石關聞卯君來留松京道中喜吟)」·「도송경견묘군희심야침구
음(到松京見卯君喜甚夜枕口吟)」이상 40제 42수

정원용은 평소에 시를 많이 짓고, 빨리 지었으며, 장편도 쉽게 지었
다. 사행(使行)에서는 정사(正使)를 대신하여 아랫사람이 짓는 경우가
많은데, 그는 오히려 부사나 서장관을 대신하여 짓기까지 했다. 그러
나 대부분 문학적인 상상력이나 감수성이 뛰어난 작품은 아니며, 그
의 성격 그대로 건실한 작품들이다.

4. 가치

선종황제(宣宗皇帝) 시대의 연행(燕行) 모습을 보여주는 좋은 자료
이다. 1책은 일기, 2책은 시로 편집되어, 다른 연행록과 차별성을 가
진다. 1책의 일기는 『경산일록(經山日錄)』에 3분의 1만 실리고, 시는
『경산집(經山集)』에 6~7분의 1만 실려, 원자료로도 가치를 지닌다.
수많은 사람을 만나고 기록을 남겨, 추사(秋史) 이후의 문화교류도 확
인할 수 있다. 필담(筆談)이라든가 주고받은 편지, 청나라 문인에게
받은 원운(原韻)도 그대로 실어 조청문화교류(朝淸文化交流)의 실제
를 확인하기에 좋은 자료이다.

경산일록

經山日錄

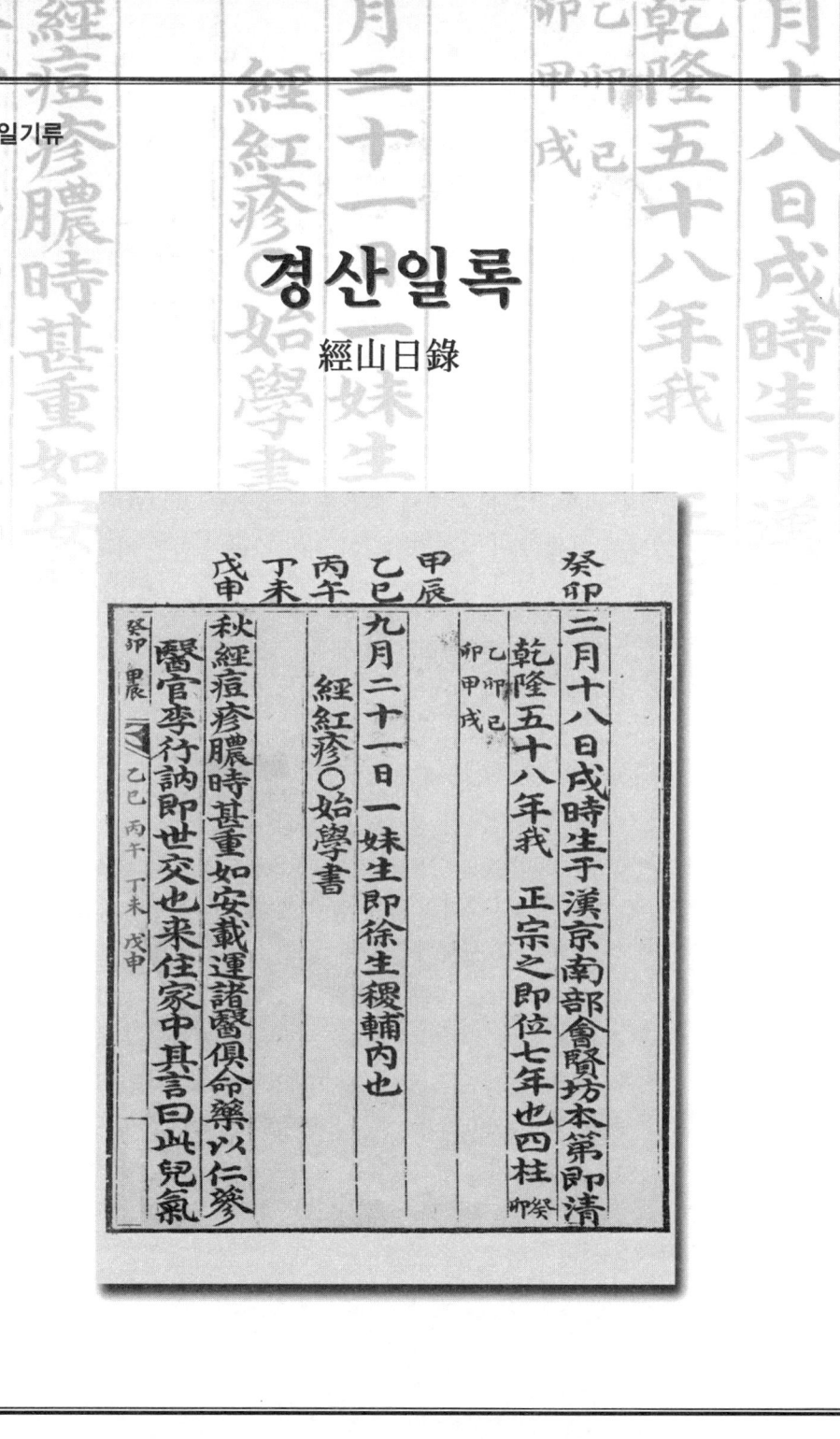

1. 서지

초고본(草稿本), 불분권(不分卷), 17책, 32.5×20.5cm, 10행 20자.

2. 저술한 시기

정원용(鄭元容 1783~1873)이 태어날 때부터 세상을 떠나기 며칠 전까지, 평생 기록하였다. 가주서(假注書)에 추천된 1803년부터 본격적으로 기록한 것을 보면, 사관(史官)이 되어 나라의 일을 기록하면서 자신의 어렸을 적 일도 이 무렵에 기억을 더듬어 기록한 듯하다. 저자의 증손자인 위당 정인보 선생은 이 책을 연희대학교에 기증하면서 그 사연을 친필로 이렇게 밝혔다.

이 책은 영의정 정공(鄭公) 휘(諱) 원용(元容)이 정조 계묘년(1783)부터 고종 계유년(1873)까지 공사의 대소사를 기록한 것이다. 상세한 것도 있고 대략적인 것도 있는데, 오직 평소에 귀와 눈으로 몸소 경험한 실제 사실들이다. 국가의 당시 일이 때때로 역사서 밖에서 나온 것도 있다. 그러므로 살아계실 때에 옮겨 적어 17책을 이루었는데, 직접 쓰고 검토하신 것이 전해 내려왔다. 증손인 정인보가 기록한다.

책은 가묘(家廟)에 보관되어 4대를 내려왔는데, 지금부터 학문을 이어받은 선비들에게 주려고 한다. 공의 책이 어찌 한 집안에서만 개인적으로 기릴 것이겠는가? 돌이켜보면 마음이 아픈 점도 있지만, (이 책을) 함께 좋아할 만한 사람들에게 돌리는 것이 위로가 되겠다. 그 이유를 들고 문득 이 책의 제목을 붙인 뒤, 유래를 설명해 참고자료로 삼고자 한다.

저자의 아들인 정기세(鄭基世)는 1831년부터 1883년에 이르는 53년간의 생애를 15책의『일록(日錄)』으로 남겼고, 손자 정범조(鄭範朝 1833~1898)도 1859년부터 1897년에 이르는 39년간의 벼슬생활을 19책의『일록(日錄)』으로 남겼다. 정기세의『일록(日錄)』 속에는 손자 정인승(鄭寅昇 1859~1938)의 9년간 일기(1882~88, 1892~3)도 섞여 있다. 정원용·기세·범조·인승 4대가 115년 동안 기록한 연 192년의 일기는 세계에서 그 유례를 찾아보기 힘든데, 유일본이 모두 연세대학교 중앙도서관에 소장되었다.

3. 구성

불분권(不分卷) 17책인데, 10행 20자, 1책이 보통 80장 안팎이다. 날짜가 바뀔 때마다 행을 달리하여 썼다. 가장 얇은 제4책이 35장, 가장 두꺼운 제16책이 102장인데, 신묘년(1831)과 임진년(1832)의 일기만 실린 제4책은 이 시기의 연행일기(燕行日記)인『연사록(燕槎錄)』이 따로 정리되어 있기 때문에 얇아졌으며, 제16책은 경복궁 중건에 관한 기록이 많은 을축(1865)·병인년(1866) 시기이기 때문에 두꺼워졌다. 저자 만년에 서리를 시켜 정사(淨寫)했으므로 글씨가 고르며, 본인이 검토했으므로 틀린 글자도 많지 않다. 저자가 지방에 나가 있을 때에 조정에서 있었던 일은 대개 조보(朝報)를 보고 기록했는데, 이 부분은 본문 위 서미(書眉)에 구분하였다. 이따금 서각(書脚)에 소주(小註)를 달았다. 표지에는 간지(干支)를 밝혀, 목차를 대신하였다. 제16책부터는 다른 사람이 필사하였다.

분량으로 보면 가주서(假注書)에 추천된 계해년(1803)부터 본격적으로 일기를 쓰기 시작한 듯하다. 사관(史官)의 임무가 사실을 기록하는 것이기 때문에, 자신에 관한 기록도 남기기 시작했을 것이다. 그 이전 시기에 관한 기록도 이때 한꺼번에 기록한 듯한데, 자신이 태어나던 계묘년(1783)부터 할아버지가 돌아가시던 기유년(1789)까지가 1장, 순조가 태어나던 경술년(1790)부터 최황과 함께 수학하던 무오년(1798)까지가 1장, 기미년(1799)부터 문과에 급제하던 임술년(1802)까지가 1장인데, 가주서(假注書)에 추천된 계해년(1803)분은 2장이다. 벼슬하면서 보고 들으며 기록으로 남길 만한 것들이 많아졌기 때문이다. 1책에는 계묘년(1783)부터 신미년(1811)까지 29년이 기록되었지만, 2책에는 임신년(1812)부터 기묘년(1819)까지 8년이 기록되었으며, 나이가 들고 벼슬이 높아질수록 분량이 많아졌다. 계미(1823) · 갑신년(1824)은 부친상으로, 을유(1825) · 병술년(1826)은 모친상으로 벼슬하지 않고 여막(廬幕)을 지켰으므로 각각 2장 분량밖에 기록하지 않았다. 모두 1,292장 분량이다.

저자의 아들인 정기세(鄭基世)는 1822년부터 1883년까지 일기를 썼고, 손자 정범조(鄭範朝)도 1859년부터 1897년까지 일기를 써서, 1859년부터 1873년까지 15년 동안은 3대가 각기 별도의 일기를 썼다. 각기 다른 직책을 맡아 벼슬하고 있었으므로, 같은 사건에 대해서 어떻게 다른 기록을 남겼는지 비교할 수도 있다.

4. 내용

이 일기는 정원용이 태어난 날, 즉 1783년 2월 18일부터 시작된다. 물론 본격적으로 일기를 쓰기 시작한 이후에 보완한 것이지만, 자신에 대한 기록을 철저히 보완했다는 점 자체가 그의 완벽한 성격을 보여준다. 태어난 날의 일기는 이렇다.

> 계묘년 2월 18일. 술시(戌時)에 한성 남부(南部) 회현방(會賢坊) 본가에서 태어났다. 청나라 건륭(乾隆) 58년이니, 우리나라 정종(正宗) 즉위 7년이다.
> 사주(四柱)는 계묘 을묘 기묘 갑술이다.

당시 어린이들에게 마마는 아주 무서운 병이었는데, 그는 6세 되던 1788년 일기에서 마마에 대한 기억을 이렇게 기록하였다.

> 가을에 마마를 앓았는데, 열꽃의 고름이 몹시 심했다. 안재운 같은 의원들은 모두 인삼을 약으로 쓰라고 했다. 의관 이행눌은 우리 집안과 세교가 있었으므로 집안에 와 살고 있었는데, 그는
> "이 아이의 기질은 양기가 부족한 것이 아니므로, 열 때문에 고름이 아물지 않는 것 같습니다. 우황(牛黃) 두 푼을 젖에 타서 마시게 하면, 반드시 효험이 있을 것입니다."
> 라고 말했다. 그러자 아버님께서 그 말대로 하셨다. 우황 한 푼을 썼더니 밤중에 편안히 잠을 잤으며, 고름도 잘 아물었다. 마치 약속이라도 한 듯이 잘 나았다.

이같이 자세하게 기록한 91년간의 일기의 내용과 분량을 간단히 소개한다.

제1책
계묘(1783, 1세) 2월 18일에 한성 남부 회현방(지금의 중구 회현동)에 서 태어났다.

을사(1785, 3세) 첫째 누이동생이 태어났다.

병오(1786, 4세) 홍역을 앓고 글을 배우기 시작하였다.

무신(1788, 6세) 천연두를 앓았다. 의관 이행눌의 처방으로 나았다.

기유(1789, 7세) 외할아버지, 외할머니께서 돌아가셨다. 둘째 누이동
생이 태어났다. 할아버지께서 돌아가셨다.(이상 1장)

임자(1792, 10세) 할머니께서 돌아가셨다.

계축(1793, 11세) 할머니를 광주(廣州) 산소에 합장하였다. 병을 앓
으면서 자랐다. 상제(庠製)에 응시하여 이상(二上)으로 장원하
였다.

을묘(1795, 13세) 동생 헌용(憲容)이 태어났다.

정사(1797, 15세) 7월에 관례(冠禮)를 행하고 판서 김화진의 손녀, 참판
김계락의 딸과 백동(栢洞)에서 혼인하였다. 승보시(陞補試)와 감
시(監試)에 응시하였다.

무오(1798, 16세) 작은아버지께서 회시(會試)에서 장원하셨다. 외삼촌
의 임소인 경기감영에서 머물다 돌아왔다. 최황(崔璜)과 함께 수
학하였다.(이상 1장)

경신(1800, 18세) 글뜻을 풀이하고, 벗과 어울려 시를 지었다. 정종(正
宗)이 승하하자 대궐 바깥의 곡(哭)하는 반렬에 나아가 참례하였
다. 외삼촌께서 유배되셨다.

신유(1801, 19세) 계부(季父)를 따라 노강서원(鷺江書院)에서 공부하
였다. 경과(慶科) 증광감시(增廣監試)를 보았다. 식년감시(式年
監試)에 급제하였다.

임술(1802, 20세) 문과에 을과(乙科) 2등으로 급제하였다. 인정전 뜨락
에서 어사화(御賜花)를 꽂고, 홍패(紅牌)를 받았다. 김조순(金祖
淳)의 딸이 (순원)왕후가 되었다.(이상 1장)

계해(1803, 21세) 가주서(假注書)에 추천되었다. 태묘(太廟)의 경모궁
(景慕宮)에서 처음으로 왕을 알현하였다. 인정전(仁政殿)에 큰

불이 났다. 대왕대비가 수청을 거둬들였다.(2장)

갑자(1804, 22세) 한학문신전강에 불참한 일로 인해 좌승지 홍의호가 '의금부로 잡아들여 처단하라'고 아뢰어, 수십 명이 동시에 의금부에 나아가 심리를 받았다. '다음부터는 이리 하지 말라'고 전교하신 뒤에, 잘못을 빈틈없이 적어두고 풀어주셨다. 태릉 정조제(正朝祭)의 대축(大祝)으로 임명되었다. 승문원에 분관되어 처음으로 녹봉을 받았다.(3장)

을축(1805, 23세) 정순왕후 김씨께서 승하하셨다. 삭서(朔書)에 입격하여 상을 받았다. 딸이 태어났다.(10장)

병인(1806, 24세) 가주서에 첫째 후보로 올라 낙점되었다. 이긍익이 세상을 떠났다. 북한산에 잠시 머물렀다.(8장)

정묘(1807, 25세) 남산 춘향(春享)의 감제(監祭)가 되었다. 혜경궁의 환후로 약원에서 입직하는 일이 많았다. 실주서(實注書)의 후보에 올랐다. 춘당대 한림소시(翰林召試)에서 2등으로 뽑혀, 예문관 검열로 임명되었다.(12장)

무진(1808, 26세) 북한산과 한강의 감제(監祭)에 임명되었다. 예비 한림으로 출근하였다. 봉교(奉敎)로 승부(陞付)되었다.(18장)

기사(1809, 27세) 의금부에 잡혀가 조사를 받았다. 속전(贖錢)을 내고 풀려났다. 중궁전에서 원자가 태어났다. 평안도 일대를 다니면서 과거를 주관하였다.(11장)

경오(1810, 28세) 부수찬에 첫째 후보로 올랐다. 홍문관(弘文館) 부교리(副校理)에 첫째 후보로 올랐다. 아버지가 영유현령으로 부임하시자, 부모 병을 이유로 휴가를 얻어 근친(覲親)하였다.(8장)

신미(1811, 29세) 사헌부(司憲府) 지평(持平)에 특별히 제수되었다. 연좌(連坐)되어 파직되었다.(7장) 소계 82장

제2책

임신(1812, 30세) 향관(享官)이 되었다. 문례관(問禮官)이 되어 의주에
　　　갔다. 홍문관 부응교(副應敎)에 제수되었다.(5장)

계유(1813, 31세) 부친과 장인의 회갑연을 치렀다. 규장각(奎章閣) 직
　　　각 겸 교서관 교리에 제수되었다. 아버지께서 재령군수가 되셨
　　　다.(9장)

갑술(1814, 32세) 아버지 생신을 맞아 신위, 김조순 등과 시회(詩會)를
　　　가졌다. 아들 기세(基世)가 태어났다. 『열성어제(列聖御製)』합부
　　　본이 완성되어 수령하였다.(13장)

을해(1815, 33세) 장인께서 돌아가셨다. 광릉(光陵) 정자각에 불이 나
　　　왕께서 피전(避殿)하셨다. 사도세자비(思悼世子妃) 혜경궁 홍씨
　　　가 돌아가셨다.(8장)

병자(1816, 34세) 남공철(南公轍)에 의해 관찰사에 추천되었다. 동래
　　　에서 잠시 머물다 돌아왔다. 둘째 아들 경손이 태어났다.(13장)

정축(1817, 35세) 전시(殿試) 대독관(對讀官)이 되었다. 세자시강원(世
　　　子侍講院) 겸보덕(兼輔德)이 되었다. 두 아들이 마마를 앓았다.
　　　(8장)

무인(1818, 36세) 아버지께서 목사(牧使)로 계시는 진주에 근친을 갔
　　　다. 건강이 좋지 않았다. 좌승지에 제수되었다.(11장)

기묘(1819, 37세) 형방(刑房) 우승지에 제수되었다. 대사간(大司諫)에
　　　낙점되었다. 딸의 혼례를 치렀다.(21장) 소계 88장

제3책

경진(1820, 38세) 영변부사로 부임하였다. 박천 소림의 사건을 조사하
　　　였다. 전문(箋文)을 다섯 차례 지어 바쳤다.(12장)

신사(1821, 39세) 영변부사로 관서위유사(關西慰諭使)를 겸하여 괴질
　　　이 퍼진 서북지방을 수습하였다. 호적에 의거하여 환곡을 균등

하게 나누어 주었다. 평안도의 민폐(民弊)를 조사·보고하였
다.(15장)

임오(1822, 40세) 석전제(釋奠祭)의 제물 봉하는 것을 감독하였다. 순
제(旬製)를 실시하여 인재를 시험하고, 향음주례와 향악례를 행
하였다. 아버지께서 돌아가셨다.(12장)

계미(1823, 41세) 양주의 여막(廬幕)에서 보낸 시간이 많았다. 정시(庭
試)의 시관(試官)이 되었다. 효의왕후 부묘를 행하였다.(2장)

갑신(1824, 42세) 양주 산소에서 보낸 시간이 많았다. 형조참판에 첫째
후보로 올랐다. 어머니께서 돌아가셨다.(2장)

을유(1825, 43세) 산역(山役)을 마치고, 시흥의 여막에서 보낸 시간이
많았다.(2장)

병술(1826, 44세) 시흥의 여막과 고양 현천에서 보낸 시간이 많았다.
한성부(漢城府) 좌윤(左尹)에 첫째 후보로 올라 낙점되었다. 병조
참판에 첫째 후보로 올라 낙점되었다.(2장)

정해(1827, 45세) 비변사(備邊司) 당상(堂上)에 임명되었다. 전라감사
와 동지중추부사에 첫째 후보로 낙점되었다. 강원도관찰사가 되
었다.(9장)

무자(1828, 46세) 억울하게 수감된 삼척의 죄인을 조사하여 풀어주었
다. 학질을 앓았다. 호조참판에 첫째 후보로 올라 대점되었
다.(7장)

기축(1829, 47세) 대사간에 기존후보로 올라 대점되었다. 회령부사에
제수되었다. 백일장과 활쏘기 시험 등을 보였다.(9장)

경인(1830, 48세) 어진(御眞)을 주합루(宙合樓)에 봉안하였다. 효명세
자(孝明世子)가 돌아가셨다. 회령부사로 재직하였다.(8장) 소계
80장

제4책

신묘(1831, 49세) 형조에서 재직하였다. 판중추부사에 단독 후보로 올랐다. 동지사(冬至使)로 청나라 연경(燕京)에 갔다.(17장)

임진(1832, 50세) 청나라에서 3월에 돌아왔다. 공조판서, 형조판서에 첫째 후보로 낙점되었다. 막내아들 기명의 혼사를 치렀다. 김조순이 세상을 떠났다.(18장) 소계 35장

제5책

계사(1833, 51세) 시흥과 광주에서 잠시 머물다 돌아왔다. 창덕궁의 희정당에 불이 났다. 홍석주, 서희순, 남공철 등과 모임을 가졌다.(19장)

갑오(1834, 52세) 경술시(經術試)에 시관으로 나갔다. 순조께서 승하하셨다. 맏손자가 태어났다.(16장)

을미(1835, 53세) 압록강변에서 동지사 일행을 맞이하였다. 규장각 관리들과 함께 실록과 『일성록(日省錄)』을 정리하였다. 신명원, 김응근, 윤국렬 등과 모임을 가졌다.(22장)

병신(1836, 54세) 사국(史局)에 나갔다. 서유구, 홍석주, 조인영 등과 의논하였다. 건강이 좋지 않아 말미를 얻어 잠시 쉬었다.(26장) 소계 83장

제6책

정유(1837, 55세) 예조판서에 올랐다. 장악원(掌樂院)의 업무를 보았다. 아들 기세가 문과에 병과(丙科)로 급제하였다.(26장)

무술(1838, 56세) 기우제 초고를 짓자 소나기가 왔다. 태묘추향(太廟秋享)과 경모궁(景慕宮)의 제사를 모셨다. 병으로 말미를 얻어 시흥에서 지냈다.(27장)

기해(1839, 57세) 의금부에서 죄인 후송하는 일에 대해 의논하였다.

표문(表文), 소(疏) 등을 지어 올렸다. 약원(藥院)의 업무에 대해 의논하였다.(22장) 소계 75장

제7책

경자(1840, 58세) 함경도관찰사가 되어 낙민루(樂民樓)의 시회(詩會)에 나갔다. 남공철이 세상을 떠났다. 가래와 번열기가 심해졌다.(22장)

신축(1841, 59세) 우의정이 되었다. 사옹원(司饔院)의 도제조·제조의 일과 좌의정 김홍근의 사면(辭免) 문제를 의논하였다.(30장)

임인(1842, 60세) 좌의정이 되었다. 3차례에 걸쳐 기우제를 지냈다. 박영원, 조인영 등과 가벼운 죄인을 처벌하는 규정에 대해 의논하였다.(25장) 소계 77장

제8책

계묘(1843, 61세) 판중추부사(判中樞府使)가 되었다. 헌종비 효현왕후 김씨가 돌아가셨다. 부부의 회갑을 맞았다.(33장)

갑진(1844, 62세) 동회시(東會試)에 나갔다. 헌종께서 경희궁으로 옮기시고 비(妃 정휘왕후 홍씨)를 책봉하셨다. 인천에서 잠시 머물다 돌아왔다.(22장)

을사(1845, 63세) 정시문과가 실시되어 시관으로 나갔다. 평양에 머물다 돌아왔다. 막내와 큰며느리를 데리고 연안에 다녀왔다.(15장)

병오(1846, 64세) 조만영이 세상을 떠났다. 수릉(綏陵)을 신릉(新陵)으로 천봉(遷奉)하게 되었다. 상량문(上梁文), 계사(啓辭) 등을 지어 올렸다.(병오년 書眉에 小註가 많이 있음) (19장) 소계 89장

제9책

정미(1847, 65세) 손자 범조(範祖)가 혼례를 치렀다. 경모궁(景慕宮)

춘향(春享)과 태묘(太廟)의 하향(夏享)을 모셨다. 빈궁(嬪宮)을
재간(再揀)하는 일이 있어 경빈(敬嬪)의 관례(冠禮)에 축사를 지
어 올렸다.(19장)

무신(1848, 66세) 영의정이 되었다. 손자 범조가 감시(監試)에 응시하
였다. 경술문학(經術文學)과 나국(拿鞫)하는 일에 대해 논의하였
다.(25장)

기유(1849, 67세) 헌종께서 승하하셨다. 덕완군(德完君 철종)의 영립
(迎立)을 주관하여, 강화도에 가서 모셔왔다. 영중부추사(領中樞
府事)가 되었다가 말미를 얻어 쉬었다.(11장) 소계 76장

제10책

기유(1849, 67세) 건강이 안 좋아졌다.(書眉에 小註가 많이 있음)
(48장)

경술(1850, 68세) 황태후께서 돌아가셨다. 조인영이 세상을 떠났
다.(33장) 소계 81장

제11책

신해(1851, 69세)『헌종실록(憲宗實錄)』이 간행되었다. 후추, 생게 등
을 하사받았다. 문과가 실시되어 시관으로 나갔다.(30장)

임자(1852, 70세) 흉년으로 유랑민이 많아진 일에 대해 수습할 일을
의논하였다. 외읍(外邑) 도결(都結)이 금지되었다. 권돈인이 풀
려 나왔으므로 맞이하였다.(29장)

계축(1853, 71세) 아들 기세가 강화유수에 임명되었다. 가뭄에 굶어
죽는 이에 대한 대책을 의논하였다. 새로 영의정이 된 김좌근과
자주 만났다.(20장) 소계 79장

제12책

갑인(1854, 72세) 아들 기세가 전라도관찰사가 되었다. 문과와 도내의
　　　백일장에 시관으로 나갔다. 순천, 구례, 곡성 세 고을에 수재가
　　　심하여 수습, 위로차 다녀왔다.(26장)

을묘(1855, 73세) 영의정 김좌근 등과 송석원(松石園)에서 대신회(大臣
　　　會)를 가졌다. 며느리들이 손자들을 데리고 합천에 갔다. 건강이
　　　좋지 못하여 쉬었다.(29장)

병진(1856, 74세) 원주에 머물다 돌아왔다. 영남에 수재가 심하여 대책
　　　을 의논하였다. 신릉(新陵)에 금정(金井) 틀을 놓는 일을 감독하
　　　였다. 박회수, 이돈영, 홍익주 등과 다녀보았다.(22장) 소계 77장

제13책

정사(1857, 75세) 순조비 순원왕후(純元王后)께서 돌아가셨다. 순종의
　　　묘호(廟號)를 순조로 고쳤다. 인정전을 수리하는 일을 박회수,
　　　김도희, 조두순 등과 의논하였다.(32장)

무오(1858, 76세) 문과에 조카 기회(基會)가 응시하였다. 손자 범조가
　　　이천에서 돌아왔다. 손자사위가 질병으로 죽었다.(24장)

기미(1859, 77세) 영의정이 되었다. 관청의 기강이 문란해지고 민란이
　　　빈발하므로 암행어사 생읍(椎邑)의 고법을 부활할 것을 건의하였
　　　다. 손자 범조가 문과에 병과로 급제하였다.(27장) 소계 83장

제14책

경신(1860, 78세) 한성에 전염병이 크게 퍼졌다. 손자 범조가 홍문관에
　　　등용되었다. 외손 윤자복이 병으로 죽었다.(26장)

신유(1861, 79세) 경희궁을 보수하는 일이 완료되어 철종께서 경희궁
　　　으로 옮기셨다. 손자 범조가 대교(待敎)가 되어 아패(牙牌)를 받
　　　들었다. 손자 선조(善朝)가 관례를 치렀다.(29장)

임술(1862, 80세) 진주, 익산 등에서 민란이 일어나고, 충청, 경상, 전라 각지로 확대되었다. 임술민란이 일어났다. 아들 기세가 판의금부사(判義禁府事)와 형조판서가 되었다.(24장) 소계 79장

제15책

임술(1862, 80세) 삼정이정청(三政釐正廳)의 총재관(總裁官)이 되었다. 삼정의 문란을 시정하고자 노력하였다. 삼정에 관한 옛 법규를 복구하고자 하였다.(9장)

계해(1863, 81세) 철종께서 승하하셨다. 대왕대비 조씨(趙氏)의 전교로 흥선군의 둘째 아드님 명복(命福 고종)께서 즉위하셨다. 고종께서 즉위하기까지 원상(院相)이 되어 국정을 관장하였다.(32장)

갑자(1864, 82세) 실록청의 총재관이 되어 철종실록의 편찬을 주관하였다. 왕의 행차에 옥당(玉堂)이 수행하는 것을 제도화했다. 아들 기세가 병조판서에 오르고, 손자 범조가 좌참찬에 올랐다.(35장) 소계 76장

제16책

을축(1865, 83세) 경복궁을 중건하는 일을 의논하였다. 종친부(宗親府)와 의빈부(儀賓府)는 조회하는 동쪽 반렬에 입참(入參)하게 하였다. 식년(式年) 문과 회시(會試)가 실시되어 시관으로 나갔다.(30장)

병인(1866, 84세) 경복궁 중건 공사를 하던 중 큰 화재가 발생하였다. 장보각(藏譜閣)의 실화로 어진(御眞)을 냉천정(冷泉亭)으로 이봉(移奉)하였다. 양인(洋人 프랑스인)이 탄 배 4척이 정박하여 방화하고, 약탈한 뒤에 돌아갔다.(32장)

정묘(1867, 85세) 식년 문무과 전시(殿試)에 시관으로 나갔다. 대원군과 새로 영의정이 된 김병학 등과 일을 의논하였다. 철종의 어진

(御眞)을 천한전(天漢殿)으로 이봉(移奉)하였다.(16장)

무진(1868, 86세) 왕께서 '노(老)', '경(經)', '산(山)' 3자를 친히 써서 내려주셨다. 왕께서 춘당대(春塘臺)에서 참반유무(參班儒武)를 실시하셨다. 사위 윤주진이 질병으로 죽었다.(19장)

기사(1869, 87세) 왕이 사직단(社稷壇)에서 기곡대제(祈穀大祭)를 행하는 일에 동참하였다. 전라도에 민란, 화재 등이 잇달아 일어났다. 경무대에서 실시된 경과(慶科) 정시(庭試)에 시관으로 나갔다.(5장) 소계 102장

제17책

기사(1869, 87세) 문묘(文廟) 수리가 완성되어 응제시(應製試)가 실시되자, 손자 경조(景朝)와 근조(謹朝)가 응시하였다. 종로에 큰 불이 일어나 종각이 소실되었다. 증손 백경(百慶)이 삼가례(三加禮)를 행하였다.(5장)

경오(1870, 88세) 양주(楊州)에 잠시 머물다 돌아왔다. 대왕대비전 탄신일을 맞아 세자, 세손의 묘호(墓號)가 원(園)으로 승격되었다. 정시(庭試) 문무과가 실시되어 시관으로 나갔다.(8장)

신미(1871, 89세) 경무대에서 알성(謁聖) 문무과가 시행되어 시관으로 나갔다. 건강이 좋지 않아 궁중의 여러 행사에 모두 불참하였다. 말미를 얻어 약을 먹으며 쉬었다.(7장)

임신(1872, 90세) 제릉(齋陵)과 후릉(厚陵)에서 왕이 친제(親祭)를 행하실 때 모시고 동참하였다. 알성 문무과가 시행되어 시관으로 나갔다. 영건도감(營建都監)을 폐지하기로 한 데 따라 강령전(康寧殿), 경회루(慶會樓) 등의 상량문을 지었다.(8장)

계유(1873, 91세) 1월 1일에 다례(茶禮)에 동참하였다. 91세 생일은 드문 일이므로 고종이 하연(賀宴)을 베푸실 거라는 말을 전해 들었다. 쌀, 목화, 기름 등을 하사받았다. 1월 2일에 담체(痰滯), 오한

(惡寒) 등의 증세로 약을 지어 먹었다. 1월 3일에 세상을 떠났
다.(2장) 소계 30장

『경산일록(經山日錄)』의 중요성은 왕조실록에도 실려 있지 않은 사
실을 자세히 기록한 점에 있다. 『헌종실록』에는 헌종이 세상을 떠나
던 날인 1849년 6월 5일의 기록이 "약원에 명하여 윤직하게 하였다[命
藥院輪直]"는 다섯 글자 뿐이다. 그러나 『경산일록』에는 실록에 없는
글과 자신이 듣고 본 헌종의 마지막 모습을 상세하게 기록하였다. 그
는 판중추부사(종1품)로 있으면서 왕실의 신임을 얻고 있었기 때문에,
승하와 즉위 과정에서 막중한 임무를 맡게 되었던 것이다. 너무 긴
느낌이 있지만 참고삼아 인용하기로 한다.

저녁에 약방장무관(藥房掌務官)이 임금의 상태가 더 심해졌다고 글로
알려왔다. 들어가서 교대로 숙직하였는데, '사정이 훨씬 더 놀랍고 걱정
스럽다'고 계가 내려왔다. 임금의 상태는 지난 겨울에 귤피탕(橘皮湯)
2제를 올렸고, 또 체증(滯症) 때문에 항상 향사군자탕(香砂君子湯)을 올
려왔다. 정월부터 물리셔서, 약을 올려도 자주 체하고, 편안히 자지 못하
는 등의 증세가 있었다. 매번 안에서 의관을 불러 들일 때마다 변종호·
이하석·김형선 등이 들어가 진료하여 약을 올렸으나, 평위전(平胃煎)과
양위전(養胃煎)을 군자탕 등에 가미한 처방에 불과했다. 여러 증상이 나
아졌다 못해졌다 일정치 않았다. 임금의 얼굴이 야위고 누렇게 떴으며,
통통했던 피부가 말랐다. 앞의 모든 사정이 우려되었다. 위에서는 밖에
소동이 일어날까 염려해서 숨기고 알리려 하지 않았다. 그래서 의관들도
감히 드러내놓고 말하지 못했으며, 약원(藥院)에서도 자세히 알지 못했
다. 4월 20일 후 약방도제조 권돈인이 의관을 데리고 들어가 의약 등절로
진료하였다. 약방에서 주관하여 우러러 청하여, 비로소 약원에서 들어가

진료했다. 또 탕제를 들고 와 기다리며 아뢰었다.

"또 귀용군자탕(歸茸君子湯) 스무첩을 올립니다."

5월 13일에 영중추부사가 온김에 임금을 문안하였다. 영중추부사 조인영이 지난 해부터 다리에 병이 있어 임금께서 입궐하지 말도록 했는데, 이날에 이르러 처음으로 문안한 것이다. 참판 조병준, 승지 조병기도 이튿날 입궐하였다. 의약 등절을 영중추부사가 주장하였다. 들어가 진료하고 약을 의논하는데, 약방에서 제대로 다 알지 못했다. 권도상도 병이 있어 약원에 오지 못했다. 그 사이에 면천에 사는 시골 의사 이명위가 궁궐문에서 약리(藥吏)를 불렀기에, 그를 올라오게 하였다. 그가 들어와 진료한 뒤에 대가미신기탕(大加味腎氣湯)을 내면서

"비경(脾經)과 신경(腎經)이 모두 허하다."

고 말했다. 그 약을 들여왔으나, 영중추부사가 "재료가 많다"는 이유로 쓰지 않았다. 또 해주군수 박제안이 들어와 진료하더니, 산출군자탕(蔘尤君子湯)을 내오게 하였다. 여러 첩 올렸더니, 며칠 전부터 또 한기가 일었다 열이 났다 하는 증상이 있었다. 사지와 복부의 부기가 이미 한 달 가까이 되었고, 소변이 적어졌다. 하룻밤에 예닐곱 번 소변을 보아도 요강의 반쯤밖에 안 되었다. 부기가 혹시 좀 빠지면 원기가 더욱 손상되었다. 이에 이르러 설사까지 점점 심해졌으나 약원에서도 자세히 몰랐다. 며칠 전에 임금의 잠자리가 편치 못하고 미음도 잘 넘기지 못한다는 말을 들었다. 글로 도상에게 물으니,

"임금의 제절(諸節)이 조금씩 나아져서 회복을 바랄 만하다는 의관의 말을 들었다."

고 대답하였다. 도상도 잘 모르고 그렇게 말한 것이었다. 의관은 변종호와 이기복이 밤새 숙직을 했으며, 이하석이 드나들었다. 이하석이 매번 도상의 집에 가서 알렸다. 이날 저녁에 급한 소식을 듣고 저녁을 먹은 뒤에 궁궐로 향했는데, 가는 길에 '차례대로 숙직한다'는 소식을 들었다. 조방(朝房)에 나아가니 영중추부사 조대감이 조방에 있었다. 내가 임금

의 제절을 묻자,

"더 위중해져서 문의 자물쇠를 잠그려 하기 때문에 나왔다."

고 대답하였다. 도상은 또 자물쇠를 따라 궁궐 문지기를 내보내고 본가로 향하였다. 내 생각에 도상이 본가로 향하니 임금의 제절에 시급한 근심은 없는 것 같았다. 그래서 문에 남아 있었다. 정전의 뜰에 나아가 차례대로 숙직에 참여한 다음, 임금께 문안하고 나와보니 이미 3경이 지났다. 여러 관료와 2품 이상이 모두 돌아갔다.

나도 집으로 돌아와 잠시 앉아 있다가 조방에 나아갔다. 이날이 초엿새였다. 자물쇠가 열리기를 기다려 정전의 뜰에 나아가 문안에 참여하였다. 좌의정 김도희·판부사 박회수와 함께 약방에 갔더니 제조 서좌보와 부제조 홍종응이 약원에 있었다. 도상은 병 때문에 들어오지 않았다. 내가 '가마를 타더라도 꼭 약원에 들어와야 한다'는 뜻을 도상에게 알리게 했다. 도상이 조금 후 들어왔기에, 내가 말했다.

"어찌 숙직을 청하지 않는 게요? 대신이 또 어찌 문안 여쭙기를 청하지 않는 게요?"

도상이 말했다.

"숙직을 청하는 것은 지금 역시 시간이 지났습니다. 만약 할 수 있다면 소생이 어찌 하지 않겠습니까?"

영중추부사가 '임금께서 싫어하신다'는 말을 듣고 숙직을 청하지 못하게 했다고 말하는 것이었다. 영중추부사가 일찍 문안을 여쭈러 들어갔다가 듣고서 곧 주원(廚院)에 나와 앉았다. 나는 '임금의 환후가 조금 나아져서 영중추부사가 나와 앉았구나'라고 생각했다. 잠시 있다가 계부군자탕(桂附君子湯)에 인삼 한 냥쭝을 달여서 들었다. 임금께서 놀라고 근심스럽게 한 다음에 또 '안에서 영중추부사를 들랍신다'는 말을 들었고, 영중추부사가 도상에게 글을 맡기는 것을 보았다. 그를 시켜 곧 '숙직을 옮기라'고 청하니, 온 약원이 크게 놀랐다. 급히 일어나 주원으로 가는 길에 '대신과 각신(閣臣)은 입시하라'는 하교가 있었다고 들었다. 들어가려는

즈음 아랫사람이 전하는 말을 들었는데, '중희당 방안에서 이미 곡성이
났다'는 것이었다. 슬프구나! 이 무슨 일이란 말인가?

헌종이 승하한 소식이 5일 날짜 끝부분에 기록되었지만, 사실은 6
일이다. 그가 잠을 자지 않았기 때문에 잇달아 기록했을 뿐이다. 자물
쇠가 열리기 전부터 기다리다가 정전 쪽으로 향했는데, 이미 곡소리
가 났다. 임금이 세상을 떠나면 세자가 이어 즉위해야 하는데, 헌종
경우에는 세자를 미리 정하지 못했다. 그래서 왕실의 어른인 대왕대
비 순원왕후가 원로대신들의 의견을 들어 후사를 정했는데, 정원용이
강화도령 이원범을 모셔다가 즉위하는 과정까지 책임을 맡았다. 그래
서 6일의 일기도 실록보다 훨씬 더 자세하다.

판부사 권돈인·좌상 김도희·판부사 박회수 및 각신(閣臣) 김학성·
서희순 등과 함께 중희당에 들어가 뵈었다. 중희당 뜰에 들어가자마자
곡소리가 방안에서 나왔다. 내가 계단에서 마루에 오르자, 영중추부사
조인영이 마루에서 일어나 물러났다. 내가 옷깃을 잡고 말했다.
"이게 무슨 일이오?"
이어서 함께 방을 통해 협방으로 갔다. 장지문을 열어보니 임금께서
아래컨에 누워 검은색 겹이불을 덮고 계셨다. 방의 가리개 안에서는 내전
께서 곡소리를 내고 계셨다. 영중추부사가 이불을 걷어보니 얼굴부분이
백지로 덮여 있었다. 그 모습을 보자 놀랍고 애통하여 소리를 질렀으며,
나도 모르게 목이 메도록 통곡하였다. 여러 대신들이 도승지 홍종응을
시켜 대보(大寶)를 찾게 하였다. 좌상에게 맡겨 대보를 대왕대비전에 바
치자, "도승지가 보궤(寶櫃)의 자물쇠를 열라"는 전교가 글로 내렸다. 내
가 말했다.
"살피고 삼가는 방법은 이렇습니다. 대보(大寶)를 봉한 종이를 찢어서

보고 살핀 다음에 종이를 바꾸어 봉합니다. 자물쇠를 채운 뒤에, 종이에
다 '신 아무개가 삼가 봉합니다'라고 써서 봉해야 됩니다."
도승지가 내 말대로 했다. 승전색(承傳色)에게 청해 동조(東朝)에 바쳤
다. '종묘 사직과 산천에 기도를 행하려 하는데, 축문 가운데 쓴 사람이
누구라고 칭할 것이냐'고 향실(香室)에서 통지가 왔다. 영중추부사가 일
렀다.
    "마땅히 중전이라고 써야 한다. 왕비 홍씨가 아무개 관원을 보내 분명
하게 아뢴다고 칭하여라."
    동조에 아뢰자, 그렇게 쓰라고 하교하셨다. 그러자 여러 사람들이 "종
묘 사직의 축문에는 내전(內殿)이라고 쓸 수 있겠지만, 산천의 축문에는
써서는 안 되니, 좌상이 쓴 것으로 하는 것이 옳다"고 하였다. 영중추부사
도 역시 "그 말이 옳으니 또 아뢰어 정하자"고 하였다. 내가 말했다.
    "좌상이 어찌 삼가 아무개 관을 보내어 태묘(太廟)에 아뢴다고 할 수
있습니까?"
    영중추부사도 그렇다고 여겨 "'시켜서[使]'라고 쓰는 것이 옳겠다"고
말하고는, 끝내 이렇게 거행하였다. 내 생각은 대신이 태묘에 고하는
것이 왕비가 관리를 보내 고하는 것만 못하다는 것이었다. 비록 산천으로
말하더라도 이 역시 바로 우리나라의 산천이니, 국왕의 비(妃)가 기도하
는 것이 예에 어찌 안될 것이 있단 말인가?
    대비께서 "권판부사(權判府事)를 원상(院相)으로 삼으라"고 전교를 내
리셨다. 이것은 본래 영의정이 하는 직임이었으나, (이번에는) 원임대신
(原任大臣)이 대신 행하게 되었다. 옛날에는 이런 경우가 없었다. 어떤
이는 "원임대신이 한 적이 있다"고 말하는데, 이는 제대로 알지 못하는
자이다. 성종과 명종께서 들어와 보위를 계승할 때는 위태롭고 불안한
즈음이었기 때문에 시임(時任)과 원임대신이 아울러 원상을 하였고, 또
숭품(崇品) 및 좌찬성·우찬성에게 청해 함께 원상으로 발령을 내었다.
어찌 원상을 한 명만 두면서 영의정이 전적으로 맡지 않았던 예이겠는가?

권대감이 좌상에게 말했다.

"나라에 어찌 하루라도 임금이 없을 수 있겠습니까? 지금은 상(喪)을 거행하고 있으니, 마땅히 동조를 뵙기를 청해 미리 사직(社稷)에 대한 계획을 정하는 것이 좋겠습니다."

좌상이 (동조에게) 곧바로 뵙기를 청하지 않자, 권대감이 여러 차례 말하였다.

"대면(對面)을 청하기 어렵다면, 판서 김좌근에게 청하여 '오늘 뵙기를 청할 뜻이 있다'고 먼저 동조에 아뢰는 것이 좋겠습니다."

좌상이 말했다.

"원임대신이 함께 들어가는 것이 좋겠소."

권대감이 말했다.

"이것은 시임대신의 일입니다."

이러는 동안에 해는 이미 유시(酉時)가 되었다. 동조에서 "시임과 원임 대신들은 들어오라"는 전교가 있었다. 우리들이 희정당에 입시하니 대왕 대비전께서 서쪽 상방(上房)에 발을 드리우고 계셨다. 우리들이 앞으로 나아가자, 대비께서 슬프게 곡을 하셨다. 우리들도 통곡하였다. 한참 있다가 대비께서 말씀하셨다.

"하늘이 어찌 차마 이러시는지! 하늘이 어찌 차마 이러시는지!"

조인영이 말했다.

"오백년 종사가 오늘 갑자기 이 지경에 이를 줄 어찌 헤아렸겠습니까?"

내가 말했다.

"신들이 복이 없어 이같이 산이 무너지고 땅이 갈라지는 슬픔을 만나게 되니, 천지가 막막하여 무슨 말로 위로를 드리겠습니까? 그러나 지금 종사(宗社)의 위급함을 돌아보면 참으로 위태합니다. 신하와 백성들이 우러러 바라보고 있는 분은 오직 우리 대비 전하뿐입니다."

권돈인이 말했다.

"신들이 불충하기 짝이 없어 이런 망극한 변을 만났습니다."

대왕대비전께서 가로막으며 하교하셨다.

"종사를 맡길 일이 시급하니….'

그 나머지는 말씀과 흐느낌이 반반이었고 소리가 작아 여러 신하들이 자세히 듣지 못하였다. 내가 아뢰었다.

"종사의 대계가 시급합니다. 엎드려 바라오니, 너그럽게 감정을 억누르시고 분명히 하교하셔서, 신들이 상세히 받들어 듣게 해 주십시오. 이것은 막중하고 막대한 일이라, 말씀으로만 받들 수 없습니다. 엎드려 바라오니, 글자로 써서 내려주십시오."

대비께서 하교하셨다.

"여기에 글자로 쓴 것이 있소."

발 안에서 종이 한 장을 내놓으시고, 또 하교하셨다.

"차례로 본 후에 진서(眞書)로 번역하는 것이 좋겠소."

내시가 무릎을 꿇고 받아서 도승지 홍종응에게 주었다. 홍종응이 무릎을 꿇고 받았다. 내가 홍종응을 시켜 앞에 나아가 큰 소리로 언문(諺文)으로 된 교지를 읽게 한 후에, 여러 대신들이 함께 보았다. 홍종응이 번역한 것을 읽어 아뢰었다.

"종사를 맡길 일이 시급하다. 영묘조(英廟朝)의 혈맥(血脈)은 지금 임금과 강화부에 거주하는 이 사람뿐이다. 이 사람에게 종사를 맡기기로 정하라."

(이름) 두 글자 옆에 '즉 광(玉廣─한 글자)의 셋째 아들이다'라고 쓰여 있었다. 읽기를 마치자, 내가 말했다.

"연세가 지금 얼마입니까?"

대비께서 말씀하셨다.

"열아홉살이오."

내가 말했다.

"종사의 계획이 정해졌으니, 참으로 신하와 백성들에게 기쁘고 다행스러운 일입니다."

조인영이 말했다.

"먼저 군(君)으로 봉해야 할 것 같습니다."

대비께서 말씀하셨다.

"맞아들여 오는 의례와 절차를 예에 따라 거행하시오."

김도희가 말했다.

"대비께서 수렴청정(垂簾聽政)하시고, 절목(節目)은 전례에 따라 해당 관아에서 마련하는 것이 좋겠습니다."

대비께서 말씀하셨다.

"새 왕께서 연세가 스물이 가깝고, 나는 나이가 예순이 넘어 정신도 혼미해졌소. 지금 어찌 다시 이 일을 논의할 수 있겠소만 국사가 지극히 중요하여, 지금은 당연히 힘쓰고 따라야 할 일을 회피할 생각은 없소."

조인영이 말하였다.

"종사의 대계가 이미 정해졌으니, 군사를 얼마쯤 먼저 정하여 보내 본가를 지키도록 하는게 좋겠습니다."

대비께서 말씀하셨다.

"그렇소. 병조와 도총부의 당상관과 낭관이 삼영문(三營門)의 군사를 이끌고 먼저 가서 보호하는게 좋겠소."

또 하교하셨다.

"선묘조등록(宣廟朝謄錄)에 상고할 만한 예가 없소?"

조인영이 말했다.

"지금 상고할 만한 곳이 없습니다."

김도희가 말했다.

"지금 이번 봉영 때 정경 대신 가운데 누가 나가야 합니까?"

대비께서 말씀하셨다.

"전례는 어떠하오?"

조인영이 말했다.

"선묘조에 도승지 이양원이 나갔고, 명나라 세종 봉영 때에는 태학사가 나갔습니다."

대비께서 말씀하셨다.

"대신이 나가시오."

도희가 말했다.

"어느 대신이 나갈까요?"

자성께서 말씀하셨다.

"정 판부사가 나가시오."

종응이 말했다.

"어느 승지가 나갈까요?"

대비께서 말씀하셨다.

"도승지가 나가시오."

내가 말했다.

"이번 일은 대단히 중대합니다. 서신을 받들어 공손히 전하고 공손히 받아야 실제로 예절에 부합됩니다. 이제 자교(慈敎)를 내리시어, 승정원에서 정서하여 대비께 보이게 하고, 옥새를 찍어 돌려보내서 채여(彩輿)에 받들고 의장(儀仗)을 갖추어, 신들이 함께 나아가 공손히 전하는 것이 옳습니다."

대비께서 하교하셨다.

"사리가 과연 아뢴대로이니, 그렇게 하면 될 것이오."

또 하교하셨다.

"임금께서 오실 때에 쌍교(雙轎)로 행차하시는 것이 좋겠소."

이에 물러나 사옹원에 앉아서 예조의 아전을 불러 의주(儀注)를 내오게 하고, 병조의 아전을 불러 배위절목(陪衛節目)을 내오게 했다.(배위절목 줄임)

처음에는 금군 100명, 총영군 200명이었으나 모두 반수로 줄였고, 전어군(傳語軍)은 200명이 정해진 수였으므로 단지 위군(衛軍) 10명으로 부자(部字) 안에 명령을 전하게 했으며, 부(部) 밖은 경기감영에서 정해

보내게 하여 폐단을 없앴다. 그리고 삼영(三營) 및 총영(總營)에서 각기
군병의 노자를 내려보내게 하여, 관청의 주방 및 여염집에 식량을 요구하
지 않게 하였다. 이어 주사(籌司)로부터 경기 감영에 이 뜻으로 공문을
보냈다.

  관례(冠禮) 여부를 자세히 알지 못하므로, 상의원에 백포(白袍) 및 백대
(白帶)를 만들어 오게 하여 진상하는 의복을 갖추었다. 승정원에서 도승
지가 대비의 교서를 자문지에 정서하여 다시 돌려보냈다. 그 후 (대비의
교서를) 채여에 받들고 의장을 갖추어 돈화문을 나섰다. 기마가 채여를
배행하였다. 도승지 홍종응·한림 윤정선·주서 한경원·병조참판 황호
민·부총관 이근우가 동행하였다. 남대문을 나서서 依幕에서 쉬며 저녁
밥을 먹었다. 녹사 박재덕·친척인 비장 정학유·겸인 지인석·종 도야
지 등 여러 사람이 따로 배행하며 따라갔다.

  (약속한 장소에) 경기 감영의 역마가 와서 기다리고 있지 않았다. 초경
부터 4경까지 앉아서, 경기감사 김기만이 배행하러 오기를 기다렸다.
약현(藥峴) 의막에 앉아 있는데, '기마가 모자라서 앉아있다'는 말을 (경
기감사가) 듣고 급히 사인교 한 대와 교군 8명을 보내왔다. 그래서 이것을
타고 전진하였다. 밤이 어둡고 비가 쏟아졌는데, 횃불까지 없었다. 간신
히 양화진 나루에 닿았더니, 배는 모두 앞사람이 다 타고 가버렸다. 게다
가 바람이 불고 물이 불어나 잠시 쉬었다. 진장(鎭將)이 수레 안에서 횃불
을 잡고 양화진을 건넜다. 먼저 도승지에게 채여를 배행하여 앞서 가게
하였다.

실록의 몇십 배 되는 2일 동안의 일기만 보더라도, 『경산일록』의
내용이 얼마나 상세한지 알 수 있다.

5. 가치

정원용은 20세에 문과에 급제한 뒤에 오랜 기간에 걸쳐 사관이나 승지 벼슬을 하며 임금 측근에서 신임을 얻었다. 청나라 사신을 영접하거나, 동지사로 청나라에 다녀오면서 외교감각을 익히기도 했다. 강원도와 평안도·함경도관찰사를 역임하며 백성들을 잘 다스렸고, 예조·이조판서를 거쳐 좌의정에 올랐다. 1848년에 영의정이 되어 철종과 고종을 보필하고 영중추부사에 이르렀다. 벼슬살이 72년 동안 충성과 정직으로 임금을 섬겼으며, 철종과 고종이 즉위할 때에 인망을 얻은 재상으로 과도기를 잘 넘겼다. 일상생활에 검소하여 살림에 관심이 없었으므로, 91세 생신에는 고종이 하연을 베풀기까지 했다. 이러한 그의 일생이 『경산일록』에 그대로 기록되어 있다.

이 일기는 우선 한 개인이 91년 동안 기록한 17책의 분량만으로도 그 가치가 높다. 물론 그가 91세나 살며 장수한데다 72년이나 벼슬생활을 했기에 그 엄청난 분량이 가능했겠지만, 그 긴 세월 동안 날마다 자신의 행적을 기록한 그의 역사의식도 놀랍다. 헌종이 세상을 떠나고 강화도령이었던 철종이 즉위하기까지 숨가쁜 며칠 동안의 일기는 하루에 6-7장씩 썼으니, 실록에서 미처 기록하지 못한 부분까지, 정권의 핵심에 있었던 자신이 보고 들은 사실들을 기록으로 남겨 뒷날의 사료로 삼으려 했음을 알 수 있다.

이 일기는 단순한 개인 일기를 넘어서, 외척세도가 발호한 철종·고종시대에 안동 김씨가 아니면서도 30년 넘게 재상을 역임한 원로대신의 경륜이 기록되어 있다. 본문에서는 일기의 제목을 『경산종환일록(經山從宦日錄)』이라고 했으니, 벼슬생활에서 중요하게 생각한 사실들을 기록한 것이다. 하루에도 몇 차례 자신의 벼슬이 바뀌었다는 기록을 보면, 임기가 보장되지 못하고 임금이나 고관들의 마음에 따라 임면되었던 관원들의 애달픔이 느껴지기도 한다. 과거시험을 치르고 급제하여 벼슬생활을 시작하는 과정부터 출퇴근하는 모습이 자세히 기록되어, 사대부의 생활사를 살펴보기에도 좋은 자료이다. 부모가 세상을 떠나면 벼슬을 내어놓고 무덤을 지키는 것이 당시의 예법이었는데, 그의 경우에는 아버지의 삼년상을 마치자마자 어머니가 또 돌아가셔, 벼슬이 한참 올라가던 무렵에 여러 해 동안 벼슬에서 떠나야만 했던 모습을 보여주기도 했다. 그는 철종이 세상을 떠나고 고종이 즉위하는 과정에서도 원상(院相)으로 막중한 임무를 맡았다. 이 시기가 노론의 세도정치가 무너지고 대원군이 집권하며 외국 세력이 간섭하기 시작하는 시기이므로, 이 일기는 국내외 정치상황을 알 수 있는 역사적 자료이다.

연세대학교 중앙도서관 국학자료실에는 정원용의 후손들이 기증한 『경산집(經山集) 부록(附錄)』, 『약산록(藥山錄)』, 『기성록(箕城錄)』, 『북정록(北征錄)』 등의 문집 초고와 『연사록(燕槎錄)』, 『쇄사동정일기(曬史東征日記)』 등의 기행시문(紀行詩文) 등이 소장되어 있어, 『경산일록』과 함께 연구하면 갑절의 효과를 얻을 수 있다.

주계집

周溪集

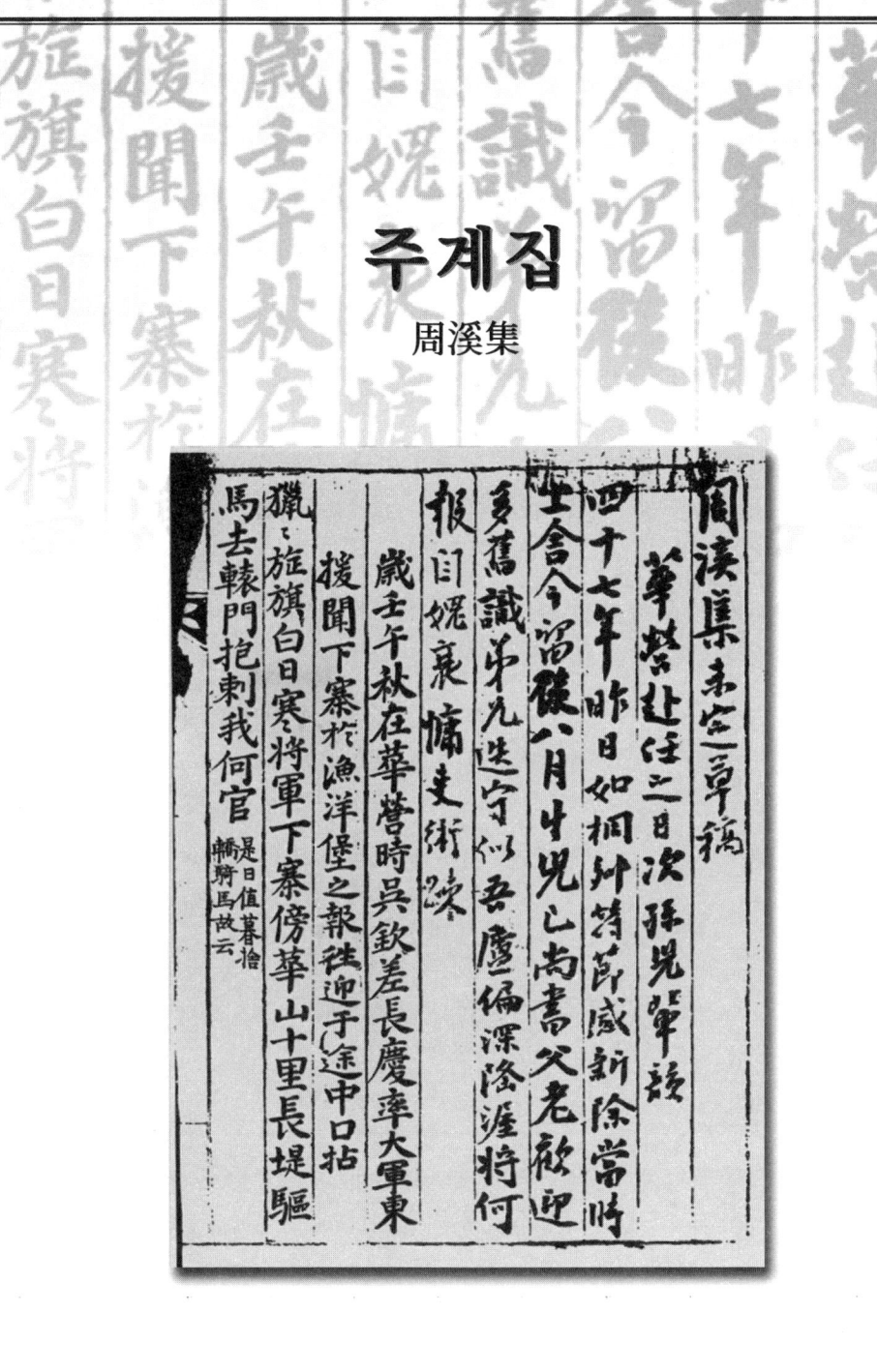

1. 서지

미정초고본(未定草稿本). 5책, 34.5×22.5cm. 10行 20字. 책 크기
일정치 않음.

2. 저자

정기세(鄭基世 1814~1884)의 본관은 동래, 자는 성구(聖九), 호는
주계(周溪)인데, 영의정 원용(元容 1783~1873)의 아들이며 우의정 범
조(範朝 1833~1898)의 아버지이다. 정원용의 증손자이자 연희전문학
교 교수였던 국학자 위당(爲堂) 정인보(鄭寅普 1892~?)가 문중에 전
하던 선조들의 문집을 백낙준박사를 통해 모두 연세대학교 중앙도서
관에 기증하면서 함께 기증되었다. 실록에 실린 사실과 문집 뒤에 실
린 가장(家狀)을 참조하여 저자의 생애를 정리하면 아래와 같다.

> 1814년(순조 14, 1세)
> 　11월 7일 아버지 정원용(鄭元容)과 예조판서 김계락(金啓洛)의 딸
> 인 어머니 정경부인 강릉 김씨 사이에서 3남 가운데 맏아들로 태어
> 났다. 태어나던 날 증조모의 꿈에 한 노인이 나타나서 "이 아이는
> 반드시 9세가 동거할 것이다[九世同居]"라고 하였다. 그래서 이름을
> 기세(基世), 자를 성구(聖九)라고 하였다.
> 1831년(순조 31, 18세)
> 　진사시에 2등으로 합격하였다. 아버지 정원용도 이 시험에 시관으
> 로 참여하였다. 동지사(冬至使)로 연경(燕京)에 가는 아버지를 따라
> 자제군관(子弟軍官)으로 청나라에 다녀오면서, 청나라 문인들과 교
> 유하며 시를 주고받았다.

1837년(헌종 3, 24세)

　　10월 11일 정시에 병과 1등으로 급제하였다.

1838년(헌종 4, 25세)

　　6월 29일 인정전(仁政殿)에서 베푼 한림소시(翰林召試)에 남병철(南秉哲)과 함께 뽑혔다. 예문관 검열에 제수되었다.

　　7월 27일 주서(注書) 추천에 뽑혔다.

1840년(헌종 6, 27세)

　　성균관 전적과 사간원 정언에 제수되었다.

1842년(헌종 8, 29세)

　　2월 4일 홍문록(弘文錄)에서 4점을 얻어 20인에 뽑혔다.

　　7월 2일 충청우도 암행어사 임무를 마치고 돌아와, 희정당에서 임금을 뵈었다. 서계(書啓)에 따라 수령 11명을 처벌하게 하였다.

　　7월 20일 도당회권(都堂會圈)에서 4점을 얻어 20인에 뽑혔다. 홍문관 부수찬에 제수되었다.

1843년(헌종 9, 30세)

　　약원 숙직사관에서 사헌부 장령으로 승진하였다.

1844년(헌종 10, 31세)

　　장악원정(掌樂院正)으로 전임했다가, 교리에 제수되었다.

1845년(헌종 11, 32세)

　　형조참의에 제수되었다가, 6월에 성천부사로 나갔다.

1846년(헌종 12, 33세)

　　병조참의에 제수되었다.

1847년(헌종 13, 34세)

　　호조참의에 제수되었다가, 가을에 좌부승지에 제수되었다.

1848년(헌종 14, 35세)

　　9월 7일 성균관 대사성에 제수되었다.

1849년(헌종 15, 36세)

　　헌종이 붕어하고 순원왕후가 수렴첨정할 때에 좌승지에 제수되었다.

1850년(철종 1, 37세)

5월 19일 이조참의에 제수되었다.(2차)

7월 12일 규장각 직제학에 제수되었다.

1851년(철종 2, 38세)

11월 2일 예방 승지로 경모궁 친제(親祭) 때에 가자(加資)되어 가
선대부(嘉善大夫)에 올랐다. 예조참판에 제수되었다.

1852년(철종 3, 39세)

11월 17일 홍문관 부제학에 제수되었다.

1853년(철종 4, 40세)

3월 14일 강화도 조운(漕運)을 원활하게 수행하기 위해 강화유수
에 제수되었다.

12월 1일 전라도관찰사에 제수되었다.

1854년(철종 5, 41세)

윤7월 8일부터 이듬해 9월 2일까지 봉화(奉化) 투서사건을 조사하
여 금성옥(琴聖玉) 등 7명을 포도청으로 올려보냈다.

10월 23일 조경묘(肇慶廟)와 경기전(慶基殿)을 개수(改修)하고 가
자(加資)되었다.

1855년(철종 6, 42세)

2월 18일 이조참판에 제수되었다.

8월 30일 승지로 있으면서 수릉(綏陵)을 천봉(遷奉)하는 과정에서
취토(取土)하여 가자(加資)되었다.

11월 21일 한성판윤에 제수되었다.(7차)

1856년(철종 7, 43세)

1월 24일 형조판서에 제수되었다.(5차)

10월 24일 예조판서에 제수되었다.(5차)

12월 11일 개성유수에 제수되었다.

1857년(철종 8, 44세)

　3월 19일 진찬(進饌)할 때의 공으로 가자(加資)되었다.

1859년(철종 10, 46세)

　9월 25일 규장각 제학에 제수되었다.

　10월 12일 부묘겸존호도감(祔廟兼尊號都監)의 제조(提調)로 가자(加資)되었다.

1860년(철종 11, 47세)

　9월 28일 병조판서에 제수되었다.(2차)

1861년(철종 12, 48세)

　3월 19일 의정부 좌참찬에 제수되었다.

1862년(철종 13, 49세)

　5월 13일 임술민란이 일어나자 수습을 위해 판의금부사에 제수되었다.

　5월 19일 이조판서에 제수되었다.(2차)

1863년(철종 14, 50세)

　5월 11일 판돈녕부사로 있으면서 천원도감(遷園都監) 제조(提調) 임무로 가자(加資)되었다.

　12월 13일 철종의 행장(行狀)과 시장(諡狀)의 찬집당상관으로 임명되었다.

1864년(고종 1, 51세)

　4월 29일 『철종실록』을 편찬하는 지실록사(知實錄事)에 임명되었다.(아버지 정원용은 실록총재관에 임명되었다.)

　7월 5일 예문관 제학에 제수되었다.(2차)

　9월 24일 홍문관 제학에 제수되었다.(3차)

1865년(고종 2, 52세)

　1월 30일 의정부 우찬성에 제수되었다.

1867년(고종 4, 54세)

　3월 27일 경회루 상량문 서사관(書寫官)에 임명되었다.

1868년(고종 5, 55세)

    11월 11일 익종대왕 옥책문(玉冊文) 제술관에 임명되었다.

1871년(고종 8, 58세)

    6월 27일 신미양요(辛未洋擾)를 수습하기 위해 광주유수에 제수되었다.

1875년(고종 12, 62세)

    7월 8일 좌부빈객에 제수되었다.

    7월 28일 좌빈객에 제수되었다.(2차)

    11월 17일 원접사(遠接使)에 임명되었다.

1876년(고종 13, 63세)

    11월 11일 익종대왕 악장문(樂章文) 제술관에 임명되었다.

1878년(고종 15, 65세)

    5월 13일 표석대자전문서사관(表石大字篆文書寫官)에 임명되었다.

    7월 3일 공조판서에 제수되었다.

1879년(고종 16, 66세)

    8월 17일 수원유수에 제수되었다.

1881년(고종 18, 68세)

    6월 25일 의정부에서 임기가 만료되는 정기세에게 수원유수를 한 차례 연임시키자고 아뢰자, 고종이 승인하였다. 이듬해 6월 12일에도 고종이 유임시키겠다고 다시 밝혔다.

1882년(고종 19, 69세)

    1월 17일 가례(嘉禮) 죽책문(竹冊文) 서사관(書寫官)에 임명되었다. 2월 21일에 그 공으로 품계가 올랐다.

    7월 15일 정자각(丁字閣) 상량문 제술관에 임명되었다.

    9월 1일 임오군란(壬午軍亂)을 수습하기 위해 한성판윤에 제수되었다.

1883년(고종 20, 70세)

    정월에 기사(耆社)에 들어갔다.

3월 17일 지사(知事)로 있으면서 정승 후보에 추천되었다.
1884년(고종 21, 71세)
5월 8일에 세상을 떠났다.

정승을 여러 차례 배출해낸 동래 정씨 출신에 영의정을 10여년 지
낸 원임대신 정원용의 아들이라는 점도 작용했지만, 그 자신이 뛰어
난 문장가에다 위기수습 능력에도 뛰어난 점을 인정받아 47년 동안
중용되었다. 대부분 청직에 있었으며, 지방관으로 나간 경우에는 대
개 민란(民亂)이나 군란(軍亂), 양요(洋擾)를 수습하였다. 한성판윤만
여섯 차례나 역임한데다 도성을 에워싼 개성부·강화부·광주부·수
원부 유수를 모두 거쳐, 왕실의 신임이 대단했음을 알 수 있다.

당대의 문장가로 인정받아 홍문관과 예문관 제학을 여러 차례 역임
했으며,『대전회통』과 실록 편찬에도 중임을 맡았다. 옥책문(玉冊文)
이나 악장문(樂章文) 같은 왕실의 문자를 많이 지었으며, 글씨도 잘
써 여러 차례 서사관(書寫官)에도 임명되었다. 5조 판서를 두루 거치
면서도 성격이 겸손하고 다른 사람의 뜻을 거스르지 않아, 기쁜 일을
알려주는 까치판서라고 불렸다.

정기세는 문집과 별도로 평생 일기를 썼는데, 이러한 전통은 그의
아버지 정원용에게서 시작되었다. 정원용은 1783년부터 1873년까지
91년 동안 일기를 기록했는데,『경산일록(經山日錄)』은 17책 분량이
다. 정기세는 18세 되던 1831년부터 세상을 떠나기 1년 전인 1883년까
지 53년 동안 일기를 썼는데, 그가 기록한『일록(日錄)』은 15책 분량
이다. 이 일기는 정기세 자신을 연구하기 위한 자료가 될 뿐만 아니
라, 19세기 중반의 정치사와 생활사를 연구하기 위한 귀중한 자료이
기도 하다.

3. 구성

분권(分卷)되지 않고, 서발(序跋)도 없어, 문집으로 편집된 상태가
아니다. 한 사람의 글씨가 아니며, 이따금 빠진 글자를 보완하거나
틀린 글자를 고친 자취가 있는 것을 보면 미정초고(未定草稿)임을 알
수 있다. 정기세의 아들 범조가 고종사촌형 윤자덕에게 교정을 부탁
했지만, 윤자덕 자신도 60 가까운 나이인데다 몇 년 뒤에 세상을 떠나
게 되어 결국 미정초고(未定草稿)로 남게 된 듯하다. 권수제(卷首題)
가 따로 없는데, 초고에 빠진 시 「화영부임지일차손아배운(華營赴任
之日次孫兒輩韻)」을 보사(補寫)하면서 그 앞에다 '주계집미정초고(周
溪集未定草稿)'라는 제목을 붙였다.

1) 1책

목차도 따로 없이 시(詩)가 시작된다. 시와 서(書), 발(跋) 등이 체
제를 가리지 않고 섞여서 편집되었다. 원폭(原幅)·별폭(別幅)·답폭
(答幅) 등이 덧붙어 있는 서(書)도 있다. 모두 수원부 유수로 있는 동
안 임오군란을 수습하기 위해 동원된 청나라 장수들과 주고받은 시와
글들이다. 작품 수는 아래와 같다.

시(詩) 11편 18수
발(跋) 1편
소지(小識) 1편
서(書) 33편.(상대방으로부터 받은 원폭1편, 별폭 1편, 답폭 2편이 덧붙
어 있다.)

2) 2책

「선고우찬성주계부군가장(先考右贊成周溪府君家狀)」1편이 실려 있다.

이 글은 정기세 자신의 글이 아니라, 아들 범조(範朝)가 지은 글이다. 문집 체제상 부록에 편집해야 한다. 5책에 실린 가장(家狀)과 같은 내용인데, 초고(草稿) 상태이다. 다른 대본을 필사하면서 빠진 부분이나 틀린 부분이 많아서, 누군가 보완하거나 수정한 자취가 많이 남아 있다. 문장이 뒤바뀌거나 잘못 끼어들어서 '함께 삭제하라[幷刪]' '2자를 삭제하라[二字刪]' '삭제하라[刪之]'라고 표시한 부분도 있다. 비어 있는 글자도 많아서, 사위 조숙하(趙肅夏)의 이름 뒤에도 누군가 다른 글씨로 '이조참의(吏曹參議)'라고 보사(補寫)하였다. 5책에는 이런 부분들이 거의 수정되었다.

3) 3책

〈주계남첩록(周溪南牒錄)〉이라는 제목으로 편집되었는데,「가대인목욕사하직입시시연설(家大人沐浴事下直入侍時筵說)」·「조경묘경기전봉심후계(肇慶廟慶基殿奉審後啓)」·「가대인목욕입래후입시시연설(家大人沐浴入來後入侍時筵說)」·「연주거조(筵奏擧條)」의 4편이 실려 있다. 제목은 '주계 정기세가 남쪽에서 쓴 문서들'이라는 뜻이다. 모두 왕에게 아뢰는 글들을 모은 것인데, 제목에 '가대인(家大人)'이라는 글자가 들어간 것을 보아도 알 수 있듯이 정원용이 아뢴 내용을 아들 정기세가 정리하였다. 정기세가 전라도관찰사로 가 있는 동안 왕이 영중추부사 정원용에게 휴가를 주어, '아들에게 효양(孝養)을 받으라'고 보냈다. 정원용이 1854년 5월 17일에 서울을 떠나던 날부터 10월 11일 돌아온 날까지 왕과 주고받은 말들과 왕에게 아뢴 글들을 네 가지 제목으로 정리한 것이다.

4) 4책

정기세가 지은 글이 아니라, 1884년에 정기세가 세상을 떠나자 왕이 제관을 보내 제사하면서 내린 제문 2편 「국왕견각속관치제문(國王遣閣屬官致祭文)」·「국왕견예관치제문(國王遣禮官致祭文)」과 1886년에 탈상을 앞두고 규장각 원임과 현임의 관원들이 지어 바친 제문 1편 「각중치전제문(閣中致奠祭文)」이 실려 있다.

5) 5책

가장(家狀) 1편이 실려 있는데, 제목은 「선고우찬성주계부군가장(先考右贊成周溪府君家狀)」이다. 역시 정기세 자신의 글이 아니라, 아들 범조(範朝)가 지은 글이다. 문집 체제상 부록으로 편집해야 한다. 2책에 실린 가장과 비교해보면 많은 구절이 수정되거나 삭제되어, 내용은 같지만 문장이 훨씬 정돈되었다.

4. 내용

1) 1책

1882년에 임오군란을 전후하여 수원부 유수나 한성부 판윤으로 재임하면서, 청나라 장군이나 종군문인들과 주고받은 시와 편지들을 편집하였다. 청나라 군대가 천안에서 수원을 지나 서울로 행군하였기 때문에, 오장경(吳長慶)·모연년(茅延年)·오첨청(吳瞻菁) 등과 많은 시를 주고받았다.

「화영부임지일차손아배운(華營赴任之日次孫兒輩韻)」: 1879년에 수원부 유수로 부임해, 47년 전인 1833년에 아버지 정원용이 수원유수로 부임했을 때에 소년으로 따라왔던 자신을 생각하면서 손자들에게 시를 짓게 하고, 그에 차운한 시이다. 1책에서 이 시만 임오군란 이전에 지은 것인데, 수원부 유수 때에 지은 시이기 때문에 뒷날 보사(補寫)한 듯하다.

「세임오추재화영시오흠차장경솔대군동원문하채어어양보지보왕영우도중구념(歲壬午秋在華營時吳欽差長慶率大軍東援聞下寨於漁洋堡之報往迎于途中口拈)」: 임오군란이 일어난 뒤에 청나라 장군 오장경(吳長慶)이 대군을 이끌고 와서 화산(華山)에 진을 쳤다는 소식을 듣고 찾아가 환영한 시이다.

「화중국구리평심탄운(和中國邱履平心坦韻)」: 청나라 종군문인 구심탄(邱心坦)이 보낸 시에 화운한 시인데, 영화정(迎華亭) 앞에서 청나라 군대를 환영하는 내용이다.

「모태수소생연년오한림교사첨청내방소생시교사시청대화즉석구호(茅太守少笙延年吳翰林翹士瞻菁來訪少笙示翹士詩請代和卽席口呼)」: 청나라 태수 모연년(茅延年)과 한림 오첨청(吳瞻菁)이 찾아왔다가, 오첨청(吳瞻菁)이 지은 시를 모연년(茅延年)이 보여주면서 대신 화답하기를 청하자 지어준 시이다. 오첨청의 재주를 칭찬하였다.

「세임오추재화영류사시천병동원로과본부…(歲壬午秋在華營留司時天兵東援路過本府…)」: 청나라 군대가 수원을 지나는 동안 청나라 군량을 담당한 모연년(茅延年)과 알게 되어 교유하다가 정기세 자신이 한성부 판윤으로 전임하게 되었는데, 모연년도 올라오게 되었다. 모연년이 기이한 인연을 이야기하며 7언율시 2수를 지어 보내자, 정기세도 그에 화운하여 칠언율시 2수를 지어 보냈다.

「교사내한인형종군동래성화심저식형재원의…(翹士內翰仁兄從軍東來聲華甚著識荊齋願矣…)」: 오첨청(吳瞻菁)은 이름난 시인이었는데, 그가 칠언율시 2수를 지어 보내자 정기세도 그에 화운하여 칠언율시 2수를 지어 보냈다. 문무를 겸전한 오첨청을 찬양하며, 술자리에서 담소하다보니 사해일가(四海一家)를 느끼게 되었다는 내용이다.

「구리평심탄귀래헌고발(邱履平心坦歸來軒稿跋)」: 청나라 종군문인 구심탄(邱心坦)이 문집『귀래헌고(歸來軒稿)』1권을 가지고 와서 발문을 부탁하기에 지어준 글이다. 내용은 대개 출새작(出塞作)인데 음절이 청완하고 시어가 비장하여, 자신이 만리장성과 역수(易水) 사이에서 칼과 축(筑)을 두드리며 비분강개하는 느낌이 든다고 했다. 그의 충담(忠膽)과 의기(義氣)가 독자를 감동 격발케 한다고 했다. 1882년 11월에 지었다.

「여오고청조언서(與吳庫廳朝彥書)」: 청나라 고청(庫廳) 오조언(吳朝彥)에게 보낸 편지이다. 편지를 받고도 즉시 답례치 못한 변명을 하고, 그가 지어보낸 시 2수에 화답하여 보낸다는 사연을 썼다. 그 뒤에 그에게 보내는 시 2수가 긴 제목과 함께 이어져 있다.

「여한림오교사첨청서(與翰林吳翹士瞻菁書)」: 손자들과 선영에 성묘 갔다 돌아온 날 편지를 받고 반가웠다는 사연과, 자신이 이미 수원부에서 떠나 한성부 판윤으로 전임했기 때문에 만나기 힘들다는 사연, 서울에 오면 한번 만나자는 내용이 실려 있다. 이어서 그에게 화답하는 오언율시 「화오교사시(和吳翹士詩)」 4수가 실려 있다.

「답오실군모소생오교사서(答吳實君茅少笙吳翹士書)」: 오조언(吳朝彥)·모연년(茅延年)·오첨청(吳瞻菁)에게 함께 보내는 편지이다. 자

신이 한성부 판윤으로 승진하고, 손자도 과거에 급제하여 영광스럽다
는 소식을 전하고, 왕안석(王安石)이 은총이 늘어날수록 조심했다는
고사를 들어 자신도 스스로 경계한다는 뜻을 밝혔다. 세 사람의 우도
(友道)에 보답하는 글이다. 세 사람이 앞서 함께 보내왔던 원폭(原幅)
과 모연년의 영폭(另幅)이 이어져 실렸다. 「오소생영폭(吳少笙另幅)」
의 '오(吳)'는 '모(茅)'자를 잘못 쓴 것이다.

「여소생서(與少笙書)」 : 모연년(茅延年)이 보내준 글씨를 고마워하며,
한가한 틈이 생기면 만나기를 바라는 편지이다.

「중국인청서근작이증첩차서기(中國人請書近作以贈輒此書寄)」 : 청나
라 종군문인들이 근작시를 써 달라고 청하자, 칠언율시 2수를 써서
보내준 것이다. 섣달에 핀 매화를 보면서 자신들의 우의를 다짐하였다.

「여소헌오대수장경서(與筱軒吳大帥長慶書)」 : 청나라 장군 오장경(吳
長慶)에게 보낸 편지이다. 만난 지 1년이 지나 두 번째 섣달을 맞게
되자, 문안과 아울러 몇 가지 세폐(歲幣)를 보내는 내용이다. 약삼(藥
蔘) 2근, 세초(細綃) 2단(端), 우황청심원 30환(丸), 다식과(茶食菓)
300립(立), 진준시(眞蹲柹) 200개, 홍요주(江瑤珠) 5첩(貼), 밀소(密
梳) 30개를 보냈다.

「여모통판소생서(與茅通判少笙書)」 : 역시 새해를 맞으면서 모연년(茅
延年)에게 안부를 묻고 세폐(歲幣)를 보내는 내용이다. 오장경(吳長
慶)에 비해 선물이 적어졌다.

「우여모소생서(又與茅少笙書)」 : 모연년(茅延年)이 선물을 받고 고맙
다는 편지를 보내자, 답장으로 써보낸 편지이다.

「우여오소헌서(又與吳筱軒書)」 : 오장경(吳長慶)이 선물을 보내자 고
맙다고 사례하며 답례품을 보내는 내용인데, 우리나라에서 해소(咳
嗽)에 효험이 있는 약재를 주로 보냈다.

「여모소생서(與茅少笙書)」 : 천진(天津)에서 부쳐온 대련(對聯)과 병

풍에 감사하면서 자신의 글씨, 동원편당(東園片糖) 1항(缸), 장황(餦
餭) 1합(盒)을 보낸다는 내용이다. 오첨청(吳瞻菁)이 부탁한 병풍 글
씨에 함께 써보낸 소지(小識)도 덧붙어 있다.

「우여소생서(又與小笙書)」: 모연년(茅延年)에게 병서(屛書) 4폭과 대
련 1부(付), 해추(海秋)에게 대련 2부(付), 희정(義亭)에게 횡폭 1부
(付)와 대련 1부(付)를 써달라고 부탁하는 편지이다.

「여모소생서(答茅少笙書)」: 모연년(茅延年)이 글씨를 써보낸 데 감사
하고, 오첨청(吳瞻菁)이 떠나기 전에 만나고 싶다는 뜻을 전하는 편지
이다.

「여모소생서(與茅少笙書)」: 모연년(茅延年)이 보내준 동문사(同文社)
시첩에 자신의 시가 실린 것을 고마워하는 편지이다.

「답모소생서(答茅少笙書)」: 모연년(茅延年)이 보내준 글씨를 고마워
하면서, 미처 보내지 못한 1폭도 빨리 써주길 부탁하는 편지이다.
오장경(吳長慶)이 돌아간다는 소식을 듣고, 모연년도 따라가는지 궁
금해 하는 사연도 있다.

「여소헌오대수서(與筱軒吳大帥書)」: 오장경(吳長慶)이 돌아간다는
소식을 들었지만 기침감기 때문에 배웅하지 못하고 선물을 보낸다는
편지이다. 약재와 부채를 보내면서, 여름철에 노인들에게 보약거리
라는 설명도 덧붙어 있다.

「여모소생서(與茅少笙書)」: 모연년(茅延年)이 오장경(吳長慶)을 따라
귀국한다는 소식을 듣고, 역시 기침감기 때문에 배웅할 수가 없어
선물을 보낸다는 편지이다.

「여오교사서(與吳翹士書)」: 오첨청(吳瞻菁)이 지난번에 보내준 술과
안주를 고마워하며, 그가 과거에 응시하기 위해 귀국한다는 소식을
듣고 선물을 보내는 편지이다.

「답구이평서(答邱履平書)」: 구심탄(邱心坦)이 지난번에 부탁한『창곡

집(昌谷集)』이 시골집에 있어서 이번에 보낼 수 없다는 사연을 전하고, 그가 약료(藥醪) 4병을 보내주어 고맙다고 사례하는 편지이다. 우황청심환과 쥘부채, 머리빗 등의 선물 목록도 덧붙어 있다.

「우여구이평서(又與邱履平書)」:『창곡집(昌谷集)』주인을 아직도 만나지 못해 빌리지 못했다는 이야기와, 구심탄(邱心坦)이 지어 보내준 시를 읽으면서 감탄하고 틈나는 대로 화운하여 보내겠다는 내용의 편지이다.

「답기양록서(答紀兩麓書)」: 그림부채와 10폭 병풍그림을 보내주어 고맙다는 편지이다.

「답소생서(答少笙書)」: 오장경(吳長慶)을 만나러 갔다가 모연년(茅延年)을 만나지 못해 섭섭했다는 사연과 림이암(林怡盦)·주언승(周彦升) 두 사람에게서 글씨를 써 달라는 부탁을 받고도 여지껏 써주지 못해 미안하다는 변명, 모연년이 보내준 다식(茶食)을 고마워하는 사연이 실린 편지이다.

「여기우록서(與紀雨麓書)」: 기우록(紀雨麓)이 귀국한다는 소식을 들었지만 병 때문에 배웅하지는 못하고, 정표로 선물을 보낸다는 편지이다. 선물은 생명주·쥘부채·우황청심원이다.(앞의 편지에는 兩麓으로 되어 있는데, 어느 쪽이 맞는지 확실치 않다.)

「답오실군서(答吳實君書)」: 글씨를 써서 보내주어 고맙다는 편지이다.

「답모소생서(答茅少笙書)」: 부탁받은 글씨를 여지껏 써 보내지 못한 변명과 함께, 병중에 써서 늦게나마 보낸다는 사연, 더위를 달래라고 보내준 제호탕(醍醐湯)을 감사하는 사연이 실린 편지이다. 함께 써서 보내는 글씨의 목록이 덧붙어 있다.

「여오수서(與吳帥書)」: 오장경(吳長慶)이 새해 인사를 보낸 편지의 답장이다. 오장경의 「답폭(答幅)」이 덧붙어 있는데, 남양오구방어(南洋隩區防禦)에 관한 이야기이다.

「재답오소헌서(再答吳筱軒書)」: 오장경(吳長慶)이 남양(南洋)으로 진을 옮기게 되자 송별하는 편지이다.

「주언승대형송시화폭제사…(周彦升大兄送示畵幅題詞…)」: 주언승(周彦升)이 화폭의 제사를 지어 보내자, 답례로 지어보낸 시 칠언절구 2수이다.

「여오소헌서(與吳筱軒書)」: 오장경(吳長慶)에게 보내는 문안편지이다.

「답오소헌서(答吳筱軒書)」: 오장경(吳長慶)에게 보내는 답장이다.

「여주가록언승서(與周家祿彦升書)」: 주언승(周彦升)이 보내준 시 2수를 받고 고마워하는 편지이다. 주언승이 보낸 「답폭(答幅)」이 덧붙어 있다.

「답주만군명반서(答朱曼君銘盤書)」: 주명반(朱銘盤)이 부탁한 글씨를 써 보내면서 함께 보낸 편지이다.

「답주만군서(答朱曼君書)」: 주명반(朱銘盤)이 보내준 답장과 첨소(甜酥)를 고마워하는 편지이다.

2) 2책

「선고우찬성주계부군가장(先考右贊成周溪府君家狀)」: 5책에 실린 글과 같은 내용이다. 초고 상태인데다 몇 군데 수정했으므로, 완전한 글 형태의 5책에서 내용을 소개하기로 한다.

3) 3책

「가대인목욕사하직입시시연설(家大人沐浴事下直入侍時筵說)」: 1854년(철종 5) 5월 17일에 영중추부사(領中樞府事)였던 아버지 정원용이 목욕(沐浴) 휴가로 하직차 왕을 입시(入侍)했을 때에 연설(筵說)에서 주고받은 말을 기록한 글이다. 아들 정기세가 전라도관찰사로 전주에 내려가 있었으므로, 왕이 70세가 넘은 영중추부사 정원용에게 '전주로 가서 아들로부터 효양(孝養)을 받으라'고 휴가를 내렸는데, 정원용이 호남을 둘러보려고 떠나면서 왕과 주고받은 말들이 실려 있다. 왕은 '호남으로 내려가는 길에 민정도 살펴 아뢰라'고 당부하고, '전주에 도착하면 조경묘(肇慶廟)와 경기전(慶基殿)의 봉심(奉審)도 당연히 맡아달라'고 명했다.

「조경묘경기전봉심후계(肇慶廟慶基殿奉審後啓)」: 정원용이 조경묘(肇慶廟)와 경기전(慶基殿)의 수개감동대신(修改監董大臣)이 되어 1854년(철종 5) 10월 22일에 전라도관찰사 정기세·본부판관(本府判官) 한규석(韓圭錫)과 함께 조경묘 신위판(神位板) 양위(兩位) 및 경기전의 영정(影幀)을 봉심(奉審)하고, 감탑금장홍승(龕榻錦帳紅繩)·묘정전석(廟庭磚石)·묘문외동장중문(廟門外東墻中門)·어탑상렴내수장(御榻上簾內繡帳)·어방지의(御房地衣)·신문(神門) 등의 수개감동(修改監董)을 전라도관찰사와 본부판관에게 위임했다고 왕에게 올린 계(啓)이다. 정기세는 그 공으로 10월 23일에 가자(加資)되었다.

「가대인목욕입래후입시시연설(家大人沐浴入來後入侍時筵說)」: 1854년(철종 5) 10월 11일에 영중추부사였던 아버지 정원용이 목욕(沐浴) 휴가를 마치고 서울로 돌아와 왕을 입시(入侍)했을 때의 연설(筵說)을 기록한 글이다. 정원용이 호남을 둘러본 이야기를 왕과 주고받았다. 정원용이 각전(各殿)의 안부를 몇 차례 묻고 왕이 대답한 뒤에, 왕이 정원용에게 '관찰사 아들로부터 효양(孝養)을 잘 받고 돌아왔다니 내 마음이 기쁘다'고 말했다. 정원용이 '조경묘(肇慶廟)와 경기전(慶基殿)을 세 차례 봉심(奉審)했다'고 아뢰고, 지방관들의 노고로 수개(修改)가 잘 마무리되었다고 아뢰었다. 정원용이 묘전(廟殿) 수리를 맡았던 관원들에게 상을 베풀라고 청하자, 왕이 별단(別單)으로 써 내라고 명하였다. 왕이 정원용을 보내면서 '호남의 읍폐(邑弊)와 민막(民

瘼)을 살펴 아뢰라'고 명했던 사실을 말하자, 정원용이 중요한 일 몇 가지를 아뢰었다. 전주(全州) 군포(軍布) 순전(純錢)의 일을 아뢰자, '아뢴 대로 하라'고 하였다. '면포(綿布)를 돈으로 대신 바치면 힘이 덜 들 것'이라고 하였다. 순천(順天) 영장(營將)의 일을 아뢰자, '아뢴 대로 하라'고 하였다. '장성(長城)의 대동미(大同米)를 무명으로 환산하여 받게 해달라' 고 아뢰자, 왕이 '아뢴 대로 하라'고 하였다. 위도(蝟島)와 고군산도(古群山島)의 세전(稅錢)에 대해 아뢰자, '두 섬의 백성들이 이미 고기잡이를 못하게 되었으니, 아뢴 대로 세금을 탕감한 뒤에 다시 정하라'고 하였다. '가리진(加里鎭)을 독진(獨鎭)으로 삼게 해달라'고 아뢰자, '아뢴 대로 하라'고 하였다. '증좨주(贈祭酒) 이항(李恒)에게 정2품직을 더하고 시호를 내려달라'고 청하자, '아뢴 대로 하라'고 하였다. 그 밖에도 여러 가지를 아뢰었으며, 왕이 다 들어주었다. 자세한 내용은 사안에 따라 「연주거조(筵奏擧條)」에 실었다.

「연주거조(筵奏擧條)」: 1854년(철종 5) 10월 11일에 영중추부사였던 아버지 정원용이 목욕(沐浴) 휴가를 마치고 서울로 돌아와 왕을 입시(入侍)했을 때에 경연에서 아뢴 내용들을 조목조목 정리한 글이다. 앞의 글과 같은 내용을 좀더 자세하게 기록하였다. 『철종실록』5년 10월 11일조에 이 내용이 간단히 실려 있다.

이상 4편이 실려 있다. 모두 정원용이 왕과 주고받은 말이나 왕에게 아뢰는 글들을 모은 것인데, 제목에 '가대인(家大人)'이라는 글자가 들어간 것을 보면 아들 정기세가 정리한 글임을 알 수 있다.

4) 4책

「국왕견각속관치제문(國王遺閣屬官致祭文)」: 정기세가 1884년(고종

21) 5월 8일에 세상을 떠나자, 왕이 5월 11일에 검서관 심상로(沈相老)를 보내 정기세의 영전에 내린 제문이다. 정기세의 문학과 충심을 높이 평가하고, 네 고을의 유수와 관찰사로 부임해 잘 다스린 치적과 삼조(三朝)에 벼슬하며 쌓은 공덕을 치하하였다.

「국왕견례관치제문(國王遣禮官致祭文)」: 1884년(고종 21) 5월 26일에 왕이 예조좌랑 유병수(劉秉洙)를 보내며 내린 제문이다. 5조를 충성껏 섬긴 문충공 정원용의 아들로 3조에 공을 세운 정기세의 업적을 치하하였다.

「각중치전제문(閣中致奠祭文)」: 1886년(고종 23) 3월 24일에 정기세의 탈상을 앞두고 규장각의 관원들이 함께 지어 바친 제문이다. 원임 직제학 이유원(李裕元)·김홍집(金弘集)·이재원(李載元)과 원임 제학 김병국(金炳國)·김병시(金炳始), 직제학 민영환(閔泳煥)을 비롯한 원임 현임의 규장각 관원들이 원임제학 정기세의 영전에 제문을 지어 바치며 문충공 정원용과 그의 아들 정기세의 문장과 공덕을 기렸다.

5) 5책

「선고우찬성주계부군가장(先考右贊成周溪府君家狀)」: 아들 범조(範朝)가 지은 정기세의 가장(家狀)이다. 동래 정씨의 가계(家系)와 선조들의 벼슬을 간단히 소개한 다음, 영의정이었던 저자의 아버지 정원용의 문행(文行) 훈업(勳業)과 예조판서 김계락(金啓洛)의 딸인 어머니 정경부인 강릉 김씨의 단정(端貞) 숙온(淑溫)한 자태를 기술하였다. 실록에 빠진 벼슬과 임금에게 상소한 내용, 경연(經筵)에서 아뢴 말들이 자세히 실려 있다. 민란이나 군란, 양요 등을 잘 수습하는 모습을 부각하였으며, 왕실의 신임을 얻어 대소사를 치를 때마다 간여한 일들을 모두 기록하였다. 충신과 효자의 모습, 우애있는 맏아들의 모습, 과시(科試)와 전형(銓衡)을 공정하게 주관하는 모습을 특히 잘 표현하였다.

범조(範朝) 자신이 전라도관찰사로 부임한 1876년에 부친이 전라 감영으로 찾아와 자신에게 "충효(忠孝)로 목민(牧民)에 힘쓰라"고 훈계한 내용과, 마침 가뭄을 만나 기우제를 지내고 돌아와보면 부친도 밤늦게까지 백성들을 걱정하며 비오기를 빌고 있던 마음을 표현하기도 했다. 그 뒤에도 "우리 집안이 대대로 국록(國祿)과 은총을 받은 것이 지극하다"면서 몸바쳐 충성할 것을 당부하였다. 뒷부분에선 자신의 어머니 선공감(繕工監) 부정(副正) 김영수(金永受)의 딸인 정경부인 경주 김씨의 여덕(女德)을 기록하고, 자녀손의 이름을 기록하였다.

1831년에 동지사(冬至使)로 연경(燕京)에 가는 아버지 정원용을 따라 자제군관(子弟軍官)으로 청나라에 다녀오면서, 청나라 태학사 탁병념(卓秉恬), 상서 주위필(朱爲弼), 장립용(蔣立鏞), 한림 수방울(帥方蔚), 수재 이종연(李宗湅) 등과 교유하며 시를 주고받은 모습도 기록하였다. 정기세의 칠십 평생을 잘 알 수 있도록 자세하게 기록한 문장이다.

5. 가치

정기세는 별로 고심하지 않고도 문장을 잘 지었으며, 쉽게 쓰면서도 뜻을 잘 전달한 문인이다. 왕실 사정에도 밝아, 옥책문(玉冊文)이나 악장문(樂章文)도 많이 지었다. 그러나 이 문집은 그의 시문(詩文)을 다 모은 것은 아니다. 5책 가운데 제1책만 정기세 자신의 시문(詩文)이며, 제2책은 아들 범조가 지은 가장(家狀) 초고이다. 제3책은 정기세가 전라도관찰사로 전주에 내려가 있는 동안 아버지 정원용이 휴

가를 받아 떠나던 날과 돌아온 날 왕과 주고받은 말들이나 왕에게 올
린 계(啓)이다. '가대인(家大人)'이라는 표현을 보아 정기세가 정리한
글이긴 하지만, 정기세 자신의 글은 아니다. 제4책은 정기세가 세상
을 떠난 뒤에 왕이나 규장각 관원들로부터 받은 제문(祭文)들이니, 역
시 정기세 자신의 글은 아니다. 제5책은 아들 범조가 지은 정기세의
가장(家狀)이다. 따라서 제1책만 정기세 자신의 시문(詩文)인 셈인데,
그것도 1882년 임오군란을 수습하는 과정에서 청나라 장군이나 문인
들에게 보낸 시문이니 그가 지은 시문 가운데 극히 짧은 시기에 지었
던 일부분일 뿐이다. 제3책도 1854년 한 철에 있었던 일을 정리한 글
이니, 그의 시문과 부록에 실릴 글들이 다 남아 있었더라면 상당한
분량의 문집이 되었을 것이다.

　아들 범조가 지은 가장(家狀)에 의하면 정기세에게 유고 몇 권이
있었는데, 부친이 중병에 걸려 세상을 떠나게 되자 고종사촌형 판서
윤자덕(尹滋惪 1827~1890)에게 교정을 부탁했지만 이뤄지지 않았다
고 한다. 문집을 편집하려고 준비하다가 결국 마무리짓지 못하고 현
재 상태로 끝난 듯하다. 현재『주계집(周溪集)』에 실린 글들은 제1책
만 그가 1882년에 지은 글들이며, 제2책부터 제5책까지는 모두 부록
에 실릴 글들이다. 실록에 의하면 그가 지은 옥책문(玉冊文)이나 죽책
문(竹冊文), 악장문(樂章文)이 많았으며, 왕명을 받아 지은 상량문이
나 교서도 많았다. 정기세 자신은 아버지 정원용의 문집인『경산집(經
山集)』을 정리하면서 이러한 글들을 모두 실었는데, 정작 그 자신의
글들은 정리하지 못했다. 그래서 제1책 첫 장에 보사(補寫)한 시 앞에
누군가가 '주계집미정초고(周溪集未定草稿)'라고 제목을 붙였던 것이
다. 그의 시문을 제대로 전해 주지 못한 아쉬움은 있지만, 그의 면모

를 일부나마 보여준다는 점과, 임오군란을 수습하는 과정에서 그가 청나라 장군 오장경(吳長慶)이나 종군문인들과 시문으로 교유했다는 사실을 알려 주는 것만으로도 가치가 있다고 생각된다.

정기세의 문집 초고는 그가 53년 동안 기록한 일기 15책과 함께 그의 종손자 위당(爲堂) 정인보(鄭寅普) 선생이 연희대학교 백낙준 총장에게 기증하여 용재문고(庸齋文庫)에 소장되어 있다. 문중에 소장되던 미정초고(未定草稿)를 종손자가 기증한 사실만 보더라도, 이 문집이 그의 집안에서 편집하려던 문집의 초고라는 사실을 확인할 수가 있다.

일록

日錄

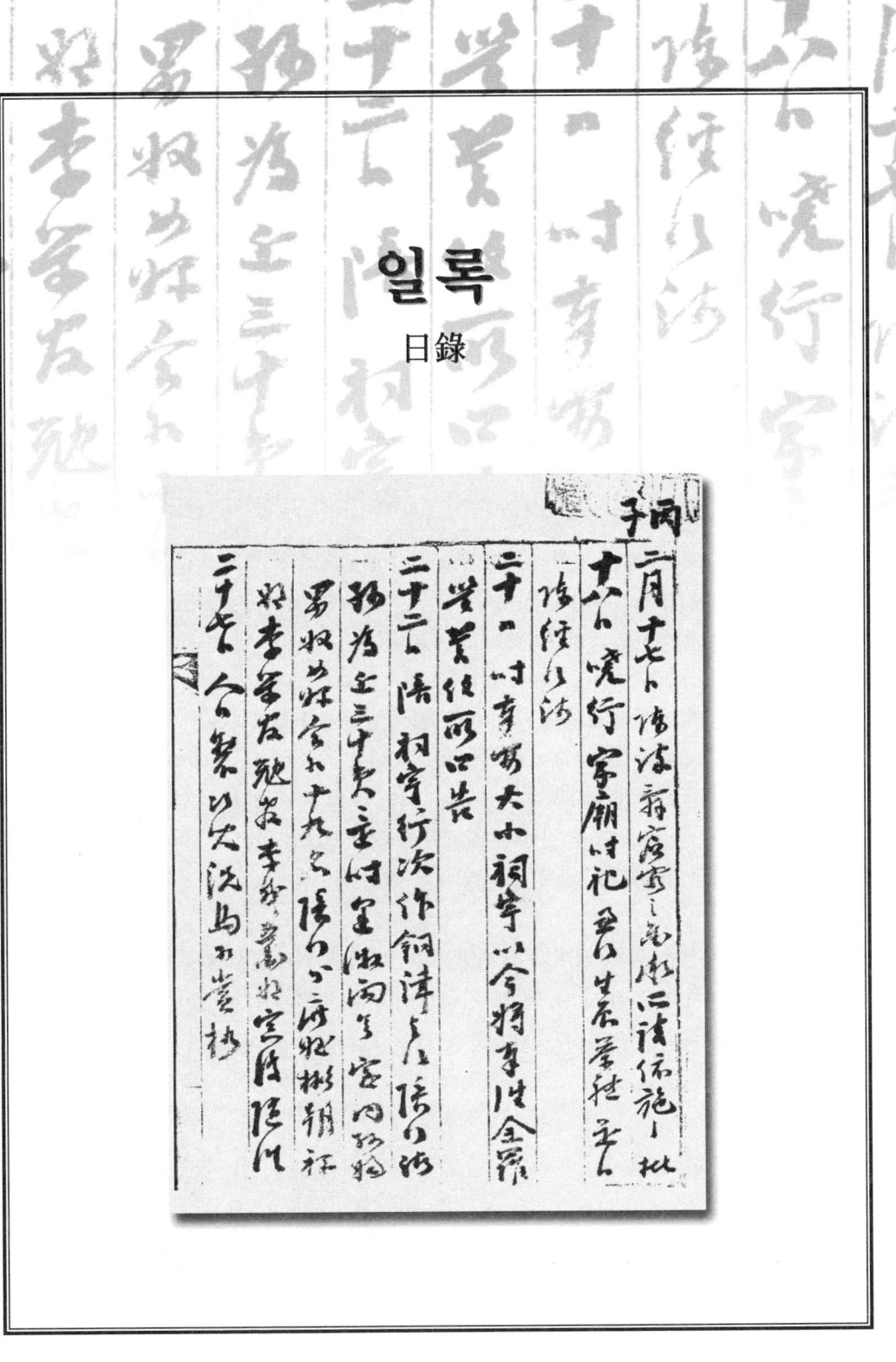

1. 서지

초고본(草稿本). 15권 15책, 책 크기 일정치 않음, 10행 22자 안팎.

2. 구성

1책 앞에는 『일록』의 정리과정을 소개하는 정인보(鄭寅普)의 서문이 있다.

> 이것은 우리 큰할아버지 우찬성 겸 이조판서 휘 기세(基世)께서 과거에 급제한 후 공사(公私)의 일들을 돌아가시기 전까지 날마다 기록하신 것이다. 큰할아버지는 맑고 효성스럽고 독실한 행실로 일찍 내외에 이름을 날렸다. 날마다 기록한 것은 사료에 관련됨이 많다. 종숙(從叔)과 재종형(再從兄)이 가묘(家廟)에 공경스럽게 전하다가 상전벽해를 겪고 남북으로 옮기게 되어 결국 지난날 고이 간직하던 모습을 잃고 말았다. 이제 공개하려고 하는데, 나는 막을 힘이 없고, 또 책은 끝내 개인 소유가 될 수 없다. 이것이 또한 길이 보존할 기회가 되지 않을지 어찌 알겠는가. 광복 후 정인보는 기록한다.

위 기록을 통해 과거에 급제한 이후 관직에 있으면서 기록한 종환일기(從宦日記)라는 점, 일제 식민통치와 전쟁이라는 혼란한 시기에 책을 이리저리 옮기면서 편제가 뒤섞였다는 점을 알 수 있다. 15책의 구성은 다음과 같다.

> 1책 : 신묘 1831년 1장, 임진 1832년 2행, 계사 1833년, 갑오 1834년, 을미 1835년 4행, 병신 1836년, 정유 1837년 3장, 무술 1838년

　　　12장, 기해 1839년 10장, 경자 1840년 10장, 신축 1841년 7장,
　　　임인 1842년 9장, 계묘 1843년 16장, 갑진 1844년 13장.
2책 : 임진 1892년 36장 (아들 範朝의 啓), 계사 1893년 5장 (아들
　　　범조의 啓),
3책 : 갑진 1844년 4장 (周溪公 年譜 26장)
4책 : 기유 1849년 15장, 경술 1850년 24장, 신해 1851년 29장, 임자
　　　1852년 22장.
5책 : 계축 1853년 27장, 갑인 1854년 4장, 을묘 1855년 26장, 병진
　　　1856년 24장, 정사 1857년 15장, 무오 1858년 누락 (표지에 '戊
　　　午漏'라고 적혀 있음).
6책 : 기미 1859년 5장, 경신 1860년 35장, 신유 1861년 11장.
7책 : 임술 1862년 15장 ('閏八月'이 시작되는 부분부터 落張).
8책 : 병자 1876년 28장, 정축 1877년 24장, 무인 1878년 23장.
9책 : 정해 1887년 25장 (손자 寅昇의 일기), 무자 1888년 8장(손자
　　　인승의 일기).
10책 : 경오 1870년 21장, 신미 1871년 21장, 임신 1872년 23장.
11책 : 계유 1873년 22장, 갑술 1874년 17장, 을해 1875년 30장, 병자
　　　1876년 8장.
12책 : 병자 1876년 1장 (손자 인승의 일기), 임오 1882년 6장 (손자
　　　인승의 일기), 계미 1883년 7장 (손자 인승의 일기), 갑신 1884
　　　년 7장 (손자 인승의 일기), 을유 1885년 21장 손자 인승의 일
　　　기), 병술 1886년 21장 (손자 인승의 일기), 정해 1887년 6장
　　　손자 인승의 일기).
13책 : 임오 1882년 16장 (손자 인승의 일기), 계미 1883년 8장 (손자
　　　인승의 일기), 임오 1882년 10장 (손자 인승의 일기), 병술 1886
　　　년 22장 (손자 인승의 일기), 정해 1887년 15장 (손자 인승의
　　　일기), 을유 1885년 2장 (손자 인승의 일기).

14책 : 임오 1882년 28장, 계미 1883년 7장.

15책 : 갑진 1844년 3장, 을사 1845년 19장, 병오 1846년 20장, 정미 1847년 13장, 무신 1848년 20장.

정기세의 『일록』에 아들 범조(範朝 1833~1897)의 계(啓)와 손자 인승(寅昇 1859~ ?)의 일기, 정기세의 연보가 섞여 있으며 중복된 곳도 많아서 전체적으로 혼란스럽다. 초서 부분은 아들 범조의 『일록(日錄)』글씨체와 비슷하다. 같은 사람이 정리한 것으로 보이는데 손자 인승일 가능성이 많다. 『일록』 등을 공개한 정인보(鄭寅普)의 서문을 보면, 정기세의 일기를 정리한 사람은 정인보의 재종형인 정인승인 듯하다.

3. 내용

『일록』은 정기세의 일기와 정범조의 계, 정인승의 일기로 구분할 수 있다.

1) 정기세의 일기

1책 : 1831년 2월 19일 감시(監試) 일소(一所) 초장시(初場試)에 시(詩)로 합격하였다. 1837년 10월 11일 정시(庭試)에 부(賦)로써 병과(丙科) 1등으로 합격하기까지 과거 시험을 본 일들이 기록되어 있다. 이해 10월 24일 가주서(假注書)로 제수되면서부터 본격적인 일기가 시작된다. 강연(講筵)에 참여한 기록과 패초(牌招)를 어겼다는 기록이 많다. 기록이 대체로 짤막하다.

3책 : 1844년 일기가 1책 갑진년 부분과 겹치지만 내용은 같지 않다.

1844년 2월 3일 이후 장을 바꾸어서 정기세의 연보가 해서로 기록되어 있다.

15책 : 1844년은 10월 25일부터 시작한다. 1책이 1844년 10월 25일까지 기록되어 있으므로 1책에서 15책으로 이어지는 셈이다. 중복된 10월 25일의 내용은 같지 않다. 1책은 아버지 정원용을 포함한 관련 인물까지 기록한 반면, 15책에서는 정기세에 초점을 맞추고 다른 사항은 삭제하였다. 정기세의 이름을 쓰지 않고 공란으로 남겨둔 것도 후손의 입장에서 정리했다는 점을 보여준다.

7책 : 1862년의 기록은 15장으로 분량이 짧다. 날짜도 8월 30일까지만 기록되어 있다. 연대 순서로 보아 7책에서 10책으로 이어지는데 10책이 1870년에서 시작되므로, 1863년부터 1869년까지가 빈다.

8책 : 1876년 2월 17일부터 시작된다. 그 이전은 따로 떨어져서 11책 뒷부분에 1월 1일부터 2월 17일까지 기록되어 있다. 가장 분량이 많은 1876년 일기에 네 가지 사건이 중요하게 기록되었다. 첫째는 중국 칙사(勅使)들의 여정, 둘째는 휴가를 얻어서 전주로 내려간 일, 셋째는 기우제, 넷째는 부인의 죽음에 따른 장례 절차다. 맏아들 범조가 전라도관찰사에 제수되자 정기세가 휴가를 얻어 사우(祠宇)를 모시고 온 가족이 함께 전주로 내려갔는데, 가는 곳마다 지방 수령들이 환대하였고, 3월부터 8월까지 여섯 달에 걸쳐 휴가를 누렸다는 점 등이 기록되어 있다.

2) 정범조의 계

1892년 1월 28일 : 흉년이 들어 팔도 순심(巡審)을 정지하고 기내(畿內) 능원(陵園)과 북도 능침(陵寢)의 봉심(奉審을) 도내 수령에게 체행(替行)하도록 분부할 것을 청하는 내용과, 이를 윤허한다는 비답이 기록되어 있다.

12월 30일 : 강계(江界)의 소요(騷擾)를 살피기 위하여 안핵사(按覈使)
에 부호군(副護軍) 윤정구(尹定求)를 차하(差下)할 것 등을 청
하였다.

1893년 1월 10일 : 윤정구가 칭병하고 물러남이 옳지 않으니 견삭(譴
削)의 전(典)을 시행할 것을 청하는 계와 이를 윤허하는 비답이
기록되어 있다.

이 시기에 의정부에서 계를 올릴 수 있는 사람은 1890년 12월에
우의정 총리대신으로 임명된 정범조이다.

3) 정인승의 일기

9책 : 1887년 1월 1일의 '대왕대비전 팔순이라서 칭경(稱慶)하고, 종
묘에 동가(動駕)함에 동궁이 따라갈 때 입참하였다'는 기록을
『승정원일기』와 대조해 보면 검교대교(檢校待敎) 정인승이 입
시하였음을 알 수 있다.

12책 : 1876년은 2월 8일과 9일 이틀만 기록되어 있다. 11책의 내용과
중복되는데 매우 간략하게 축소되었고 단정한 해서로 쓰였다.
2월 9일자의 "가대인(家大人) 완백(完伯)이 입시(入侍)할 때에
함께 입시하였다"라는 기록을 보면 손자 인승의 일기임을 알
수 있다.

13책 : 9책이나 12책과 달리 초서로 되어 있다. 1882년 4월 8일의 '가
친이 예문관 제학이 되었다'는 기록을 보면, 13책도 손자 인승
의 일기이다. 10월 19일에는 '증조부 문충공(정원용)은 1802년
가례경과(嘉禮慶科)에 등과하였고, 조부(정기세)는 1837년 가
례경과에 등과하였는데 자신도 10월에 등과하여 영광'이라고
하였다.

1886년과 1887년 기록이 12책과 중복되지만 조금씩 다르다. 곳곳에서 편집을 마무리 짓지 않은 흔적들이 보인다.

초서로 된 기록을 정확하게 탈초해야 자세한 내용을 파악할 수 있다.

5. 가치

정기세는 과거에 합격한 1831년부터 돌아가기 한 해 전인 1883년까지 일기를 기록하였다. 관직생활에서 겪은 일들을 위주로 한 종환일기(從宦日記)이다. 이 일기를 통하여 19세기 중반의 정계 상황과 문화현상에 대해 가늠할 수 있다. 아버지 정원용과 아들 정범조의 일기를 이어주는 자료로서 중요하며, 한 집안의 기록을 넘어서 수십년 동안 재상을 이어받은 이들 4대의 일기를 통해 19세기 백여년의 정치사와 생활사를 확인할 수 있다.

초고

初稿

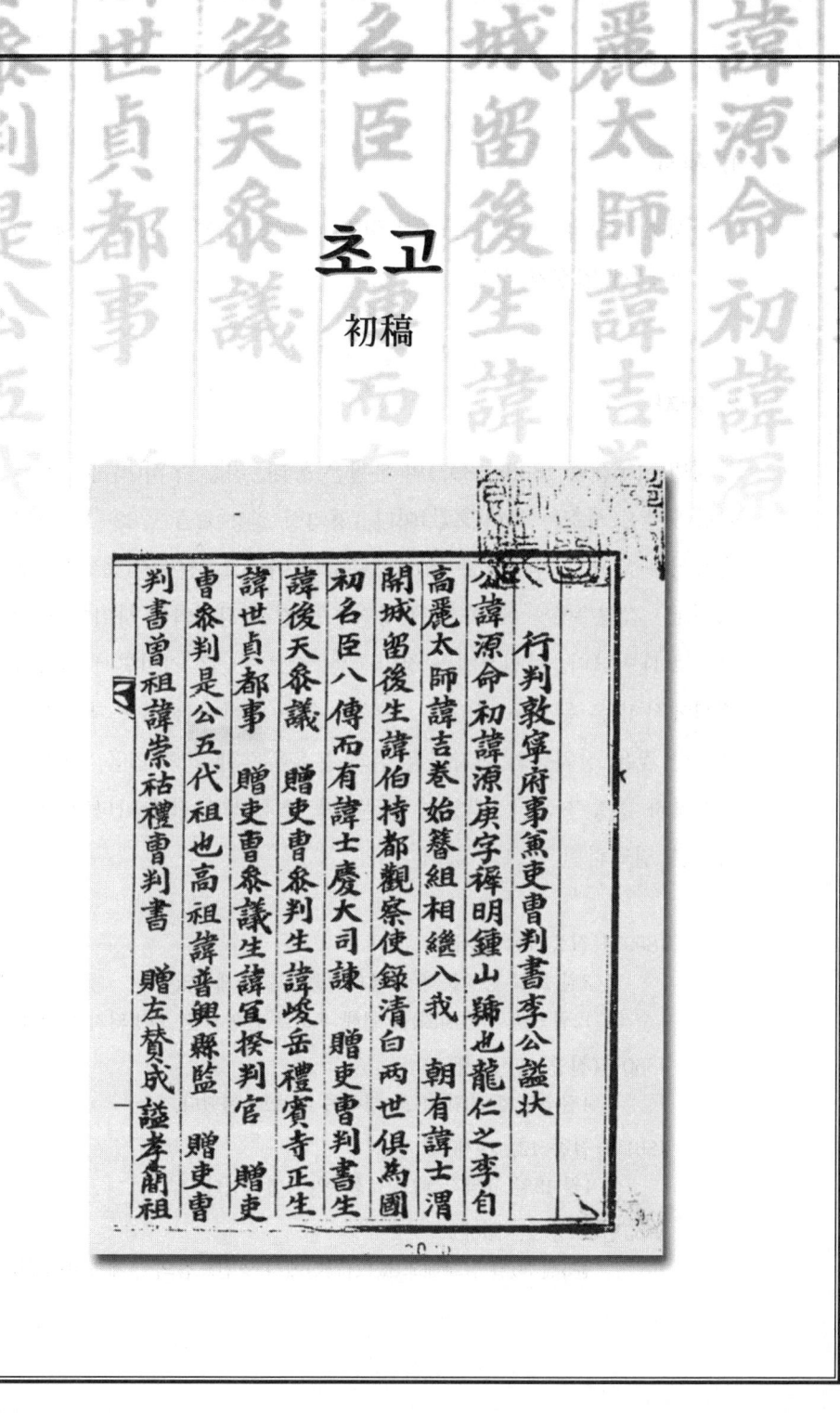

1. 서지

미정초고본(未定草稿本). 불분권(不分卷) 5책, 31×21cm. 10행 20
자. 책 크기 일정치 않음.

2. 저자

정범조(鄭範朝 1833~1897)의 본관은 동래, 자는 우서(禹書), 호는
규당(葵堂), 시호는 문헌(文獻)이다. 영의정 원용(元容 1783~1873)의
손자이자 우찬성 기세(基世 1814~1884)의 아들로, 선공감(繕工監) 부
정(副正) 김영수(金永受)의 딸인 정경부인 경주 김씨와의 사이에서 맏
아들로 태어났다. 갑신정변과 청일전쟁, 갑오경장을 거치면서 권력의
핵심에서 많은 문장을 지었다. 개화와 수구 사이에서 계속 재상직을
유지한 것은 정원용의 손자라는 점과 온유돈후한 그의 인품, 그리고
문장력과 행정력을 인정받았기 때문이다. 실록과 문집에 나타난 그의
생애를 정리하면 다음과 같다.

> 1859년(철종 10, 27세)
> 　　3월 13일 증광문과에 병과 8등으로 급제하였다.
> 　　12월 6일 각권(閣圈)을 행해 후보로 뽑혔지만, 임명되지 못했다.
> 1860년(철종 11, 28세)
> 　　4월 5일 한권(翰圈)을 행하여 후보로 뽑혔다.
> 1861년(철종 12, 29세)
> 　　1월 13일 규장각 대교(待敎)에 임명되었다.
> 1865년(고종 2, 33세)
> 　　윤5월 30일 검교대교(檢校待敎)에서 영건도감의 부제조(副提調)

로 임명되었다.

9월 17일 천추전(千秋殿) 현판을 쓸 서사관(書寫官)으로 임명되었다.

9월 25일 이조참의에 임명되었다.

1869년(고종 6, 37세)

3월 4일 성균관 대사성에 임명되었다.

1871년(고종 8, 39세)

1월 9일 영중추부사 정원용이 70년 동안 벼슬하며 세운 공을 치하하여, 손자인 부호군 정범조에게 특별히 품계를 올려 주었다.

1874년(고종 11, 42세)

3월 8일 이조참판으로 임명되었다.

6월 25일 규장각 직제학으로 임명되었다.

1875년(고종 12, 43세)

11월 25일 홍문관 부제학으로 임명되었다.

12월 26일 전라도관찰사로 임명되었다.

1879년(고종 16, 47세)

1월 28일 감시(監試) 초시의 시관이었다가, 과거시험장의 여론이 좋지 않아 여러 시관들과 함께 간삭(刊削)되었다.

12월 26일 공조판서에 임명되었다.(이후 3차나 임명되었다.)

1880년(고종 17, 48세)

2월 25일 시강원 우부빈객에 임명되었다.

6월 23일 별궁 경연당(慶衍堂) 현판 서사관으로 임명되었다.

10월 5일 예조판서에 임명되었다.

12월 22일 대호군(大護軍)으로 있다가, 새로 설치된 통리기무아문의 당상관으로 임명되었다.

1881년(고종 18, 49세)

1월 14일 의정부 좌참찬에 임명되었다.

1월 16일 통리기무아문 당상관들이 관청을 분담하면서 정범조에게는 사대(事大) 교린(交隣)을 맡겼다.

1월 26일 의정부 우참찬에 임명되었다.

1월 28일 한성부 판윤에 임명되었다.(2차)

2월 5일 경리통리기무아문사(經理統理機務衙門事)에 임명되었다.

7월 22일 수정전(壽靜殿)의 이름을 함녕전(咸寧殿)으로 바꾸면서 상량문 서사관으로 임명되었다.

1882년(고종 19, 50세)

1월 11일 세자가 입학하면서 우부빈객 정범조에게 품계를 올려주었다.

3월 21일 홍문관 제학으로 임명되었다.(5차)

4월 8일 예문관 제학으로 임명되었다.(5차)

6월 14일 이조판서로 임명되었다.

8월 7일 중궁을 맞아들인 뒤에 대사령 교문을 지었다.

11월 21일 익종대왕 옥책문 서사관으로 임명되었다.

1883년(고종 20, 51세)

1월 17일 군국사무독판에 임명되었다.

1월 22일 예무(禮務)로 임명되었다.

1884년(고종 21, 52세)

1월 17일 병조판서로 임명되었다.

1886년(고종 23, 54세)

9월 15일 호조판서로 임명되었다.(4차)

11월 28일 익종대왕 악장문 제술관으로 임명되었다.

1887년(고종 24, 55세)

4월 12일 좌빈객으로 임명되었다.

1888년(고종 25, 56세)

1월 9일 규장각 제학으로 임명되었다.

1월 18일 왕비의 악장문 제술관으로 임명되었다.

1889년(고종 26, 57세)

12월 7일 정성왕후 악장문 제술관으로 임명되었다.

12월 19일 왕대비의 옥책문 제술관으로 임명되었다.

1890년(고종 27, 58세)

　1월 12일 인경왕후의 악장문 제술관으로 임명되었다.

　4월 20일 승하한 대왕대비의 시책문(諡冊文) 서사관으로 임명되었다.

　11월 8일 익종대왕의 옥책문 제술관으로 임명되었다.

　12월 10일 우의정 총리대신으로 임명되었다. 사직소를 세 차례나 올렸지만, 왕이 여섯 차례나 타이르자 결국 21일부터 조정에 나왔다.(6차)

1891년(고종 28, 59세)

　7월 8일 함녕전 상량문 제술관으로 임명되었다.

1892년(고종 29, 60세)

　2월 14일 의인왕후의 옥책문 제술관으로 임명되었다.

　6월 24일 신정왕후 옥책문 제술관으로 임명되었다.

　윤6월 17일 우의정으로 임명되었다.

1894년(고종 31, 62세)

　4월 4일. "관리들이 잔인하고 포악하여 백성들이 살아갈 수 없기 때문에 동학당(東學黨)이 뻗어나간 것이니, 이번에 동학당을 소탕한 뒤에 폐단을 바로잡고 백성을 돌보는 정사를 해야 한다"고 아뢰었다.

　5월 17일 조경묘(肇慶廟)와 경기전(慶基殿)을 봉심(奉審)하였다.

　8월 5일 왕이 갑신정변의 주역 박영효의 죄명을 지워버리라고 명하자, 취소하기를 청하였다.

　11월 21일 갑오경장이 시작되면서, 중추원 부의장에 임명되었다.

1895년(고종 32, 63세)

　4월 1일 중추원 의장에 임명되었다.

　윤5월 14일 궁내부 특진관(칙임관)으로 임명되었다.

　10월 22일 대행왕후의 행장 제술관으로 임명되었다.

1896년(고종 33, 64세)

　4월 23일 러시아공사관에서 궁으로 빨리 돌아오도록 아뢰었다.

1897년(고종 34, 65세)

　　1월 4일 태의원(太醫院) 도제조(都提調)에 임명되었다.

　　3월 23일 교전소(校典所) 총재대원(總裁大員)으로 임명되었다.

　　4월 11일 봉상사(奉常司) 도제조로 임명되었다.

　　8월 24일 세상을 떠나자, 왕이 제문을 지어 보냈다.

1898년(고종 35)

　　10월 23일 의정(議政) 윤용선(尹容善)이 "정범조 집안에서는 선대
로부터 시호에 대한 글을 올리지 않는다"고 아뢰어, 이튿날 '문헌(文
獻)'이라는 시호를 내렸다.

　그는 대대로 수많은 정승을 배출한 동래(東萊) 정씨(鄭氏) 문중에
태어나 20년 동안 정승을 지낸 할아버지 정원용의 후광으로 벼슬길에
들어섰지만, 자신의 문장과 인덕으로 계속 승진하며 지방관으로 한번
도 나가지 않고 중앙의 요직을 거쳤다. 홍문관 제학과 예문관 제학에
각기 5회나 임명된 것은 자신의 문장이 뛰어났기 때문이지만, 예조와
병조를 비롯하여 이조판서 2회, 공조판서 3회, 호조판서 4회 등 5조
판서를 두루 거친 것은 그의 행정적인 수완을 인정받았기 때문이다.
그래서 우의정에도 5회나 임명되었으며, 갑신정변과 갑오경장을 겪
는 과정에서도 새로운 정부의 요직을 두루 거칠 수 있었다. 1894년
8월 5일에 왕이 "갑신정변의 주역 박영효의 죄명을 지워버리라"고 명
하자 취소하기를 청했는데, 11월 21일에 갑오경장이 시작되자 중추원
부의장에 임명된 것을 보면 정권에 관계없이 계속 벼슬할 정도로 특색
이 없는 인물이었음을 알 수 있다.

　1881년 1월 16일 통리기무아문 당상관들이 관청을 분담하면서 정범
조에게 사대(事大) 교린(交隣)을 맡긴 까닭은 그의 문장력을 높이 평
가했기 때문이다. 문집에는 이 시절에 그가 지은 외교문서들이 많이

실려 있다. 왕실로부터 두터운 신임을 받아 옥책문이나 죽책문, 행장
이나 시장, 교서 등을 여러 차례 지었다. 『명성황후(明成皇后)』라는
제목의 대행왕후(大行王后) 행장은 12장 분량의 사본(寫本) 1책으로
연세대학교 중앙도서관 고서실에 소장되어 있다.

3. 구성

이 문집은 제목 자체가 '초고(初稿)'라는 점만 보아도 알 수 있듯이,
체제별로 편집되지 않은 불분권 5책 분량의 미정초고본(未定草稿本)
이다. 책마다 분량도 다르고 서(序)와 발(跋)도 없어, 누가 언제 편집
했는 지도 확실치 않다. 실린 문체가 대부분 왕과 관련된 것임을 보
면, 문집을 편집하려고 준비하던 자료 가운데 일부분임을 알 수 있다.
각 책의 표지에 쓰인 문체 분류와 작품 수는 다음과 같다.

> 제1책 : 시장(諡狀). 행장(行狀). 묘갈명(墓碣銘). 제문(祭文)
>   시장 2편, 행장 1편, 묘갈명 2편, 기행 1편, 묘지 1편, 묘표
>   1편, 제문 6편.
> 제2책 : 소차(疏箚).
>   소(疏) 50편.
> 제3책 : 소차(疏箚).
>   소(疏) 6편, 차(箚) 5편.
> 제4책 : 응제각체(應製各軆) 일(一).
>   시 119수(한시 형태의 延祥, 春帖, 端午帖, 輓章 포함), 부
>   3편, 표 2편, 대책 1편, 고유문 8편, 전문(箋文) 12편, 치사
>   (致詞) 13편, 두사(頭辭) 4편, 축문 4편, 교서 7편(敎文 1편

포함), 윤음(綸音) 1편, 유서(諭書) 1편, 서(序) 2편, 악장문
(樂章文) 2편, 수의(收議) 6편, 헌의(獻議) 2편, 계(啓) 1편,
국서(國書) 3편, 서계(書契) 1편, 주문(奏文) 1편, 자문(咨文)
19편, 별록 1편, 제문 7편. 잡문 1편.

제5책 : 응제각체(應製各體) 이(二).

시 33수, 악장문(樂章文) 2편, 옥책문(玉冊文) 4편, 계(啓)
3편, 상량문 3편.

4. 내용

1) 제1책

주로 선조와 친척들을 위해 지어준 제문과 묘지문, 왕의 명을 받아
지은 시장(謚狀)들이다. 문학적으로 특별한 서사구조는 없다. 「열부
전씨기행(烈婦全氏紀行)」은 제문이나 묘지문, 시장과 형태가 다르지
만, 역시 일반적인 열녀 기행이다.

「행판돈녕부사겸이조판서이공시장(行判敦寧府事兼吏曹判書李公謚
狀)」 판돈녕부사 겸 이조판서를 지낸 이원명(李源命 1807~1887)의 시장
(謚狀)이다.

「증병조판서김씨양세행장(贈兵曹判書金氏兩世行狀)」 홍경래의 난
(1811) 때에 공을 세운 증병조판서 김형척(金亨倜 1780~1860)과 덕연(德
淵)·기연(基淵 1814~1890) 2대의 행장이다.

「종인첨추공계원묘갈명(宗人僉樞公繼源墓碣銘)」

「열부전씨기행(烈婦全氏紀行)」

「박군정식묘지(朴君正植墓誌)」

「제내형겸이조판서국헌윤공자덕문(祭內兄兼吏曹判書菊軒尹公滋悳文)」

「제이봉조하귤산상공문(祭李奉朝賀橘山相公文)」
「제고실정경부인풍양조씨문(祭故室貞敬夫人豊壤趙氏文)」
「제재종숙군수운재공문(祭再從叔郡守雲齋公文)」
「제정경부인풍양조씨면양시문(祭貞敬夫人豊壤趙氏緬襄時文)」
「제정경부인풍양조씨문(祭貞敬夫人豊壤趙氏文)」
「행공조판서이공응식시장(行工曹判書李公應植諡狀)」
「성균생원오영록묘갈명(成均生員吳榮祿墓碣銘)」
「선조좌복사부군묘표(先祖左僕射府君墓表)」

2) 제2책

제2책과 제3책에는 왕에게 올린 소차(疏箚)가 실려 있다. 그는 높은 벼슬을 받을 때마다 사직소(辭職疏)를 올렸으며, 재상직에 있는 동안에도 자주 사직소를 올렸다. 호조판서 경우 1888년에 7차까지 올렸으며, 다시 임명된 뒤에도 1889년에 5차까지 올렸다. 벼슬이 높아질수록 조심하는 것은 그의 선조들로부터 물려받은 가풍이기도 하다. 사직소의 경우에는 형식과 내용이 같으므로, 하나하나 소개하지 않는다.

「사대교소(辭待敎疏)」 : 1861년 1월 13일에 규장각 대교로 임명되자, 19일에 상소하여 "능력이 없어 선조들의 명성을 더럽힐까 걱정된다"고 사직하기를 청하는 글이다. "사직하지 말라"고 비답한 글까지 함께 실려 있다.

「사이조참의소(辭吏曹參議疏)」 : 1865년 9월 25일에 이조참의에 임명되자 10월 2일에 "능력에 넘친다"고 사직하기를 청한 글이다. "사직하지 말고 일을 보라"는 비답까지 함께 실려 있다.

「재사이조참의소(再辭吏曹參議疏)」 : 11월 11일에 "병 때문에 업무를 감당할 수 없다"고 사직하기를 청하는 소(疏)를 다시 올렸는데, 왕이 "청한 대로 시행하겠다"고 허락한 글까지 함께 실려 있다.

「사이조참의소(辭吏曹參議疏)」: 1868년 10월 18일에 "병 때문에 이조참의 업무를 감당할 수 없다"고 사직하기를 청하는 소(疏)를 올렸는데, 왕이 "청한 대로 시행하겠다"고 허락한 글까지 함께 실려 있다.

「도승지자열소(都承旨自列疏)」

「사이조참판소(辭吏曹參判疏)」

「재사이조참판소(再辭吏曹參判疏)」: 1874년 5월 14일에 "이조참판을 사임하게 해달라"고 다시 청한 상소문인데, 왕이 "청한 대로 시행하겠다"고 비답한 글까지 함께 실려 있다.

「사규장각직제학소(辭奎章閣直提學疏)」: 6월 25일에 규장각 직제학에 임명되자, 27일에 "이 벼슬은 신의 할아비와 아비가 거친 자리인데, 신은 그만큼 감당할 능력이 없다"고 사직하는 소를 올렸다. 왕이 "사직하지 말고 공무를 행하라"고 비답한 글까지 함께 실려 있다.

「사부제학소(辭副提學疏)」: 1875년 11월 25일에 홍문관 부제학으로 임명되자, 27일에 "분에 넘치니 사직하게 해달라"고 청하는 소(疏)를 올렸다. 왕이 "사직하지 말고 공무를 행하라"고 비답한 글까지 함께 실려 있다.

「사전라감사소(辭全羅監司疏)」: 1875년 11월 26일에 전라도관찰사로 임명되자, 28일에 "신의 아비가 다스리던 곳인데, 신에게는 분에 넘치니 사직하게 해달라"고 청하는 소(疏)를 올렸다. 왕이 "사직하지 말고 가서 잘 다스리라"고 비답한 글까지 함께 실려 있다.

「결제후사동돈녕소(闋制後辭同敦寧疏)」: 어머니의 삼년상을 마친 뒤에 동돈녕부사에 임명되자, 1878년 10월 4일에 "아직 슬픔을 견딜 수 없으니 사직하게 해달라"고 청하는 소(疏)를 올렸다. 왕이 "사직하지 말고 공무를 행하라"고 비답한 글까지 함께 실려 있다.

「재사동돈녕소(再辭同敦寧疏)」: 10월 7일에 다시 사직소(辭職疏)를 올렸다. 왕이 "청한 대로 시행하겠다"고 비답한 글까지 함께 실려 있다.

「인시관간삭분간후자열소(因試官刊削分揀後自列疏)」: 1879년 1월 28일 감시(監試) 초시의 시관이었다가, 과거시험장의 여론이 좋지 않아 여러 시관들과 함께 간삭(刊削)되었는데, 자신의 죄를 변론하기 위해 2월 11일에 올린 소(疏)이다.

「사공조판서가자(辭工曹判書加資疏)」: 12월 26일 공조판서에 임명되자, 이틀날 올린 사직소(辭職疏)이다. 정2품 하계(下階)인 자헌대부로 공조판서에 임명된 것이 특전이기 때문에 사퇴한 것이다.

「시패자열소(試牌自列疏)」: 1881년에 정시 독권관 후보로 명단에 오르자, 1879년 감시(監試) 초시의 시관으로 여론이 좋지 않았던 사실을 들어 3월 26일에 변명하는 소(疏)를 올린 것이다. 왕이 "이미 지난 일을 말할 필요 없으니, 즉시 들어오라"고 비답한 글까지 함께 실려 있다.

「사홍문제학소(辭弘文提學疏)」: 1882년 3월 26일.

「사이조판서소(辭吏曹判書疏)」: 6월 18일.

「사숭정소(辭崇政疏)」: 8월 11일.

「재사이조판서소(再辭吏曹判書疏)」: 8월 16일.

「사별운검소(辭別雲劍疏)」: 12월 12일.

「사독판빈객소(辭督辦賓客疏)」: 1883년 11월 11일.

「사병조판서소(辭兵曹判書疏)」: 1884년 1월 18일.

「사병조판서재소(辭兵曹判書再疏)」: 4월 30일.

「사병조판서삼소(辭兵曹判書三疏)」: 5월 4일.

「결제후사판돈녕소(闕制後辭判敦寧疏)」: 1886년 8월 28일.

「재사판돈녕소(再辭判敦寧疏)」: 9월 2일.

「사호조판서소(辭戶曹判書疏)」: 9월 17일.

「재사호조판서소(再辭戶曹判書疏)」: 10월 9일.

「사호조판서삼소(辭戶曹判書三疏)」: 1887년 4월 20일.

「사호조판서사소(辭戶曹判書四疏)」: 윤4월 26일.

「사호조판서오소(辭戶曹判書五疏)」: 9월 1일.

「호조실화후자핵소(戶曹失火後自劾疏)」: 10월 10일.

「사호규장각제학소(辭戶奎章閣提學疏)」: 1888년 1월 12일.

「사보국소(辭輔國疏)」: 3월 16일.

「사호조판서육소(辭戶曹判書六疏)」: 3월 29일.

「사호조판서칠소(辭戶曹判書七疏)」: 4월 25일.

「사호조판서소(辭戶曹判書疏)」: 9월 11일.

「호조판서자핵소(戶曹判書自劾疏)」

「인진천전세허대사청봉본색소(因鎭川田稅許代事請捧本色疏)」

「인주폐사자핵소(因鑄幣事自劾疏)」: 1889년 3월 24일.

「사호조판서재소(辭戶曹判書再疏)」: 4월 9일.

「사호조판서삼소辭戶曹判書三疏」: 6월 3일.

「사호조판서사소辭戶曹判書四疏」: 6월 13일.

「사호조판서오소辭戶曹判書五疏」: 6월 22일.

「사좌빈객소(辭左賓客疏)」: 11월 3일.

「사빈객제거소(辭賓客提擧疏)」: 1890년 2월 22일.

「사좌빈객삼소(辭左賓客三疏)」: 3월 16일.

「경성전실화후자핵소(慶成殿失火後自劾疏)」: 6월 19일.

「사호조판서소(辭戶曹判書疏)」: 11월 24일.

「재사호조판서소(再辭戶曹判書疏)」: 12월 8일.

3) 제3책

「사우의정소(辭右議政疏)」: 호조판서로 있던 정범조가 1890년 12월 10일에 우의정으로 임명되자, '능력이 없어 감당할 수 없으니 철회한다는 지시를 내려달라'고 상소하였다. 왕은 겸춘추 백시순(白時淳)을 보내 '승인하지 않는다. 할아버지 문충공(文忠公 정원용)같이 잘 보필해 달라'

고 비답을 내렸는데, 비답까지 함께 실려 있다.

「사우의정재소(辭右議政再疏)」: 12월 16일에 다시 사직소를 올렸다. 역시 겸춘추 백시순이 '승인하지 않는다'는 비답을 가져 왔는데, 비답까지도 함께 실려 있다.

「사우의정삼소(辭右議政三疏)」: 12월 18일에 세 번째로 올린 사직소인데, 왕은 여전히 좌부승지 서의순(徐誼淳)을 보내 '승인하지 않는다'고 비답하였다. 19일에 불러서 여섯 번째로 타이르자, 21일부터 조정에 나와 일을 보았다.

「걸해겸임차(乞解兼任箚)」: '우의정의 임무가 막중하니, 내의원(內醫院)이나 남별전(南別殿) 등의 겸임을 해임시켜 달라'고 12월 23일에 올린 차(箚)이다. 왕이 가주서 김태욱(金泰郁)을 보내 '전의(典醫) 제거(提擧)의 임무는 막중하니 계속 힘써 달라'고 답한 글까지 함께 실렸다.

「청침경우궁친행작헌례연차(請寢景祐宮親行酌獻禮聯箚)」: 왕이 경우궁의 작헌례를 친히 진행하겠다고 하자, 12월 25일에 현임과 전임의 대신들이 연명하여 '그 지시를 취소해 줍시사'고 청하는 글이다. 왕이 가주서 김태욱을 보내 '신하를 보내서 대리로 진행하겠다'고 답한 글까지 함께 실렸다.

「청침포청죄수작처지명연차(請寢捕廳罪囚酌處之命聯箚)」: 왕이 '반역죄인 이근응 등을 군영에 넘겨 목을 베라'고 명하자, 대신들이 연명하여 "의금부에 추국청을 설치하여 신문하시라"고 청하는 내용의 차(箚)이다. 왕이 가주서 김태욱을 보내 "다시 조사할 여지가 없어 짐작해서 처분한 것이니, 이대로 시행해도 잘못이 없다"고 답하는 글까지 함께 실려 있다.

「청침수릉산릉행행연차(請寢綏陵山陵幸行聯箚)」: 1891년 1월 19일에 대신들이 연명하여 "유릉과 산릉에 행차할 날이 가까워오는데 봄비가 계속 내리니, 날짜를 연기하시라"고 청하는 차(箚)이다. 왕이 "그렇게 하겠다"고 답하는 글이 함께 실려 있다.

「인의소(引義疏)」: 의정부에서 세자가 축하받을 때의 절목(節目)을 토의 결정하여 아뢰자 세자가 2월 9일에 비준하고, 우의정 점범조에게 안장 갖춘 말 한 마리를 상으로 내렸다. 그러나 2월 13일에 호군(護軍) 이용원 (李容元)이 "세자가 남면(南面)하여 앉을 수 없다"고 비판하는 소(疏)를 올렸다. 영의정 심순택과 우의정 정범조가 "형세가 불안하다"고 하면서 소명패(召命牌)를 바치고 도성 밖으로 나가자, 왕이 14일과 15일에 두 차례나 타일렀다. 17일에 다시 이 글을 올려 사직할 뜻을 아뢰자, 가주서 김태욱을 보내 '더 이상 번거롭게 하지 말라'고 비답을 내렸다.

「사응제독권관차(辭應製讀券官箚)」: 2월 20일 경무대에서 성균관과 사부 학당 유생들에게 응제를 보이는데, 19일에 '병 때문에 독권관 임무를 수행할 수 없다'고 사퇴하는 차(箚)를 올렸다. 20일에 가주서 김태욱이 '승인하지 않는다'는 비답을 가져 왔다.

「신구이용원소(伸救李容元疏)」: 자신을 비난하던 이용원이 흑산도로 귀양가게 되자, 2월 22일에 이 글을 올려 "충심에서 나온 비판을 용서하시라"고 청하였다. 왕이 이튿날 기주서 김태욱을 보내 "승인하지 않는다"고 비답하였다.

「사상직겸인구소(辭相職兼引咎疏)」: 5월 9일에 다시 사직소를 올렸는데, 왕이 사관 김태욱을 보내 "승인하지 않는다"고 비답한 글까지 함께 실려 있다.

4) 제4책

제4책과 제5책에 실린 글들은 모두 왕의 명에 응해 지은 글들이어서, 대부분 형식에 치우친 하례문이나 고유문, 교서이다. 연상(延祥)·춘첩(春帖)·단오첩(端午帖)·만장(輓章)은 대부분 칠언절구 형

태의 한시이다. 특별한 내용이 없는 경우에는 제목만 소개한다. 정범
조는 홍문관 제학과 예문관 제학을 다섯 차례나 지내고 왕실의 문장을
여러 차례 지었던 문장가였으므로, 철종시대와 고종시대 궁중에서 지
어진 글의 수준을 엿볼 수 있다.

「하자천지덕(夏者天之德)」 시, 어고삼하(御考三下), 1859년 4월 6일 : 여
　름의 왕성한 기운은 만물의 생장을 촉진하므로, 하늘의 생성하는 덕과
　같이 무한한 것임을 찬미하였다.

「교서천록각(校書天祿閣)」 부(賦), 삼하(三下), 5월 10일 : 과시(科詩)와
　표(表), 부(賦)에는 모두 삼상(三上)·삼중(三中)·삼하(三下)의 성적이
　밝혀져 있다.

「의주군신하약일월지조림광우사방현우서토(擬周群臣賀若日月之照臨
　光于四方顯于西土)」 표(表), 삼하(三下), 6월 10일.

「장천무운월색여화(長天無雲月色如畫)」 부(賦), 삼하(三下), 8월 10일.

「기화시추서시퇴세사기등천기고명인정서한(其花時秋暑始退歲事既登
　天氣高明人情舒閒)」 시, 삼상(三上), 9월 10일.

「자천우지길무불리(自天祐之吉无不利)」 부(賦), 삼중(三中, 1860년 1월
　10일.

「사대부득예기선자시인위지등영주(士大夫得預其選者時人謂之登瀛洲)」
　시, 삼하(三下), 2월 10일.

「화성행행시방화수류정갱진어제운(華城幸行時訪花隨柳亭賡進御製韻)」
　칠언절구.

「동관왕묘개수고유문(東關王廟改修告由文) 신유(辛酉)」 1861년.

「남관왕묘개수고유문(南關王廟改修告由文)」

「단오첩자(端午帖子)」 칠언율시 2수.

「대전탄신전문(大殿誕辰箋文)」

「동관왕묘개수고유문(東關王廟改修告由文)」

「남관왕묘개수고유문(南關王廟改修告由文)」

「영년전동향축문(永寧殿冬享祝文)」

「칠사축문(七祀祝文)」

「총융사김병기교서(摠戎使金炳冀敎書)」

「동지전문(冬至箋文)」

「순조대왕순원왕후추상존호의호후전문(純祖大王純元王后追上尊號議
號後箋文)」: 순조대왕과 순원왕후에게 추가로 존호를 올리기로 의논한
뒤에 하례하는 전문(箋文)이다.

「황해감사이유원교서(黃海監司李裕元敎書)」

「연상(延祥) 임술(壬戌)」 칠언절구 2수, 1862년.

「춘첩(春帖)」 칠언절구 2수.

「정조전문(正朝箋文)」

「순조대왕순원왕후추상존호진하전문(純祖大王純元王后追上尊號陳賀
箋文)」: 1862년(철종 13) 1월 9일 종묘 춘향제에서 순조대왕과 순원왕후
에게 추가로 존호를 올린 뒤에 하례하는 전문(箋文)이다.

「영년전축문(永寧殿祝文)」

「칠사축문(七祀祝文)」

「동관왕묘개수고유문(東關王廟修改告由文)」

「남관왕묘개수고유문(南關王廟修改告由文)」

「대교조성하교서(待敎趙成夏敎書)」

「단오첩자(端午帖子)」 칠언절구 2수.

「삼정구폐전책(三政捄弊殿策)」: 인정전 친림 때에 지어 바친 대책(對策)
이다.

「군자정삼청시사친림시갱진어제운(君子亭三廳試射親臨時賡進御製韻)」
: 군자정 시사(試射)에 왕이 친림(親臨)하여 정조(正祖) 어제(御製)의 판
상시(板上詩)에 차운하여 짓고는 여러 신하들에게 그 운에 따라 지으라

고 명하자 화답하여 바친 칠언절구이다.

「남한서장대갱진어제운(南漢西將臺賡進御製韻)」: 왕이 인릉(仁陵)을 행
행(幸行)할 때에 남한산성 서장대에 올라 시를 짓자, 그 운에 화답하여
지어 바친 칠언절구이다.

「춘첩(春帖) 계해(癸亥)」 칠언절구 2수, 1863년.

「연상(延祥)」 칠언절구 2수.

「휘경원천봉만장(徽慶園遷奉輓章)」 칠언절구 3수: 순조의 생모 가순궁
(嘉順宮)을 장사지낸 휘경원(徽慶園)의 풍수가 나쁘다는 여론이 있자
1855년(철종 6)에 천봉(遷奉)하였다. 그래도 나쁘다는 의론이 있자,
1863년(철종 14)에 다시 천봉하였다. 이때 지은 만장이다.

「단오첩자(端午帖子)」 칠언절구 2수.

「철종대왕만장(哲宗大王輓章) 갑자(甲子)」 칠언율시 5수, 1864년.

「춘당대선파유무응제일갱진어제운(春塘臺璿派儒武應製日賡進御製韻)」
오언절구.

「동관왕묘수개고유문(東關王廟修改告由文)」

「남관왕묘수개고유문(南關王廟修改告由文)」

「갱진백치서(賡進白雉序) 을축(乙丑)」 1865년: 강원도 회양과 평안도
선천에서 잇달아 흰 꿩이 나타나 운현궁에 바치고, 충청도 진천에서
한 줄기에 열여섯 이삭이 달린 옥당(玉穰)을 바치자, 왕이 상서롭게 여
겨 대왕대비에게 보여드리고 친히 서문을 지었다. 11월 13일 종친·의
빈·승지·홍문관의 관리를 비롯한 유신들에게 서문을 지어 바치게 하
자, 정범조도 아래의 글 「옥당서(玉穰序)」와 함께 이 글을 지어 바쳤다.

「옥당서(玉穰序)」

「단오첩(端午帖) 병인(丙寅)」 칠언절구 2수, 1866년.

「춘첩(春帖) 정묘(丁卯)」 칠언절구 2수, 1867년.

「연상(延祥)」 칠언절구 2수.

「단오첩(端午帖)」 칠언절구 2수.

「송도유수조영하교서(松都留守趙寧夏敎書)」: 조영하를 9월 27일 개성
부 유수로 임명하면서, 개성의 중요성을 말하고, 대왕대비의 조카인
만큼 충성을 다하여 나라를 지켜 달라고 당부하는 글이다.

「연상(延祥) 무진(戊辰)」 칠언절구 2수, 1868년.

「춘첩(春帖)」 칠언절구 2수.

「단오첩(端午帖)」 칠언절구 2수.

「춘첩(春帖) 기사(己巳)」 칠언절구 2수, 1869년.

「연상(延祥)」 칠언절구 2수.

「단오첩(端午帖)」 칠언절구 2수.

「연상(延祥) 경오(庚午)」 칠언절구 2수, 1870년.

「춘첩(春帖)」 칠언절구 2수.

「화성행행시행궁갱진어제운(華城幸行時行宮賡進御製韻)」 칠언율시 :
왕이 화성에 행행했다가 정조가 지은 판상시에 차운하여 짓고, 시임(時
任)과 원임(原任)의 여러 대신·승지·사관·각신(閣臣) 및 유신(儒臣)
들에게 차운하여 지어 바치라고 명하였다. 정범조는 닷새 동안 화성에
머물며 소대(召對)를 통해 시강(侍講)한 사실과 군용(軍容)이 더욱 갖추
어졌음을 노래하였다.

「단오첩(端午帖)」 칠언절구 2수.

「춘첩(春帖) 신미(辛未)」 칠언절구 2수, 1871년.

「연상(延祥)」 칠언절구 2수.

「이문원재일갱진어제운(摛文院齋日賡進御製韻) 임신(壬申)」 칠언절구.
1872년 : 왕이 내각(內閣)에서 재숙(齋宿)하며 칠언절구를 지어 내리고
여러 각신들에게 화답하게 하였다. 이때 태조의 어진 2본과 원종의 어진
1본을 이모(移摹)하여 태원전(泰元殿)에 봉안하고, 장차 작헌례(酌獻禮)
와 단오제(端午祭)를 치르려고 하였다. 양조(兩朝)의 어진을 남전에 다
시 모시고, 태조의 어진 1본은 경기전에 다시 모시며, 구본(舊本)은 세초
(洗綃)하여 매안(埋安)하려 하면서 자문을 구할 때 지은 시이다.

「단오첩(端午帖) 갑술(甲戌)」 칠언절구 2수, 1874년.

「춘첩(春帖) 을해(乙亥)」 칠언절구 2수, 1875년.

「연상(延祥)」 칠언절구 2수.

「권농윤음(勸農綸音)」

「단오첩(端午帖)」 칠언절구 2수.

「연상(延祥) 병자(丙子)」 칠언절구 2수, 1876년.

「춘첩(春帖)」 칠언절구 2수.

「단오첩(端午帖)」 칠언절구 2수.

「대전탄신전문(大殿誕辰箋文)」

「내각(內閣)」

「강판부사로돈유(姜判府事洤敦諭) 기묘(己卯)」 1879년 : 지난 해 6월에 대사헌 이인명(李寅命)이 "대비가 세상을 떠났을 때에 대궐에 나와 곡하지 않았다"고 탄핵하여 중화부로 귀양보냈다가 놓아주었는데, 왕이 불러도 사양하자 도승지 정범조를 시켜 타이르는 글을 짓게 하였다.

「서연책자수의(書筵冊子收議)」 1880년 : 9월 18일에 서연(書筵)에서 강론할 책자를 선택하는데, 사부빈객(師傅賓客 우부빈객)으로 수의(收議)한 글이다. 열성조(列聖朝)들이 대부분 『효경』으로 시작했다면서 『효경』을 추천하였다.

「연상(延祥) 신사(辛巳)」 칠언절구 2수, 1881년.

「춘첩(春帖)」 칠언절구 2수.

「세자궁연상(世子宮延祥)」 칠언절구 2수.

「세자궁춘첩(世子宮春帖)」 칠언절구 2수.

「대전단오첩(大殿端午帖)」 칠언절구 2수.

「세자궁단오첩(世子宮端午帖)」 칠언절구 2수.

「갱진예제시(賡進睿製詩)」 칠언절구.

「입학책자수의(入學冊子收議)」 : 12월 1일에 세자의 입학 후 시강(始講)할 책자로 『소학』을 추천하였다.

「춘첩(春帖) 임오(壬午)」칠언절구 2수, 1882년.

「연상(延祥)」칠언절구 2수.

「세자궁춘첩(世子宮春帖)」오언율시.

「세자궁연상(世子宮延祥)」오언율시.

「종묘하향대제친제제문(宗廟夏享大祭親祭祭文)」

「여미사강정수호통상조규사예부자(與美使講定修好通商條規事禮部咨)」
: 1882년 4월 6일 인천에서 미국 전권대신 슈벨트[薛斐爾]와 수호통상조
규 14조를 강정(講定)하는 과정에서 청나라 예부에 보낸 자문이다.

「여미사강정수호통상조규사북양통상대신아문자(與美使講定修好通商
條規事北洋通商大臣衙門咨)」: 미국 사신과 수호통상조규를 강정(講定)
하는 과정에서 북양통상대신아문(北洋通商大臣衙門)에 보낸 자문이다.

「여영사강정수호통상조규사예부자(與英使講定修好通商條規事禮部咨)」
: 1883년 4월 11일에 영국 제독 윌스[韋力士]가 인천에 군함을 정박하고
조선정부의 전권대신 조영하와 수호통상조규를 강정(講定)하는 과정에
서 예부에 보낸 자문이다. 청나라에서 "미국과의 조규를 고치지 말라"고
했기 때문에, 내용은 달라진 것이 없다. 전문 14조의 조영수호통상조약
은 10월 26일에 조인되었다.

「여영사강정수호통상조규사북양통상대신아문자(與英使講定修好通商
條規事北洋通商大臣衙門咨)」: 영국 사신과 수호통상조규를 강정(講定)
하는 과정에서 북양통상대신아문에 보낸 자문이다. 문장은 예부의 자문
과 같은데, 북양대신 관계의 문자만 달라졌다고 예를 들어 설명하였다.

「단오첩(端午帖)」칠언절구 2수.

「세자궁단오첩(世子宮端午帖)」칠언절구 2수.

「예부자(禮部咨)」: 임오군란을 수습하는 과정에서 흥선대원군이 청나라
장군 오장경(吳長慶)의 초청을 받아 예방하였다가 청나라 보정부(保定
府)로 납치된 사건에 대해 빨리 귀국시켜 달라고 예부에 보낸 자문이다.

「총리아문자(撫理衙門咨)」: 문장은 예부에 보낸 자문과 같은데, '부당

제대인(部堂諸大人)'을 '왕공제대인(王公諸大人)'으로 고쳤다고 설명하였다.

「북양아문자(北洋衙門咨)」 : 문장은 예부에 보낸 자문과 같은데, '부당제대인(部堂諸大人)'을 '귀서대신(貴署大臣)'으로 고쳤다고 설명하였다.

「주문(奏文)」 : 흥선대원군이 청나라로 납치되자, 왕이 아버지를 빨리 귀환시켜 달라고 청나라에 아뢰는 글이다. 7월 13일 흠차제독(欽差提督) 오장경(吳長慶)의 군영(軍營)을 방문했다가 제독(提督) 정여창(丁汝昌)의 배를 타고 청나라로 끌려가자 왕 자신이 얼마나 놀라고 슬퍼했는지 정황을 설명하고, 대원군이 올해 63세인데다 평소에 질병까지 있어 외국 생활을 견디기 어려우니 황제께서 빨리 돌려 보내달라고 호소하는 내용이다. 고종(高宗)이 신(臣)의 입장에서 일인칭으로 아뢰는 내용을 정범조가 대신 썼다.

「총리아문자(總理衙門咨)」 : 같은 내용을 총리아문으로 보내는 글이다. 입장이 달라졌으므로, 표현이 일부 달라졌다.

「예부자(禮部咨)」 : 같은 내용을 예부로 보내는 글인데, "주문을 다 베꼈으므로 별자는 없다[奏文全謄故無別咨]"는 소주(小註)만 실려 있다.

「북양아문자(北洋衙門咨)」 : 같은 내용을 북양아문으로 보내는 글이므로, "문장은 「총리아문자(總理衙門咨)」와 같다[文與總理衙門啓同]"는 소주(小註)만 실려 있다.

「북양복자(北洋覆咨)」 : 북양대신에게 다시 보내는 자문인데, 청나라 군대가 출동하여 임오군란을 잘 수습해준 데 대하여 감사하고, 혹시라도 잔당이 준동하는 경우에는 자문을 다시 보내 구원을 요청하겠다는 내용이다.

「예부자(禮部咨)」 : 예부에 보내는 자문인데, 「북양복자(北洋覆咨)」와 같은 내용이다.

「사은표(謝恩表)」 : 청나라 황제에게 사은(謝恩)하는 표(表)인데, 청나라 군대가 출동하여 임오군란을 잘 수습해준 데 대하여 감사하는 내용이다.

「왕세자봉진대전대왕대비전왕대비전전문두사(王世子封進大殿大王大
妃殿王大妃殿箋文頭辭)」: 임오군란 와중에 민간으로 피신했던 왕비가
궁으로 돌아오자, 왕세자가 대전(大殿)과 대왕대비전(大王大妃殿), 왕
대비전(王大妃殿)에 안팎 옷감[表裏]을 올리면서 함께 보낸 전문(箋文)
의 두사(頭辭)이다.

「중궁전전문두사(中宮殿箋文頭辭)」: 임오군란 와중에 민간으로 피신했
던 왕비가 궁으로 돌아오자, 왕세자가 중궁전(中宮殿)에 안팎 옷감[表
裏]을 올리면서 함께 보낸 전문(箋文)의 두사(頭辭)이다.

「경외봉진전문두사(京外封進箋文頭辭)」

「왕세자봉진치사(王世子封進致詞)」: 왕세자가 각전(各殿)에 물건을 바
치는 치사(致詞)인데, 「대전(大殿)」·「대왕대비전(大王大妃殿)」·「왕
대비전(王大妃殿)」·「중궁전(中宮殿)」 4편이다.

「왕세자봉진전문(王世子封進箋文)」: 왕세자가 각전(各殿)에 물건을 바
치는 전문(箋文)인데, 역시 「대전(大殿)」·「대왕대비전(大王大妃殿)」·
「왕대비전(王大妃殿)」·「중궁전(中宮殿)」 4편이다. 『고종실록』 19년 8
월 7일조에 "왕세자가 각전(各殿)에 치사와 전문 및 안팎 옷감을 올렸다"
고 기록되었다.

「중궁전봉영진하반교문(中宮殿奉迎陳賀頒教文)」: 왕비가 다시 돌아오
자, 왕이 인정전에서 축하받으며 대사령을 반포하고 내린 교문(教文)이
다. 『고종실록』 19년 8월 7일조에 실렸는데, "예문관 제학 정범조가 지
었다"고 기록되었다.

「북양아문자(北洋衙門咨)」: 민간으로 피신했던 왕비가 다시 돌아오자,
군란을 잘 수습해 준 것을 고마워하며, 왕비가 무사히 돌아온 사실을
북양아문에 알리는 자문이다.

「예부자(禮部咨)」: "문장은 위와 같다[文與上同]"고 소주(小註)를 붙였다.

「총리아문자(總理衙門咨)」: "문장은 위와 같다[文與上同]"고 소주(小註)
를 붙였다. 의정부에서 "중궁전을 맞아온 것은 나라의 큰 경사인 만큼

중국에 공문으로 보고하고, 주변국에 편지를 보내는 일을 조금도 늦출 수가 없습니다. 제학(提學)을 시켜 사유를 갖추어 글을 만들게 하고, 자문을 가지고 가는 관리로는 역관 변원규를 정해서 보내는 것이 어떻겠습니까?"라고 아뢴 기사가『고종실록』8월 3일조에 실려 있다.

「진전작헌례제문(眞殿酌獻禮祭文)」: 진전(眞殿)에서 작헌례 때에 바친 제문인데, 「제일실(第一室)」(숙종)·「제이실(第二室)」(영조)·「제삼실(第三室)」(정조)·「제사실(第四室)」(순조)·「제오실(第五室)」(익종)·「제육실(第六室)」(헌종)의 6편이다.

「국서(國書)」: 왕이 일본국 황제에게 보내는 국서인데, 임오군란을 수습하기 위해 특명전권대신 겸 수신사 금릉위(錦陵尉) 박영효(朴泳孝)와 수신부사 김만식(金晩植)을 일본에 보낸다는 내용이다. 청나라 연호를 쓰지 않고, "개국사백구십일년팔월초팔일친서명령보(開國四百九十一年八月初八日親署名鈐寶)"라고 하여 독립국임을 과시하였다.

「서계(書契)」: 위의 국서와 같은 내용인데, 조선국 예조판서가 일본국 외무경(外務卿)에게 보내는 형식이기 때문에 서계(書契)라고 하였다.

「별록(別錄)」: 임오군란 때에 일본국 공사관이 불타고 교관들이 죽은 데 대해 사과하고, 그토록 비극적인 사건이 있었지만 두 나라 사이에 외교가 유지된 점을 고마워 하며. 정완린(鄭完隣) 등의 흉도 11명을 먼저 체포하고, 손순길(孫順吉) 등 3명을 효시(梟示)하였으며, 이진학(李辰學) 등 3명을 멀리 유배보냈다는 사실을 일본국에 따로 알리는 내용이다.

「예부자(禮部咨)」: 위의 내용을 청나라 예부에 보내는 글인데, 사역원 부사직 김재신(金在信)이 자문을 가지고 갔다.

「총리아문자(總理衙門咨)」: "문장은 위와 같다[文與上同]"는 소주(小註)가 붙어 있고, 문장은 없다.

「북양아문자(北洋衙門咨)」: "문장은 위와 같다[文與上同]"는 소주(小註)가 붙어 있고, 문장은 없다.

「예부자(禮部咨)」: 청나라 예부에서 길림(吉林) 장군 명안(銘安)이 아뢴 말에 근거하여 "길림 변경의 땅을 경작하는 조선 빈민들에게 모두 증명 서를 발급하여 조세를 바치게 한다"는 공문을 보내왔는데, 그에 대한 답을 청나라 예부에 보내는 글이다. 그 동안의 경과가 기록되어 있다.

「계의책자수의(繼講冊子收議)」: 왕세자가 『효경』 강론을 마치게 되자 어느 책으로 계속하는 것이 좋을는지 왕이 대신들에게 물었는데, 모두 들 『동몽선습』이 좋다고 1882년 10월 25일 수의(收議)하였다.

「대전친상대왕대비전전문두사(大殿親上大王大妃殿箋文頭辭)」: 왕이 혼 인 60돌을 맞는 대왕대비에게 올리는 전문(箋文)의 두사(頭辭)이다.

「대전친상대왕대비전치사(大殿親上大王大妃殿致詞)」

「중궁전친상대왕대비전치사(中宮殿親上大王大妃殿致詞)」

「세자궁봉진대왕대비전치사(世子宮封進大王大妃殿致詞)」

「대전친상대왕대비전전문(大殿親上大王大妃殿箋文)」

「세자궁봉진대왕대비전전문(世子宮封進大王大妃殿箋文)」: 위의 글들 은 모두 대왕대비의 혼인 60돌을 축하하며 지어 바친 전문(箋文)과 치사 (致詞)들인데, 왕과 왕비, 세자의 입장에 따라 표현이 조금씩 달라졌다.

「세자궁춘첩(世子宮春帖) 계미(癸未)」 칠언절구 2수, 1883년.

「세자궁연상(世子宮延祥)」 칠언절구 2수.

「세자궁단오첩(世子宮端午帖)」 칠언절구 2수.

「국서(國書)」: 6월 11일에 미국에 보내는 보빙사 전권대신 민영익과 부대 신 홍영식, 종사관 서광범을 왕이 불러 보았는데, 이들을 통해 미국에 보낸 국서이다. 국왕의 어압(御押)과 민영익의 날인이 있지만, 정범조가 지은 글이다.

「답국서(答國書)」: 1882년에 조미수호통상조약이 체결되자 이듬해에 미 국 공사 푸트[福德]가 국서를 가지고 내한(來韓)했으므로, 그에 대한 답서를 보빙사 편에 함께 보냈다. 역시 정범조가 지은 글이다.

「예제시갱진(睿製詩賡進)」 오언절구: 8월 2일에 왕비가 작년에 궁으로 돌아온 날을 기념하는 잔치가 열리자 세자가 시를 짓고, 시강원 관원들이 차운하여 지어 바쳤다.

「인봉조하김상현소청고찬성문성공이이고상신문충공민정중김수항김석주고판서문효공김만중추배묘정헌의(因奉朝賀金尙鉉疏請故贊成文成公李珥故相臣文忠公閔鼎重金壽恒金錫胄故判書文孝公金萬重追配廟庭獻議)」: 봉조하(奉朝賀) 김상현(金尙鉉)이 이이·민정중·김수항·김석주·김만중 등의 선현들을 묘정(廟庭)에 추배(追配)하자고 상소하자, 1886년 11월 16일에 대신들에게 의견을 물었다. 정범조도 찬성하는 의견을 올렸으며, 이튿날(17일) 종묘 뜰에서 이들을 함께 모시고 제사를 지냈다.

「익종대왕추상존호악장문(翼宗大王追上尊號樂章文) 정해(丁亥)」 1887년.

「진찬익일회작명부이하치사(進饌翌日會酌命婦以下致詞)」

「진찬소당랑치사(進饌所堂郎致詞)」: 정범조가 진찬(進饌)의 당상관으로 임명되어 지은 치사이다.

「익일야연진찬소당랑치사(翌日夜讌進饌所堂郎致詞)」: 진찬(進饌)을 올린 이튿날 밤에 잔치를 하는 것이 관례였는데, 여기에서도 치사를 지어 올렸다.

「진찬재익일왕세자회작명부치사(進饌再翌日王世子會酌命婦致詞)」

「진찬소당랑치사(進饌所堂郎致詞)」

「야연치사(夜讌致詞)」

「세자궁단오첩(世子宮端午帖)」 칠언절구 2수.

「예제시갱진(睿製詩賡進)」: 8월 2일에 왕세자가 춘방(春坊)에서 음식을 내리고 음악을 연주하며 시강원 관원들에게 시를 짓게 하자 지어 바친 시이다.

「세자궁춘첩(世子宮春帖) 무자(戊子)」 칠언절구 2수, 1888년.

「세자궁연상(世子宮延祥)」 칠언절구 2수.

「갱진기과일기당사찬시어제시(賡進耆科日耆堂賜饌時御製詩)」 칠언절구.

「예제시갱진(睿製詩賡進)」 칠언절구.

「중궁전가상존호악장문(中宮殿加上尊號樂章文)」 : 1월 18일 중궁의 악장
문 제술관으로 임명되어 지은 글이다.

「왕세자솔백관정청재계(王世子率百官庭請再啓)」 : 1월 1일부터 왕세자
가 왕과 왕비를 표창해야 한다고 상소했는데, 왕이 사양하자 2일과 3일
에도 계속 상소하였다. 4일에는 왕세자가 백관을 거느리고 계(啓)를 올
렸는데, 같은 날 두 번째 올린 계(啓)를 정범조가 지었다. 왕은 결국
왕세자의 청을 받아들였다.

「계강책자수의(繼講冊子收議)」 : 왕세자가 『소학』을 마치자 왕이 시강원
관원들에게 계속 강론할 책자를 물었는데, 정범조는 11월 29일 사서
가운데 『대학』부터 강론하자고 건의하였다. 그대로 결정되었다.

「세자궁연상(世子宮延祥) 기축(己丑)」 칠언절구 2수, 1889년.

「세자궁춘첩(世子宮春帖)」 칠언절구 2수.

「계강책자수의(繼講冊子收議)」 : 1월 28일에 올린 글인데, 왕세자가 『대
학』을 마쳤으니 선현들이 하던 대로 『논어』를 강론하자고 건의하였다.

「세자궁단오첩(世子宮端午帖)」 칠언절구 2수.

「예제시갱진(睿製詩賡進)」 칠언절구.

「보덕김성근교서(輔德金聲根敎書)」 : 보덕 김교근에게 문충공(김수항)
의 후손답게 왕세자를 잘 가르쳐 달라고 당부하는 교서이다.

「겸보덕송세헌교서(兼輔德宋世憲敎書)」 : 겸보덕 송세헌에게 왕세자를
잘 가르쳐 달라고 당부하는 교서이다.

「계강책자수의(繼講冊子收議)」 : 12월 11일에 올린 글인데, 왕세자가 『논
어』를 마쳤으니 『맹자』를 계속 강론하자고 건의하였다.

「영종대왕칭조헌의(英宗大王稱祖獻議)」 : 영종(英宗)의 묘호를 영조(英
祖)로 올리자는 의견을 제출한 글인데, 12월 5일 왕이 근정전에 나와
빈청의 의견을 받아들였다.

5) 제5책

「세자궁연상(世子宮延祥) 경인(庚寅)」 칠언절구 2수, 1890년.

「세자궁춘첩(世子宮春帖)」 칠언절구 2수.

「정순왕후추상존호악장문(貞純王后追上尊號樂章文)」

「왕대비전가상존호옥책문(王大妃殿加上尊號玉冊文)」: 왕대비가 60세 가 되자 존호에 '단희(端禧)'라는 두 글자를 더 올리고, 정범조에게 옥책 문을 지어 바치게 하였다.

「인경왕후추상존호악장문(仁敬王后追上尊號樂章文)」: 1월 4일 빈청에 서 인경왕후에게 '순의'라는 존호 두 글자를 더 올리자고 아뢰었으며, 1월 12일에 정범조가 악장문 제술관으로 임명되어 이 글을 지었다.

「어제시갱진(御製詩賡進)」: 대왕대비의 병이 차도를 보이자, 4월 11일 경무대에서 선비들에게 응제(應製)를, 무사들에게 시사(試射)를 실시하 였다. 이때 지은 시이다.

「예제시갱진(睿製詩賡進)」

「빈청복선삼계(賓廳復饍三啓)」: 대왕대비가 세상을 떠난 뒤에 승정원에 서 왕에게 "반찬 가지 수를 종전같이 하시라"고 청하였지만 거절하자 계속 계(啓)를 올렸다. 정범조가 4월 13일에 세 번째로 올린 계(啓)이다.

「수여청침정청초계(隨轝請寢庭請初啓)」: 왕이 대왕대비의 장례 때에 상 여를 따라가겠다고 하자, 현임과 전임의 규장각 관원들이 '그 지시를 취소해 줍시사'고 청하는 계(啓)를 올렸다. 이 글은 5월 19일에 첫번째 올렸던 계인데, 왕은 세 번째 계를 올릴 때까지도 승인하지 않았다.

「신정왕후만장(神貞王后輓章)」 칠언절구 10수.

「집경당상량문(緝敬堂上樑文)」

「정청초계(庭請初啓)」: 내년(1891년)에 왕이 40세가 되는 것을 기념하여 존호를 올리겠다고 청한 글이다. 11월 13일에 좌빈객 정범조가 세자의 명을 받아 지은 글인데, 왕이 승인하지 않았다. 그러나 이튿날 세 번째 계(啓)가 올라가자 비로소 승인하였다.

「익종대왕추상존호옥책문(翼宗大王追上尊號玉冊文)」

「예제시갱진(睿製詩賡進)」 칠언절구 : 1891년 4월 28일에 세자가 건원릉에 가서 대리로 제사를 지내고, 재실에 걸려 있던 영조(英祖)와 정조(正祖)의 어제시(御製詩)에 차운하여 지은 다음, 수행했던 신하들에게 차운하여 지어 바치게 하자 정범조가 이 시를 지었다.

「함녕전상량문(含寧殿上樑文)」 : 불에 타버려 없어졌던 함녕전을 3월 21일에 다시 짓게 하고, 7월 8일 정범조를 상량문 제술관으로 임명하여 이 글을 짓게 하였다.

「의인왕후추상존호옥책문(懿仁王后追上尊號玉冊文) 임진(壬辰)」 1892년.

「황단섭향일예제갱진(皇壇攝享日睿製賡進)」

「신정왕후추상존호옥책문(神貞王后追上尊號玉冊文) 6월」

「대전탄신상책보진하일예제갱진(大殿誕辰上冊寶陳賀日睿製賡進) 7월」 칠언절구.

「갱진동궁근정전진찬일운(賡進東宮勤政殿進饌日韻)」 칠언절구.

「선온백관일어제갱진(宣醞百官日御製賡進) 계사(癸巳)」 칠언절구, 1893년 : 세자가 20세 되는 생일이어서 종친과 백관들에게 음식을 대접하고 왕이 시를 짓자, 정범조도 화운하여 이 시를 지어 바쳤다.

「갱진예제(賡進睿製)」 칠언절구.

「황단친향일어제갱진(皇壇親享日御製賡進)」 칠언절구.

「예제갱진(睿製賡進)」 칠언절구.

「양로연일어제갱진(養老宴日御製賡進)」 칠언절구 : 3월 20일 근정전에서 양로연을 베풀고, 왕이 시를 짓자 신하들이 차운하여 지어 바쳤다.

「예제갱진(睿製賡進)」 칠언절구.

「예제갱진(睿製賡進)」 칠언절구.

「반궁친림석존일명륜당입시갱진어제운(泮宮親臨釋尊日明倫堂入侍賡進御製韻)」 칠언절구 : 8월 8일 석전제(釋奠祭)에 왕이 친히 참석했다가 명륜당에 걸려 있던 영조의 시에 차운하여 짓고, 입시(入侍)한 신하들에게 차운하여 지어 바치게 하자 정범조가 이 시를 지어 바쳤다.
「예제갱진(睿製賡進)」 칠언절구.

「계조당중건상량문(繼照堂重建上樑文)」

「어제갱진(御製賡進)」 4언 : 선조가 임진왜란에 몽진(蒙塵)했다가 돌아
와 거처했던 경운궁 즉조당에서 300주년 잔치를 베풀며 왕이 벽에 걸려
있던 영조의 시에 차운하여 시를 짓고, 신하들에게 차운하여 지어 바치
라고 명하자 정범조가 이 시를 지어 바쳤다.

「예제갱진(睿製賡進)」 4언

「어제갱진(御製賡進) 갑오(甲午)」 칠언절구, 1894년 : 세자가 2월 8일에
30세 생일을 맞아 부모의 은혜에 감사하며 잔치를 베풀어 드리자, 왕이
시를 짓고 신하들에게 차운하여 짓게 하였다.

「예제갱진(睿製賡進)」 칠언절구.

5. 가치

제목부터가 '초고(初稿)'인 5책 불분권(不分卷)의 문집 초고본이지만,
홍문관 제학과 예문관 제학에 다섯 차례나 임명되었던 정범조의 문장
수준을 엿볼 수 있고, 특히 1880년 통리기무아문이 설치된 이후 개화기
의 문장을 많이 볼 수 있다. 정범조는 전통적인 문장가이자 수구파 관료
였지만, 갑신정변과 갑오경장을 거치면서도 계속 권력의 핵심에 남아
수많은 외교문서를 한문으로 지었다. 청나라의 예부(禮部)와 북양아문
(北洋衙門)을 비롯해 일본이나 미국, 영국에 지어 보낸 외교문서들도
많이 실려 있다. 문집의 체제가 갖춰지지 않아 서발(序跋)이라든가 개인
적인 시문(詩文)이 남지 않은 것은 아쉽지만, 응제각체(應製各體)와 소
차(疏箚)들을 통해 개화기 궁중문학의 진수를 살펴볼 수 있는 자료이다.

일록

日錄

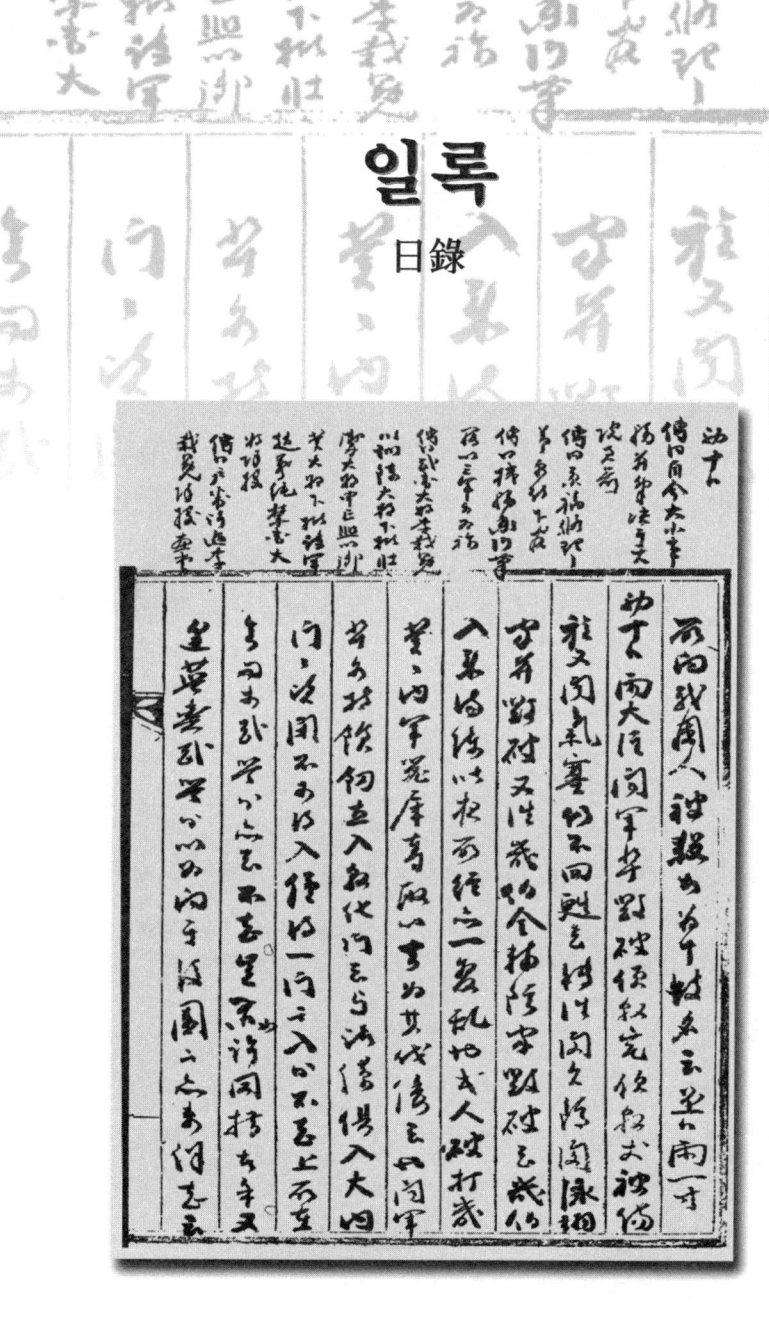

1. 서지

초고본(草稿本). 19책(15, 16 결), 32×20cm. 10행 15자 내외. 초서 (草書).

2. 저술한 시기

정원용의 손자이며 정기세의 아들인 정범조(鄭範朝 1833~1897)가 1859년부터 1897년까지 기록한 일기이다. 이 집안은 일기를 비롯한 모든 문헌을 정리하는 관습이 있어, 정범조도 27세부터 세상을 떠나던 1897년까지 일기를 기록하였다. 정기세의『일록』에 일부 뒤섞여 있는 정범조의 아들 정인승(鄭寅昇 1859~?)의 일기까지 포함하면 4대에 걸친 일기가 된다.

3. 구성

정범조의『일록』은 총 19책인데 현재 15책과 16책이 빠져 있는 낙질(落帙)이다. 현재 남아 있는 부분만 계산하면 총 1,250여장 분량이다. 빠진 부분은 1887년부터 1890년까지 해당된다. 정인보의 서문에 의하면, 후손들의 실수로 인해 분실된 것으로 보인다.

날짜 별로 그날의 주요 사건들을 기록해 놓았는데, 각 책의 연대와 분량은 다음과 같다.

1책 : 기미 1859년 22장
경신 1860년 23장

　　　　신유 1861년 28장
2책 : 임술 1862년 39장
　　　　계해 1863년 30장
3책 : 갑자 1864년 32장
　　　　을축 1865년 28장
4책 : 병인 1866년 35장
　　　　정묘 1867년 25장
5책 : 무진 1868년 28장
　　　　기사 1869년 26장
6책 : 경오 1870년 25장
　　　　신미 1871년 26장
7책 : 임신 1872년 28장
　　　　계유 1873년 31장
8책 : 갑술 1874년 31장
　　　　을해 1875년 33장
9책 : 병자 1876년 49장
　　　　정축 1877년 28장
10책 : 무인 1878년 28장
　　　　기묘 1879년 46장
11책 : 경진 1880년 42장
　　　　신사 1881년 49장
12책 : 임오 1882년 87장
13책 : 계미 1883년 43장
　　　　갑신 1884년 44장
14책 : 을유 1885년 30장
　　　　병술 1886년 28장
17책 : 신묘 1891년 53장

임진 1892년 59장

18책 : 계사 1893년 53장

갑오 1894년 53장

19책 : 을미 1895년 24장

병신 1896년 34장

정유 1897년 18장

『일록』의 본문 못지않게 서미(書眉)가 꽤 많이 기록되어 있다. 정원용과 정기세의 일기에도 서미(書眉)에 많이 기록했지만, 정범조의 『일록』에 훨씬 더 많다. 서미의 주된 내용은 전교(傳敎)라든지 시관(試官)들의 명단 따위 공식적인 사항들에 대한 기록이다. 자신과 직접 관련되지 않은 사항이기에 본문에 기록하지는 않았지만, 그가 조정의 대소사에 늘 관심을 가지고 있었음을 알 수 있다.

예를 들어 12책 1882년 3월 15일 본문에는 청국 차사(差使)의 출래(出來)에 대해 준비하였다는 정도로 기록되었지만, 서미에는 미국 대신(大臣) 薛斐爾(슈벨트)와 청국 대신들이 기선(騎船)을 타고 곧 도착할 것이라는 영선사(領選使) 김윤식(金允植)의 서보(書報) 내용을 언급하고, 경리사(經理使) 조준영(趙準永)을 접반관(伴接官)으로 임명한다는 것을 기록하였다.

4. 내용

『일록』은 기미(己未) 1859년 1월 1일부터 시작되고 있다. 1월 1일 일기는 다음과 같다.

다례(茶禮)를 행했다. 영부사(領府事) 정원용에게 의자(衣資)와 식물(食物)을 해조(該曹)에서 보내고, 안부를 묻고 오라는 전교가 내렸다. 호조 낭관이 왔기에 상을 차려 대접하였다. 쌀 5석, 콩 2석, 명주 5필, 무명 7필, 돼지고기 5근, 군자감(軍資監) 세사미(歲賜米) 4두, 소금 2두, 대구 2마리 등이다.

1859년은 정범조가 27세로 증광시 문과에 병과 8등으로 급제한 해이므로 일기를 쓰기 시작한 듯하다. 이를 보면 사환일기(仕宦日記)임을 알 수 있다.

『일록』의 1책에는 다음과 같은 정인보의 서문이 있다.

이 책은 다만 '일록'이라고 하였으니, 우의정 정범조께서 손수 쓰신 것이다. 기미년(철종 10년, 1859년) 등제(登第)하기 전부터 졸년인 정유년(1897)까지 집안과 나라의 겪은 일들을 기록하지 않은 날이 없다. 처음에는 다소 소략하지만 지위가 점차 중하게 된 후로는 더욱 자세하다. 게다가 세상일이 어지럽고 천하가 교통하며 안팎으로 근심이 날마다 심해진 임오년, 갑신년, 갑오년, 을미년 등 변란 당시의 진상은 실로 역사의 재료가 될 것이다. 이밖에 평범한 유희(遊戲)의 왕래함도 자잘하지만 또한 후세에 고찰할 만한 가치가 있다. 가묘(家廟)에 대대로 보관하였다가 이제 제대로 보관 못하고 손상을 입었다. 그러나 이로써 세상에 공개하게 되었으니 이 책으로서는 다행이 아닐 수 없다.
어린 나를 숙부께서 어여삐 여기셔서 항상 무릎 위에 앉히셨던 것이 지금도 기억난다. 공께서 붓을 잡고 일기를 기록하던 것이 지난 새벽일 같다. 책을 어루만지니 눈물이 솟는다.
재종자(再從子) 정인보는 쓴다.

정범조의 『일록』은 관직 생활을 하면서 보고 들었던 일을 기록한 것이 주를 이루는 가운데 생활상의 면면들이 기록되어 있다. 『경산일록』과 마찬가지로, 왕과 동궁을 가까이 모시며 왕실의 행적도 자세히 기록하였다. 사건을 해석하지 않고 사실대로 기록하는 데 치중하였다. 자신이 직접 견문한 것을 벗어나지 않는『일록』의 집필 태도 때문이다.

『일록』에서 중요하게 기록한 것 중 하나가 과거(科擧)에 대한 기록이다. 고종 시대에는 과거가 빈번하게 시행되었는데, 각 시관(試官)의 명단과 초장(初場), 종장(終場), 방방(放榜) 등을 날짜별로 기록하였다. 동궁의 탄신(誕辰)·증조고(曾祖考)의 생신(生辰)·노친의 수신(壽辰)·조카의 생조(生朝) 등 생일에 대한 다양한 표현에서 사대부 문화의 다양성을 느낄 수 있다. 1884년 10월의 갑신정변의 상황을 전문(傳聞)을 통해 기록함으로써 관찬(官撰) 기록에서 다루지 못하는 면모를 보여 준다.

5. 가치

『일록』의 장점은 조정에서 보고들은 것을 자세하게 기록하였다는 점이다. 19책 을미 1895년 9월 9일에는 태양력을 사용하라는 조칙(詔勅)이 내렸는데 1896년 5월 24일에는 축문(祝文)에 음력을 다시 사용하는 문제에 대해 고종이 신하들에게 묻고 논의한 내용을 2장 분량으로 자세히 기록하였다. 1895년 11월 29일에는 단발령(斷髮令)이 본의가 아니라는 조칙(詔勅)이 기록되어 있는데, 『승정원일기』에는 없는 내용이다. 이같이 세세한 면모들을 제시함으로써, 19세기 생활사를 전달해 준다.

▎저자 허경진

　1952년 목포에서 태어나 인천에서 자랐다. 연세대학교 국문과를 졸업하면서 시
「요나서」로 연세문학상을 받았고, 「허균 시 연구」로 연세대에서 문학박사 학위를
받았다. 목원대학교 국어교육과를 거쳐, 현재 연세대학교 국문과 교수로 있다.
　저서로는 『조선위항문학사』 『대전지역 누정문학연구』 『한국의 읍성』 등이 있으
며, 역서로는 「한국의 한시」 총서 40여권, 『삼국유사』와 『연암 박지원 소설집』 『시
명다식』을 비롯한 10권이 있다.
어려운 한문을 쉬운 한글로 옮기는 작업에 전념하고 있으며, 고등학교 국어시간에
이름을 들었던 고전 정도는 모두 한글로 옮겨져 일반 독자들이 읽어볼 수 있게
해야 한다는 신념을 가지고 있는 한글전용주의자이다.

정원용 관련 저술 해제집

2009년 2월 25일 초판 1쇄 펴냄

지은이 허경진
펴낸이 김흥국
펴낸곳 도서출판 보고사

책임편집 민계연
표지디자인 고은비

등록 1990년 12월 13일 제6-0429
주소 서울특별시 성북구 보문동7가 11번지 2층
전화 922-5120~1(편집), 922-2246(영업)
팩스 922-6990
메일 kanapub3@chol.com
http://www.bogosabooks.co.kr

ISBN 978-89-8433-715-2 93810
ⓒ 허경진, 2009